KB265409

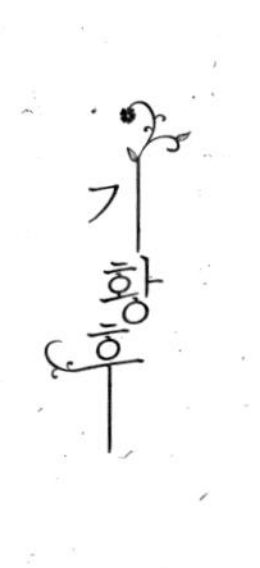
기
황
후

기황후

ⓒ 조정우, 2013

초판 1쇄 2013년 12월 18일 찍음
초판 1쇄 2013년 12월 24일 펴냄

지은이 | 조정우
펴낸이 | 이태준
기획 · 편집 | 박상문, 안재영, 김진원, 박지석
디자인 | 이은혜, 최진영
마케팅 | 박상철
인쇄 · 제본 | 제일프린테크

펴낸곳 | 북카라반
출판등록 | 제17-332호 2002년 10월 18일
주소 | (121-839) 서울시 마포구 서교동 392-4 삼양E&R빌딩 2층
전화 | 02-486-0385
팩스 | 02-474-1413
www.inmul.co.kr | cntbooks@gmail.com

ISBN 978-89-91945-60-9 03810
값 13,000원

북카라반은 도서출판 문화유람의 브랜드입니다.
이 저작물의 내용을 쓰고자 할 때는 저작자와 문화유람의 허락을 받아야 합니다.
파손된 책은 바꾸어 드립니다.

이 도서의 국립중앙도서관 출판시도서목록(CIP)은 서지정보유통지원시스템 홈페이지(http://seoji.nl.go.kr)와
국가자료공동목록시스템(http://www.nl.go.kr/kolisnet)에서 이용하실 수 있습니다.
(CIP제어번호 : CIP2013026799)

기황후

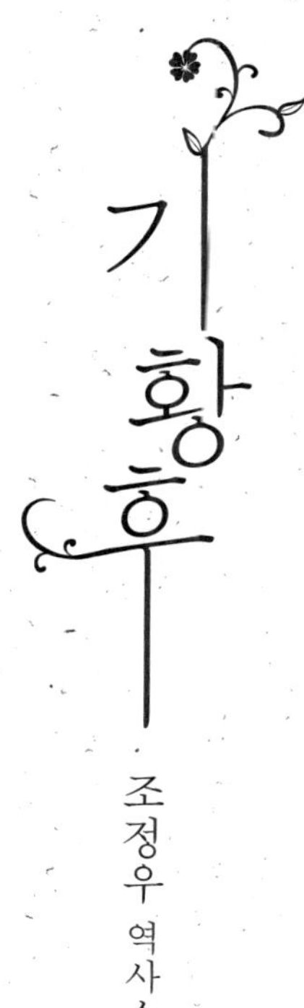

조정우 역사소설

북카라반
CARAVAN

숙명적인 만남 … 7

어머니의 가야금 … 26

금혼령 … 39

하늘이시여! … 54

추격 … 70

문화 유씨 … 82

기습 … 96

압록강 … 112

피할 수 없는 운명 … 124

엇갈린 인연 … 138

질투 … 151

악몽 같은 현실 … 169

솔롱고 … 182

200 … 사내의 진심

215 … 엘테무르의 신신당부

229 … 반란

246 … 혼례식

259 … 대의멸친

273 … 제2황후에 오르다

285 … 공민왕과 노국공주

297 … 18년 만에 맺어진 인연

312 … 조일신의 난

324 … 고우성의 싸움

345 … 멸문지화

369 … 연천

390 … 작가의 말

숙명적인 만남

기품 있는 기와집이 늘어선 저잭의 드넓은 마당을, 격구복 차림의 소녀가 말을 끌고 가로지르고 있었다. 열대여섯쯤 되었을까. 길게 땋은 머리를 격구 모자 안으로 집어넣은 소녀는 마당에 있는 하인들에게 조용히 하라는 듯 검지를 입술에 대며 대문을 향했다. 소녀가 대문을 나서려는 순간, 삼베옷을 입은 소녀가 따라 나와 나직이 외쳤다.

"아씨!"

백색 격구복을 입은 소녀는 행주 고을의 유지 기자오의 딸 기완자로, 이웃 철원 고을과의 격구 시합에 나설 참이었다. 삼베옷을 입은 소녀는 기완자의 하녀 월매로, 주인마님에게서 기완자가 격구장 근처에 얼씬거리지도 못하게 하라는 명을 받은 터였다.

10여 년 전, 선왕 충숙왕이 여인들이 격구하는 것을 금지시킨 데다 명문 가문을 자처하는 행주 기씨 가문의 여식이 사내들의 틈바구니에서 격구를 하는 것은 상상도 할 수 없는 일이었다. 하지만 어린 시절부터 마당에서 오라버니들과 격구를 하며 자란 기완자는 고을에서 격구 시합이 있을 때마다 아버지 몰래 시합에 참가해왔던 것이다.

기완자가 들은 척도 하지 않고 말에 올라타자, 월매가 말안장을 잡으며 만류했다.

"격구장에 가시려고요? 주인 나리께서 아시면 날벼락이 떨어질 것이옵니다."

"어찌 이리 호들갑이냐? 썩 비켜라."

주인아씨의 노여운 목소리에도 월매는 호락호락 물러서지 않았다.

"아니 되옵니다. 이러다 동네방네 소문이라도 나서 혼삿길이 막히시면 어쩌려고요? 행여라도 아씨께서 외간 사내들과 격구 시합을 벌였다는 사실이 알려지면, 혼삿길이 막힐 수 있다 하질 않사옵니까. 마님께서 하신 말씀을 못 들으셨사옵니까?"

순간 기완자가 날카로운 눈초리로 월매를 쏘아보았다. 혼삿길이 막힐 수 있다는 말이 거슬렸던 것이다.

"설마 하니, 내가 시집갈 데가 없을라고."

주인아씨의 역정에 월매가 어쩔 줄 몰라 하며 말을 더듬거렸다.

"제 말은……. 사대부집에 시집가기가, 어려워질 수 있다, 이 말이옵니다……."

기완자가 콧방귀를 뀌며 말했다.

"사대부집 졸장부에게 시집가느니, 차라리 아버님을 모시고 살겠다……."

"졸장부라뇨? 그 무슨 망측한……."

말이 채 끝나기도 전에 기완자가 말을 몰아나가자, 월매는 허겁지겁 뛰어 뒤를 쫓아갔다.

사대부. 여인들이 격구 시합에 나가는 것을 금한 자들이 바로 사대부가 아니던가. 기완자는 분노를 삭이며 질풍처럼 말을 몰아 순식간에 격구장에 당도했다. 구경꾼들이 구름떼처럼 몰려 있어 격구장 안으로 들어갈 수 없었다. 기완자는 말안장에 매인 장시(격구채)를 높이 들어올리며 외쳤다.

"길을 열어주시오."

기완자가 격구장으로 들어오는 것을 본 행주 고을의 주장 박불화가 장시를 높이 들어 기수 교체 신호를 보내자, 기수 하나가 밖으로 나가고 기완자가 대신해 들어갔다.

넓이가 수백 보나 되는 평지에서 백의를 입은 행주 고을 과 청의를 입은 철원 고을의 기수들이 고을의 자존심을 걸 고 한 치의 양보도 없이 치열하게 승부를 겨루고 있었다. 밀 고 밀리는 접전 중에 열대여섯쯤 되어 보이는 철원 고을의 소년이 전광석화처럼 행주 고을의 기수들을 제친 후 공을 구문 안으로 집어넣자, 응원하러온 철원 고을 사람들이 일 제히 환호성을 질렀다.

"역시 영이가 최고다!"

행주와 철원 두 고을 처녀들의 시선을 사로잡은 준수한 소년의 이름은 최영이었다. 손을 들어 고을 사람들의 환호 성에 답례하는 최영의 모습에 기완자는 가슴이 떨렸다.

'이웃 고을 철원에 이와 같은 인물이 있었구나!'

순간, 백옥처럼 하얀 기완자의 얼굴이 최영의 시야에 들 어왔다. 기완자는 최영의 눈과 마주치자 화들짝 놀라 고개 를 숙였다. 이러한 기완자를 본 최영은 자신도 모르게 미소 를 지었다.

'사내가 어찌 저리도 수줍단 말인가.'

최영은 격구 모자를 푹 눌러쓴 기완자를 수줍은 미소년으로 보았던 것이다. 기완자가 힐끔힐끔 최영을 바라보고 있을 때, 누군가 기완자에게 다가왔다.

"완자야, 수고했다. 이제 이 오라버니들에게 맡기고 그만 쉬는 것이 어떻겠느냐?"

기완자의 큰 오라비 기철이었다. 최영의 눈부신 활약을 보자 치열한 경기가 될 것이라는 생각에 기철은 늘 애지중지 아끼는 누이동생이 걱정되었던 것이다.

"아니옵니다. 소녀, 끝까지 뛰고자 하옵니다."

한번 한다면 하고야 마는 누이동생의 성격을 아는 터라, 기철은 고개를 끄덕인 후 물러났다. 이윽고, 반격에 나선 행주 고을의 주장 박불화가 철원 고을의 기수들을 제치며 공을 몰아나가자, 최영도 말을 몰아나가며 박불화의 앞을 가로막았다.

바로 그 순간, 기완자가 쏜살처럼 말을 몰아 질주하며 장시를 높이 들어 자신에게 공을 보내달라는 신호를 보냈다. 이를 본 박불화가 재빨리 공을 후려쳐 기완자 쪽으로 보냈다. 기완자는 때굴때굴 굴러오는 공을 힘껏 후려쳤다. 수십 보나 떨어진 거리였지만, 공은 빨려가듯 구문 안으로 들어갔다. 순간 사방에서 환호성이 터졌다

"우리 행주 고을은 천하무적이다!"

행주 고을 사람들이 기완자를 향해 환호성을 지르자, 기완자는 장시를 들어 환호성에 답례했다. 기완자의 격구술은 가문에서 으뜸이었다. 어린 시절부터 격구를 해온 기완자는 어느새 오라버니들의 격구술을 능가하기 시작했다. 지난 수년간 기완자는 오라버니들조차 모르게 고려 최고의 격구 기수 박불화에게 격구술을 전수받아왔던 것이다. 천하절색 미모의 기완자에게 마음을 빼앗긴 박불화로서는 격구술을 가르쳐달라는 그녀의 청을 거절할 수 없었던 것이다.

시합은 갈수록 치열해졌다. 15푼 대 15푼(구문 안으로 들어가면 15푼), 팽팽한 접전이 이어지던 중에 이번에도 최영이 질풍처럼 행주 고을의 기수들을 제치고 구문 안으로 공을 집어넣었다. 30푼 대 15푼. 이어진 공방전 끝에 박불화가 상대 쪽 구문을 향해 비호처럼 공을 몰아가자, 기완자가 말을 몰며 장시를 높이 들어 신호를 보냈다.

박불화의 시선이 기완자에게 향하는 것을 본 최영은 재빨리 말머리를 기완자 쪽으로 돌렸다. 아니나 다를까, 과연 박불화는 이번에도 공을 기완자 앞으로 보냈다. 박불화가 보낸 공을 기완자가 후려치려는 찰나, 최영이 말을 달려와 앞을 가로막아 섰다. 기완자는 공을 후려치려다 앞을 가로막은 최영과 부딪쳐 중심을 잃고 비틀거리다 그만 말에서 떨어지고 말았다.

"악!"

최영은 다급히 말에서 뛰어내려 몹시 걱정스러운 얼굴로 기완자에게 달려갔다.

"괜찮소?"

"괜찮습니다."

최영이 기완자를 일으키려 손을 잡자 기완자의 얼굴이 홍시처럼 붉어졌다. 곱디고운 기완자의 손을 본 최영은 사내의 손이 어찌 이리도 고울까 의아했다. 최영이 기완자를 일으키려는 순간, 누군가 최영을 거세게 밀어젖히며 다가왔다.

"괜찮은 것이냐?"

박불화였다. 자리에서 일어난 기완자는 말없이 고개만 끄덕였다. 어쩐지 부끄러워 고개를 숙인 채 우두커니 서 있는 기완자에게 최영이 두 손을 모아 사과의 뜻을 표했다. 기완자가 최영의 사과에 답례하려는 순간, 누군가 기완자의 손을 잡아끌었다.

"이제 그만 쉬거라."

기완자의 아버지 기자오였다. 기완자보다 앞서 격구장에 와 구경하고 있던 기자오는 딸의 종횡무진 활약에 흐뭇해하다가 딸이 낙마하자 깜짝 놀라 부랴부랴 한달음에 달려온 것이다. 기완자는 당황하지 않을 수 없었다. 아버지 기자오가 출타 중이라 마음 놓고 격구장에 온 것인데, 여기에 있을 줄 어찌 짐작이나 할 수 있었으랴. 기완자는 말에서 떨어진 충격으로 온몸이 욱신거렸지만, 아무렇지도 않은 듯 기자오를 따라 격구장 밖으로 나갔다. 이내 기자오 집안의 하인들이 가마를 대령했다.

"어서 가마에 타거라."

기완자는 차마 발걸음이 떨어지지 않았다. 같은 고을 사람도 아닌 최영을 오늘이 아니면 언제 다시 볼 수 있을까.

"아버님……. 저는 괜찮사오니, 구경이라도 하도록 허락하여주소서."

"정녕 괜찮은 것이냐?"

"정말로 괜찮사옵니다."

기완자가 멀쩡하다는 듯 팔을 들어보이자, 기자오는 안도하며 흐뭇한 미소를 지었다. 태조 왕건이 고려를 창건한 이래 고려의 왕들은 기마술을 연마하는 운동으로 격구를 장려하기 위해 매년마다 뛰어난 격구 기수들을 선정해 큰 상을 내려왔다. 딸이 여인의 몸이라 상을 받지는 못할지언정 어찌 자랑스럽지 않으랴. 기자오가 고개를 끄덕이며 말했다.

"허면, 네 뜻대로 하거라."

시합이 재개된 지 얼마 지나지 않아 박불화가 보란 듯이 공을 구문 안에 집어넣은 후 기완자를 바라보았다. 환호하는 고을 사람들 사이에 멀뚱히 서서 최영을 바라보는 기완자를 보고 박불화는 걷잡을 수 없는 질투심에 휩싸였다.

자신도 모르게 얼굴이 벌겋게 달아오른 박불화는 공을 몰며 질주하는 최영의 앞을 막아섰지만, 최영은 말머리를 돌려 박불화를 제치고 힘껏 공을 후려쳤다. 공은 구문 안으로 정확히 들어가 다시 철원 고을이 앞서갔다.

용호상박의 숨 막히는 접전이 이어졌지만, 기완자는 이미 승부에 흥미를 잃은 지 오래였다. 최영이야말로 하늘이 내려준 천생연분이라 믿어 의심치 않았다. 얼마나 기다려왔던 인연이던가! 비장(한나라 시대 명장 이광의 별명)이 하늘에서 내려온 듯한 늠름한 기상과 천하를 호령할 듯한 위풍당당한 모습이야말로 기완자가 기다려오던 사내가 아니던가!

이때, 기철에게 건네받아 박불화가 후려친 공이 구문 안으로 들어갔다. 치열한 공방전 끝에 최영이 맹활약한 철원 고을이 행주 고을을 60푼 대 45푼으로 이겼다. 60푼을 먼저 득점한 쪽이 이기는 시합이었는데, 45푼 대 45푼 동점이 된 상황에서 최영이 네 번째로 공을 구문 안으로 넣어 시합을 마무리지었던 것이다.

시합이 시작되기 전만 해도 고려 최고의 격구 기수 박불화가 있는 행주 고을의 승리가 예상된 터라 철원 고을에 승리를 안긴 최영은 한순간에 영웅이 되었고, 이미 딸의 마음을 눈치 챈 기자오는 고을의 유지로서 최영을 집으로 정중히 초청했다.

일찌감치 최영을 사위로 낙점한 기자오는 초청에 응해 객실에 들어온 최영에게 이런저런 질문을 던졌다. 열여섯의 나이라고는 믿기지 않을 정도로 의젓한 최영의 모습에 기자오는 천하제일의 사윗감을 얻었다는 생각에 마냥 행복할 뿐이었다. 술잔이 몇 차례 오갈 무렵, 문 밖에서 하인의 목소리가 들렸다.

"주인어르신, 마님께서 어르신을 뵙고자 하옵니다."

기자오의 부인 이씨는 남편이 자신과 한마디 상의도 없이 최영을 사위로 삼으려고 한다는 말을 아들 기철에게 전해듣자 복장이 터질 노릇이었다. 최영의 아버지 최원직은 종6품의 사헌부 간관이라는 한미한 벼슬인 데다 논밭 하나 없는데, 애지중지 아껴온 막내딸을 그 집안에 시집보내려는 남편의 뜻을 도무지 이해할 수 없었다. 기자오가 사랑채로 들어오자 부인 이씨가 따지듯 물었다.

"영감께서 마음에 둔 사윗감이 이웃 고을의 최영이라는

말이 정녕 사실이옵니까?"

"그렇소. 오늘 정한 일이라 미처 부인께 알리지 못했던 것이니 개의치 마시구려."

"최영의 아비가 누구인지 알고나 계시옵니까?"

"청렴결백하기로 명성이 자자한 사헌부 간관 최원직이 아니오."

"어찌 딸을 그런 한미한 가문에 시집보내려 하시옵니까?"

"사위가 가난하면 우리가 도와주면 될 것이 아니오? 최영이야말로 천하의 둘도 없는 사윗감이니 쓸데없는 걱정 마시구려."

기자오가 부인과 말씨름을 하는 사이에 최영은 아버지 최원직이 자신을 기다리고 있을 것이라는 생각에 객실을 나섰다. 최영이 하인에게 말했다.

"이만 집으로 돌아갈까 하니, 주인장께 그리 전해드리게나."

마당에서 객실의 동정을 살피던 기완자는 최영이 떠나면 다른 집안에 혼처를 빼앗길지 모른다는 생각에 가만히 있을 수 없었다.

그녀는 대문으로 향하는 최영에게 다가가 두 손을 모아 인사한 후 말했다.

"소녀의 아버님께서 도령께 하실 말씀이 있는 줄 아오니,

잠시 기다리시지요."

순간, 천상에서 내려온 선녀처럼 눈부시게 아름다운 기완자의 자태가 최영의 시야에 들어왔다. 곱디고운 외모며 여린 목소리 하며, 최영은 이제야 아까 격구 시합 때 자신과 부딪쳐 낙마한 자가 그녀임을 깨달을 수 있었다. 하지만, 여인이 어찌 그토록 격구술이 뛰어날까 싶어 의혹의 눈초리로 물었다.

"그대가 정녕, 저로 인해 낙마했던 그분이십니까?"

"그러하옵니다."

"이 몸이 낭자께 실례를 끼쳤구려. 부디 용서해주시오."

최영이 두 손을 모아 사과의 뜻을 표시하며 용서를 구하자 기완자가 황급히 손을 내저었다.

"용서라뇨, 가당치 아니한 말이옵니다. 격구를 하다 보면 부딪칠 수도 있는 것이 아니옵니까? 이제 그만 그 일은 잊으시지요."

무거운 침묵이 흘렀다. 기완자도 최영도 가슴이 방망이질하듯 두근거리고 있었다. 참으로 천하에 비할 데 없는 천생연분의 숙명적인 만남이 아닐 수 없었다. 기완자는 한동안 어쩔 줄 몰라 하다 간신히 가슴을 진정시키고 객실을 가리키며 말했다.

"안으로 드시지요. 도령께서는 아버님의 손님이시니, 아버님께서 돌아오실 때까지 소녀가 모시도록 하겠습니다."

최영은 자신을 모시겠다는 기완자의 말에 몹시 당황했지만, 기완자가 계속 권하자 어쩔 수 없이 고개를 끄덕였다.

"낭자의 뜻을 따르겠소."

최영이 먼저 객실로 들어가자, 기완자는 떨리는 가슴을 부여잡으며 따라 들어갔다. 기완자는 최영과 마주보는 자리에 앉은 후 술상에 놓여 있던 술병을 들며 말했다.

"패자인 소녀가 승자인 도령께 축하주를 올리겠습니다."

격구 시합이 끝나면 패배한 쪽이 승리한 쪽에 술잔을 올려 승리를 축하해주는 것이 관례였던 것이다. 최영이 손을 내저으며 사양했다.

"남녀유별이거늘 소생이 어찌……."

기완자가 술병을 기울이자, 최영은 엉겁결에 술잔을 내밀어 술을 받았다. 최영이 마지못해 술잔을 비우자, 기완자는 쑥스러운 듯 고개를 숙이며 말했다.

"승리를 경하드립니다."

"고맙소."

순간 기완자의 눈이 최영의 눈과 마주쳤다. 최영의 눈길을 느낀 기완자는 갑자기 밀려오는 부끄러움을 참지 못해 자리에서 벌떡 일어났다.

"아버님을 모시고 오겠습니다."

방문을 나선 기완자는 깜짝 놀라지 않을 수 없었다. 기자오가 뒷짐을 진 채 방문 옆에 우두커니 서 있는 것이 아닌가! 자신이 한 말을 아버지가 들었을지도 모른다는 생각에 기완자는 부끄러워 고개를 들 수 없을 지경이었다.

"아버님……. 소녀는 이만 가보겠나이다."

기완자가 인사를 올린 후 떠나자 객실에 들어선 기자오가 천천히 말문을 열었다.

"기다리게 해서 미안하네."

"아니옵니다. 실은 어르신의 따님이 말동무가 되어 시간이 가는 줄 모르고 있었나이다."

화통한 성격의 기자오는 단도직입적으로 혼담을 꺼냈다.

"내 딸을 어찌 생각하는가. 이 노부는 자네와 내 딸을 짝지어주었으면 하네."

최영은 실로 뜻밖의 혼담에 깜짝 놀랐지만, 이내 냉정을 찾고 침착하게 대답했다.

"어르신께서 변변치 못한 소생을 사위로 맞겠다 하시오니, 감당할 자신이 없나이다."

"너무 겸양하지 말게나. 자네의 가문은 집현전 태학사를 배출한 명망이 높은 가문이 아닌가? 내 브아하니, 내 딸도 자네에게 마음이 있는 듯하니 내 딸이 부족하다 여기지만 않는다면 자네의 부친에게 혼담을 청할까 하네."

예종 때 집현전 태학사를 지닌 최유청의 5대손인 최영은 문신의 가문에 태어났지만 몽골에 빼앗긴 나라의 주권을 되찾고자 하는 뜻을 품고 무인의 길을 가고 있었다. 단 한 번도 여인을 마음에 둔 적이 없는 최영이었지만, 기완자가 자신에게 마음이 있는 듯하다는 기자오의 말을 듣자 감격에 벅차 떨리는 목소리로 말했다.

"변변치 못한 소생이 어찌 어르신의 귀한 따님을 마다할 수 있겠나이까? 다만, 혼사는 부모님의 뜻을 따르는 것이 도리라……."

기자오는 최영도 딸에게 마음이 있음을 눈치 채자, 너무나 기쁜 나머지 최영의 손을 덥석 잡으며 말했다.

"내, 곧 자네의 부친에게 혼담을 넣겠네."

❀

저녁노을이 질 무렵 철원의 어느 초가. 오십쯤 되어 보이는 중년 사내가 싸리로 엮은 울타리 밖에서 서성이고 있었다.

‘영이가 어찌 여태껏 아무 연통도 없는 걸까.’

중년 사내는 최원직이었다. 아내 지씨가 세상을 떠난 지 어느덧 10년. 식솔이라고는 아들 최영과 딸 최희뿐인 최원직이 아들의 소식을 알아보려 집을 나서려는 순간, 어디선가 말발굽 소리가 들려왔다.

“아버님!”

최영은 말에서 뛰어내려 아버지 최원직에게 인사를 올렸다.

“아버님께 심려를 끼쳐 송구하기 그지없나이다.”

아들이 돌아온 만큼 최원직은 구태여 늦은 이유를 캐물을 생각이 없었다.

“아니다. 너도 이제 장성했거늘, 일일이 이 아비에게 연통을 할 필요가 있겠느냐? 어여 들어가 쉬거라.”

아버지께 송구한 마음에 어쩔 줄 몰라 우두커니 서 있는 최영에게 누이동생 최희가 다가와 밝은 목소리로 축하 인사를 건넸다.

“오라버니, 승리를 경하드리나이다.”

올해로 열셋인 최희는 동네 처녀들과 연천까지 응원을 갔다가 혼자 네 골을 넣으며 맹활약한 오라버니를 본 터라 자랑스럽기 그지없었다. 최원직은 딸이 축하를 건네자, 그제야 아들의 손을 잡으며 축하했다.

"아비가 깜박했구나. 승리를 축하한다. 아비가 일이 있어 구경은 가지 못했으나, 희에게 오늘 시합에 대해 들었느니라. 수고가 많았다."

한평생을 문신의 길을 걸어왔던 최원직은 아들이 하루빨리 무인의 길을 버리고 문신의 길을 가기를 바랄 뿐, 격구 시합의 승리 따위에는 관심이 없었지만, 딸에게 아들의 종횡무진한 활약을 들은 터라 축하하지 않을 수 없었다. 이러한 아버지의 마음을 눈치 챈 최영은 마음이 무거웠다. 방으로 들어가 자리에 누운 최영은 눈을 감은 채 선녀 같은 자태의 기완자를 떠올리며 한숨을 내쉬었다.

'기낭자, 그대는 참으로 아름답소. 내가 그대의 배필이 될 자격이 있는지 모르겠소.'

며칠 후에서야 기자오가 보낸 매파가 찾아와 혼담을 전했다. 이제야 아들이 며칠 전에 늦게 돌아온 이유를 알게 된 최원직은 길게 한숨을 내쉰 후 입을 열었다.

"보다시피, 우리 집안이 기씨 집안에 크게 미치지 못하여 가당치 아니한 혼담이라 받을 수 없다고 전해주게나."

아버지의 강직한 성격을 아는 최영은 이미 짐작하고 있었지만 매파는 깜짝 놀라지 않을 수 없었다. 행주와 철원을 통틀어 미색이 기완자를 따를 여인이 없는데, 사헌부 간관이라는 한미한 관직의 최원직이 행주 고을의 유지인 기자오의 혼담을 일언지하에 거절하리라고는 꿈에도 생각하지 못했던 것이다.

"그리하지요."

매파가 불만 섞인 목소리로 대답했다. 이웃 고을이라 해도 수십 리나 되는 제법 먼 길을 걸어왔는데, 헛걸음을 했으니 부아가 치밀었던 것이다. 매파가 떠나자, 최원직이 최영을 지그시 바라보며 물었다.

"이 아비를 원망하지 아니하느냐?"

"아니옵니다. 소자 또한 아버님의 말씀이 지극히 옳다 여기옵니다. 기낭자는 부유한 가문이니, 격이 맞는 가문에 시집가는 것이 순리가 아닐까 하옵니다."

최원직은 아들의 목소리에서 왠지 모를 슬픔을 느낄 수 있었다. 아비에게 속내를 감춘 아들의 모습에 최원직은 가슴이 찢어질 듯이 아팠지만, 내색하지 않고 말했다.

"그리 생각한다면 다행이구나."

최영이 자신의 방으로 들어가자, 최원직은 하늘을 우러러 탄식하며 눈물을 흘렸다.

'이 무능한 아비를 용서하거라.'

최원직은 아들이 처가 덕을 본다는 말을 듣고 싶지도 않

거니와 무엇보다 자신이 생명처럼 사랑했던 부인 지씨가 가
난한 자신의 집안에 시집와 고생하다 세상을 떠난 것이 엊
그제 같아 부유한 가문의 딸을 며느리로 삼고 싶지 않았던
것이다.

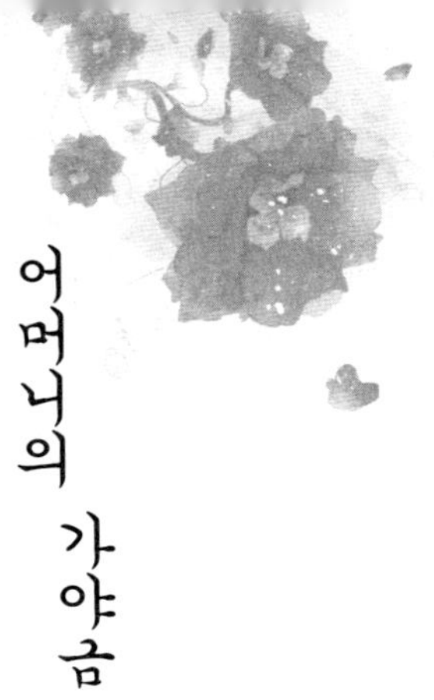

어머니의 가야금

저녁 무렵, 대문이 열리는 소리가 들리자, 기완자는 방문을 살며시 열어 뒷짐 진 채 마당을 거닐던 기자오의 동정을 살폈다. 불현듯 기자오가 성큼성큼 빠른 걸음으로 객실로 향하는 것을 보니, 매파가 돌아온 것이 틀림없었다. 기완자는 호기심을 참을 수 없어 버선발로 마당에 나와 때마침 눈에 뜨인 월매에게 물었다.

"매파가 돌아온 것이냐?"

"그러하옵니다."

월매는 장난기 어린 미소를 지으며 방으로 들어가 있으라는 눈짓을 보냈다.

"조만간 어르신께서 이리로 오실 터이오니……."

방으로 돌아온 기완자는 자리에 앉은 채 떨리는 가슴을 진정시켰다.

'왜 이리도 초조한 걸까.'

기완자가 초조한 마음을 달래며 참으로 늠름했던 최영의 모습을 떠올리고 있을 때, 마당에 있던 월매가 나직이 외쳤다.

"아씨! 어르신께서 납시옵니다."

자신도 모르게 손톱을 물고 있던 기완자는 급히 자세를 가다듬었다. 잠시 후 방으로 들어온 기자오의 표정이 어두워 기완자는 문득 불길한 예감이 들었다.

"혼담을 거절당했다더구나……."

청천벽력 같은 소식이었다. 일찍부터 천하절색의 미모로 소문이 자자했던 그녀가 그토록 바랐던 혼담이 거절당할 줄은 상상도 할 수 없는 일이었다. 기자오는 충격으로 돌처럼 굳어 있는 기완자의 어깨를 다독이며 말했다.

"인연이 아닌 듯하니, 이제 잊거라."

기완자가 고개를 흔들며 절규하듯 외쳤다.

"아니 되옵니다. 결단코 아니 되옵니다……. 기다릴 것이옵니다. 아버님……. 결단코, 이 인연을 잊을 수 없는 소녀의 마음을 굽어 살펴주소서……."

기완자는 눈물을 글썽인 채 아버지를 애원하는 눈빛으로 바라보았다. 기자오가 길게 한숨을 내쉬었다.

"이를 어찌하랴! 이 아비도 어쩔 수 없는 것을……."

"아버님……."

기완자는 기자오에게 안긴 채 하염없이 눈물을 쏟았다.

기완자는 크게 상심한 나머지 몸져눕고 말았다. 달포가 지날 무렵, 겨우 기운을 차린 기완자는 월매를 대동하고 대문을 나섰다. 대문을 나서자마자, 기완자가 속삭이는 목소리로 말했다.

"내 잠시 다녀올 곳이 있으니, 말을 몰고 나오거라."

최영의 집을 찾아가 혼담을 거절한 최원직과 담판을 지을 생각이었던 것이다. 월매가 우물쭈물하자 기완자는 눈에 쌍심지를 켜며 다그쳤다.

"어서!"

어쩔 수 없이 말 한 마리를 몰고 나온 월매는 기완자에게 말고삐를 건네주며 말했다.

"쇤네도 아씨를 따라가겠나이다."

기완자가 고개를 끄덕인 후 말에 훌쩍 올라타자, 월매도 따라 올라탔다.

이때, 글공부 중이었던 최영은 마당에서 인기척이 나자, 최원직이 돌아온 줄 알고 방문을 열어젖히고 마당으로 나오려는 찰나 깜짝 놀라 외쳤다.

"기낭자!"

기완자는 부끄러운 듯 말없이 고개를 숙였다.

"낭자가 예까지 어인 일이시오?"

최영이 가까이 다가오자, 기완자는 더욱 고개를 숙이며 간신히 입을 열었다.

"도령의 부친께 아뢸 말씀이 있어 왔사옵니다……."

고개를 숙인 기완자의 얼굴은 달포 전에 보았을 때 건강했던 혈색과는 달리 중병에 걸린 듯 창백해 보였다. 최영은 가슴이 아려왔다.

"아버님은 출타 중이시니……."

최영은 문창지가 바람에 나풀거리는 초라한 객실을 힐끗 쳐다보았다. 무더운 여름이라 객실, 안방, 자신의 방도 낡고 찢어진 문창지를 그대로 둔 채 지냈는데, 기완자가 이렇게 갑자기 찾아올 줄 어찌 알았으랴.

최영이 난감한 얼굴로 주저하다, 순간 문창지를 새로 바른 누이동생 최희의 방문이 시야에 들어왔다. 최원직이 몹시 사랑했던 아내 지씨의 분신처럼 애지중지하는 자신의 딸을 위해 문창지를 손수 바른 방이었다. 최영은 하녀 소희를 불러 때마침 집에 없는 누이동생의 방을 가리키며 말했다.

"기낭자를 안으로 모시거라."

기완자를 누이동생의 방으로 인도한 후 밖으로 나온 소희에게 최영이 속삭이는 목소리로 물었다.

"기낭자께 대접할 만한 차가 있느냐?"

"송구하오나, 냉수밖에는……."

최영이 한숨을 쉬며 말했다.

"냉수 한 잔을 차려 올리거라."

소희가 냉수 한 잔을 상에 차려오자 기완자는 단숨에 벌컥 들이키고는 마당을 향해 말했다.

"참으로 좋은 차였사옵니다. 고맙사옵니다."

최영은 멍하니 있다가 기완자가 자신의 체면을 세워주려고 냉수를 차라고 말한 의도를 깨닫자 가슴이 뭉클해졌다. 최영이 재빨리 응수했다.

"먼 발걸음을 하신 낭자께 좋은 차를 대접하지 못해 송구할 뿐이오."

"내 이보다 좋은 차를 대접받은 적이 없거늘, 송구하다니요. 너무 겸양치 마시지요.”

최영은 무슨 말을 할지 몰라 침묵할 수밖에 없었다. 기완자는 벽에 걸린 가야금을 살펴보더니 침묵을 깨고 말했다.

“가야금 한 곡조 타도 괜찮겠사옵니까?”

최영은 열여섯의 어린 나이에도 가야금의 명인인 아버지 최원직에 못지않게 가야금에 뛰어났다. 기완자의 가야금 솜씨가 궁금해진 최영이 호기심 어린 미소를 지으며 말했다.

“낭자의 뜻대로 하시오. 다만, 오래 쓰지 아니한 것이라 이 몸이 가야금을 조율하여드리리다.”

누이동생의 방에 있는 가야금은 어머니 지씨의 가야금을 물려받은 것으로, 지씨가 세상을 떠나고 10년간 한 번도 쓰지 않았던 것이다.

말을 마친 최영이 방으로 성큼 들어오자, 기완자는 수줍어 고개를 숙였다. 최영은 가야금을 두릎에 놓고 능숙한 솜씨로 조율하기 시작했다. 10년 전, 최영이 겨우 여섯 살 때 어머니 지씨가 가야금을 커던 기억이 아련히 떠오르자, 자신도 모르게 눈시울이 붉어졌다. 기완자는 숨을 죽인 채 바라보다 이러한 최영의 모습에 어쩐지 가슴이 아려왔다. 기완자에게 가야금을 건네준 최영이 일어나려는 찰나 기완자가 손을 들며 말했다.

"잠시만……."

최영이 다시 자리에 앉자, 기완자가 천천히 입을 열었다.

"보아하니, 사연이 있는 가야금인 듯하옵니다. 실례가 되지 아니한다면……. 사연을 여쭈어도 되겠는지요?"

최영이 가야금을 쳐다보며 회한에 찬 목소리로 말했다.

"실은 세상을 떠난 소생의 어머님께서 누이에게 물려준 것이오."

기완자가 몹시 미안한 표정을 지으며 말했다.

"그것도 모르고 귀한 가야금을 타려 했으니, 실례가 많았사옵니다."

최영이 고개를 가로저었다.

"아니오. 낭자가 이 가야금을 타면 필시 저승에 계신 어머님이 기뻐하실 것이오."

최영의 목소리는 확신에 차 있었다. 이토록 기품 있고 아름다운 며느리를 마다할 어미가 있으랴. 기완자는 고개를 끄덕인 후 천천히 가야금을 뜯기 시작했다. 이내 은은한 가야금 소리가 울려퍼졌다. 〈사모곡〉이었다. 어머님을 여읜 최영의 마음을 위로해주려는 것일까. 애잔하게 마음을 적시는 가야금 소리에 최영은 눈물을 금할 수 없었다. 어린 시절, 인자한 미소를 지은 채 가야금을 타던 어머니의 모습이 떠올랐던 것이다. 〈사모곡〉에 이어 〈가시리〉가 울려퍼지기 시작했다. 떠난 임이 돌아오기를 기다리는 여인의 애절한 마음을 담은 곡조였다. 백옥처럼 고운 섬섬옥수로 가야금을 뜯는 기완자를 바라보고 있을 때, 기완자의 애절한 눈빛이 최영을 사로잡았다. 최영은 그녀가 곡조를 통해 자신의 심경을 말하고 있다는 사실을 알 수 있었다.

'기낭자, 나 또한 그대를 진심으로 사모하나, 아버님께서 그대와의 혼인을 허락하지 아니하시니 자식된 도리로 어찌 따르지 아니할 수 있겠소.'

이 시각, 최원직은 세상을 떠난 아내 지씨의 묘소 앞에서 향을 피우고 있었다. 달포 전, 기자오어게서 혼담을 받은 이후부터 아내 지씨가 자주 꿈에 보이더니, 이제는 견딜 수 없을 정도로 그리워졌다. 엷여덟의 꽃다운 나이에 시집와 서른이 채 못 되어 아내 지씨가 서상을 떠난 것이 10년 전의 일이었다. 진심으로 사랑했던 아내를 어찌 한순간이라도 잊을 수 있으랴. 천상의 선녀처럼 미소 짓던 아내의 모습이 눈앞에 아른거렸다.

‘부인, 우리 영이가 기자오의 여식을 사모하고 있는데, 이를 어찌하면 좋겠소? 기자오의 여식이 우리 가문에 시집오면 부인의 전철을 밟을까 두렵구려.’

최원직의 아버지 최옹이 충렬왕의 사부였지만 하사받은 전답과 노복을 모두 사양했고, 아버지의 청렴결백함을 본받은 최원직은 과거에 합격해 사헌부 간관이 된 이후에도 전답 한 마지기 받지 않고 아담한 초가에서 살아왔다. 이러한 최원직을 사모하여 시집온 지씨는 가난한 살림에 시부모님을 모시고 어린 자식들을 키우느라 고생하다 스물여덟의 젊은 나이에 병으로 세상을 떠났던 것이다.

‘부인이 전답 한 마지기 없는 내게 시집오지 아니했던들, 그리 일찍 세상을 떠나지 아니했을 터인데……’

장부로서 아내를 지키지 못한 것이 평생의 한이었다. 생각할수록 가슴이 미어져 최원직은 하염없이 눈물을 흘렸다.

얼마나 시간이 흘렀을까. 뒤에서 인기척이 들려왔다.

“아버님, 너무 슬퍼 마소서. 어머님께서는 하늘의 뜻을 받들며 살다 떠나셨사오니, 필시 이승에서 못다 누린 복을 저승에서 누리고 계실 것이옵니다.”

아버지를 따라 어머니 묘소를 찾아온 최희가 간신히 눈물을 참으며 말했다. 열셋의 어린 나이에도 효성이 지극한 그녀는 연로한 아버지가 걱정이 되었던 것이다.

"그래, 이 아비가 미처 생각하지 못했구나. 네 어미는 항상 하늘의 뜻을 받들고 살았으니, 하늘이 보우하실 게다. 그만 가자구나."

최원직은 자신의 초가 앞 말뚝에 낯선 말 한 마리가 매여 있는 것을 보았다. 대문은 활짝 열려 있었고, 집 안에서 가야금 소리가 흘러나오고 있었다. 능숙한 연주 솜씨로 보아 아들이 손님을 위해 가야금을 연주하고 있음이 틀림없었다. 기완자가 〈가시리〉 연주를 끝내자, 최영이 기완자를 위로하기 위해 〈청산별곡〉을 연주하고 있었던 것이다. 이때 마당에서 가야금 소리가 흘러나오는 주인아씨의 방을 기웃거리던 하녀 소희가 뒤늦게서야 최원직을 보자 화들짝 놀라 외치듯 말했다.

"나리, 기낭자께서 찾아오셨나이다."

순간, 가야금 소리가 멈추더니, 최영이 방문을 열고 나왔다.

"아버님, 기낭자가 아버님을 기다리고 있었나이다."

"너는 물러가보거라."

최원직이 방에 들어가 자리에 앉자, 기완자가 큰절을 올렸다.

"낭자가 어찌 이 노부에게 큰절을 올리는 것이오?"

기완자는 부끄러운 듯 고개를 숙이고 있다가 떨리는 목소리로 말문을 열었다.

"소녀, 어르신께 청할 것이 있나이다."

"말해보시오."

"소녀의 아버님께서 어르신의 아드님과 혼인을 승락하셨사오니, 어르신께서도 혼인을 승락해주시기를 청하나이다."

참으로 당돌해 보였다. 제법 이름이 있는 기씨 가문의 낭자가 스스로 찾아와 혼담을 청하리라 어찌 상상이나 할 수 있었으랴. 최원직은 자신도 모르게 너털웃음이 나왔다.

"허허허, 혼담이란 부모의 뜻을 따르는 것이 순리거늘……."

웃음을 멈춘 최원직이 인자한 얼굴로 기완자를 보며 타이르듯 말했다.

"그 혼담은 이미 끝난 이야기가 아니오? 그리 알고 이만 물러가시오."

순간 기완자의 눈에서 이슬 같은 눈물이 흘러내렸다. 잠시 멍하니 있다가 간곡히 말했다.

"어르신의 뜻이 그러하시다면, 이만 물러가겠나이다. 하오나……."

최원직은 기완자가 무슨 말을 하려는지 궁금해졌다. 기완자가 수줍은 듯 말을 이었다.

"청컨대, 이 혼담을 재고하여주시옵소서. 그리만 하여주시오면, 소녀, 여한이 없을 것이옵니다."

최원직은 기완자의 간곡한 청을 차마 거절할 수 없었다. 최원직이 고개를 끄덕였다.

"내 한 번 재고하여보리다. 이제 되었소?"

"참으로 감사하기 이를 데 없나이다."

기완자가 다시 큰절을 올린 후 방을 나서자, 마당에 우두커니 서 있는 최영과 눈이 마주쳤다. 눈시울이 붉은 것이 기완자가 한 말을 들은 모양이었다. 기완자가 방문 앞에서 꼼짝도 하지 않자, 최원직은 상황을 짐작하고 마당을 향해 말했다.

"영아, 아비가 할 말이 있으니, 이리 들어오거라. 소희야, 기낭자를 배웅하거라."

그제야 기완자가 마당으로 내려섰다. 최영은 두 손을 모아 인사하고 차마 떨어지지 않는 발걸음을 옮겨 방에 들어갔다. 기완자가 대문을 나서는 기척이 들리자, 최원직이 천천히 말문을 열었다.

"영아, 기낭자를 어찌 생각하느냐?"

최영이 한숨을 내쉬며 대답했다.

"소자에게는 과분한 규수이옵니다."

최원직이 잠시 뜸을 들이다 말했다.

"네 말이 맞다. 하여 아비가 혼담을 거절했던 것이다. 아비의 뜻을 알겠느냐?"

최영의 목소리가 가늘게 떨렸다.

"소자, 아버님의 뜻을 따를 뿐이옵니다."

최원직은 아들의 목소리에서 깊은 슬픔을 느낄 수 있었다. 가슴이 찢어질 듯 아팠지만, 속내를 감춘 채 고개를 끄덕이며 말했다.

"아비의 뜻을 따라주니 고맙구나. 이만 나가보거라."

최원직은 아들이 힘없는 발걸음으로 방을 나서자, 마침내 참았던 눈물을 흘렸다.

'부인, 내 결정이 올바른 것인지 모르겠소. 부인이 계시다면 부인의 뜻을 따르련만……'

금혼령

붉은 낙엽이 휘날리는 가을, 철원산 산등성이에 나란히 합장된 묘지 앞에서 상복을 입은 채 하염없이 눈물을 흘리는 최영의 흰 머리띠에는 '견금여석見金如石', 네 글자가 쓰여 있었다. 2년 전 이 무렵, 세상을 떠난 아버지 최원직이 마지막으로 남긴 말이었다.

"너는 마땅히 황금 보기를 돌같이 하라."

어머님의 묘소 앞에서 애통하게 눈물을 흘리던 아버지의 모습이 아련히 떠오르자 최영은 땅을 치며 통곡했다.

"아버님, 이 불효자를 용서하여주소서!"

여섯 살의 어린 나이에 어머님을 여읜 것을 일생의 한으로 여겨왔던 최영은 이제 아버지마저 여의고 말았다.

"어머님……. 아버님을 지키지 못한 소자의 불효를 용서하여주소서……."

효도하지 못했다는 죄책감으로 최영은 아버지의 묘지 앞에서 오열하고 또 오열했다. 얼마나 시간이 흘렀을까. 등 뒤에서 인기척이 들려왔다. 여인이 흐느끼는 소리였다. 고개를 돌려보니 기완자가 우두커니 서서 손으로 입을 막은 채 눈물을 흘리고 있었다.

"기낭자께서 어찌……."

3년상이 거의 끝나가고 있었다. 어머니 이씨에게 참지 박연화의 아들 박불화와 혼인하라 종용받고 있던 기완자가 혼담에 대한 확답을 받기 위해 찾아온 것이었다. 오늘 아침 느닷없이 평리 조희수의 아들 조희충에게 시집간 큰 언니 기연자가 찾아와 조만간 조정에서 공녀를 선발하기 위해 금혼령을 내릴 것이라는 실로 놀라운 소식을 전했다. 원나라에서 보낸 사신이 고려 조정에 공녀를 선발해 보내달라 요구했던 것이다. 금혼령이 발표되기 전에 혼약이라도 해야 공녀로 선발되는 것을 피할 수 있었다.

기완자가 눈물을 그친 후 말했다.

"소녀가 듣기로, 원나라 사신이 우리 조정에 공녀를 요청했다 하더이다……."

순간 최영의 안색이 변했다. 결단코 기완자가 공녀로 끌려가게 놔둘 수는 없었다. 최영은 울분이 치솟아 자신도 모르게 주먹을 불끈 쥐었다. 기완자는 부끄러운 듯 얼굴을 붉히며 말을 이었다.

"하여 최도령께 혼담을 청하러 온 것이오."

최영이 결심을 굳힌 듯 결연한 얼굴로 기완자를 바라보며 말했다.

"낭자가 이 몸을 부족하다 여기지 아니한다면, 혼담을 받겠소이다."

공녀로 끌려가지 않기 위해서는 당장 혼례식을 올려야만 한다는 어머니 이씨의 만류를 뿌리치고 홀로 말을 몰아 찾아온 터였다. 어찌나 조마조마했는지 기완자는 안도의 한숨을 내쉬다 아찔하여 순간적으로 정신을 잃고 말았다. 기완자가 쓰러지려는 찰나, 최영이 재빨리 붙잡는다는 것이 껴안아버리고 말았다.

"기낭자! 괜찮소?"

가까스로 정신을 차린 기완자는 부끄러워 얼굴을 붉히며 최영의 품에서 벗어났다. 비록 혼약을 하기로 했지만 처녀의 몸으로 난생처음 사내에게 안긴 부끄러움을 견딜 수가 없을 지경이었다. 순간 일각이라도 지체할 시간이 없다는 생각에 기완자가 간신히 입을 열었다.

"소녀는 괜찮사옵니다……. 헌데, 금혼령이 조만간 공표될 터라 하니, 지금 당장 혼례식을 올리는 것이 좋을 듯합니다."

"기낭자의 뜻을 따르겠소. 일단 저희 집으로 갑시다."

기완자와 함께 집에 당도한 최영은 하녀 소희에게 누이동생 최희가 백부인 최원중의 집에 갔다는 말을 듣자 걱정되지 않을 수 없었다. 방년 열다섯인 최희는 막 피어나는 꽃봉오리처럼 아름다워 결혼도감의 관원이나 몽골군의 눈에 띄인다면 필시 공녀에 선발될 것이 틀림없었다. 최영은 문득 뇌리에 스치는 생각이 있어 기완자에게 말했다.

"속히 누이를 데려와야겠소. 잠시만 기다려주시겠소?"

"금혼령이 곧 떨어질지 모르니, 지금 당장 혼약하는 것이 어떻겠사옵니까……."

기완자의 두 뺨이 빨갛게 물들었다. 아무리 시급한 상황이라 해도 여인의 입으로 혼약을 말하기란 여간 부끄러운 일이 아닐 수 없었다.

"그게 좋겠소. 매파를 부르리다."

최영은 어찌나 마음이 급한지 말을 마치기도 전에 발걸음은 대문으로 향하고 있었다. 매파가 증인이 되어야만 결혼 도감에서 혼약을 인정했기에 매파를 구하는 것이 무엇보다 시급했다. 한 식경쯤 흘렀을까. 기완자가 초조하여 마당에서 발을 동동 구르며 기다리고 있을 때, 최영이 매파를 데려왔다.

"소생이 이 낭자와 혼약을 맺기로 했으니, 매파가 증인이 되어주시오."

기완자가 수줍은 얼굴로 쉰 살쯤 되어 보이는 매파에게 인사를 올렸다.

"소녀는 행주 기씨의 여식 기완자라 하옵니다."

천상의 선녀처럼 지극히 아리따운 기완자를 보자 매파가 감탄하며 말했다.

"참으로 천하에 둘도 없는 선남선녀구려! 이 몸이 그대들의 혼약 증인이 될 터이니, 천명이 다할 때까지 행복하게 사시기 바라오."

기완자는 감격에 겨워 눈물이 앞을 가렸다. 얼마나 기다려왔던 순간이던가! 지난 2년간 최영은 혼담에 대해 묵묵부답이라 기완자는 피가 마르는 심정이었다. 아버지의 3년상을 마치기 전에는 아무것도 생각할 수 없었던 최영은 이따금 찾아와 수줍어 붉게 물든 얼굴로 혼담을 청해왔던 기완자에게 아무 언질도 해줄 수 없었다.

그간 최영은 기완자가 자신을 단념해주기를 바랐을 뿐이다. 그래야만 세상을 떠난 아버지가 편히 눈을 감을 수 있으리라 생각했던 것이다. 하지만 지금의 상황에서는 기완자의 혼담을 차마 거절할 수 없었다. 한시가 급한 이 상황에서 혼담을 거절했다가 기완자가 공녀로 선발된다면 그 화를 어찌 감당할 수 있으랴!

최영은 자신도 모르게 주먹을 불끈 쥐었다.

'아버님, 너무나 급박한 상황이라 기낭자의 혼담을 받아들이지 아니할 수 없었나이다! 소자, 기필코 기낭자를 잘 보살펴 아버님의 근심을 덜겠나이다!'

최영은 매파에게 사례로 누이동생의 비단신을 건네주었다. 백부인 최원중이 누이동생에게 선물한 것이었지만 사례로 줄 만한 다른 물건이 없었다.

매파가 떠난 후, 하염없이 눈물을 흘리는 기완자를 지그시 바라보던 최영은 문득 최원중의 집에 갔다는 누이동생이 걱정되었다. 행여라도 누이동생이 공녀로 선발된다면 무슨 면목으로 부모님을 뵐 수 있으랴!

"기낭자, 잠시 기다려주시겠소? 내, 누이를 데려오리다."

기완자는 잠시 멍하니 있다가 가늘게 떨리는 목소리로 말했다.

"실은, 어머님께서 서두르신다고 소녀가 집을 나서기 전부터 혼례식 준비를 하여 지금쯤 마치셨을 터인데, 혼례식은 소녀의 집에서 올리는 것이 어떻겠사옵니까?"

기완자의 말이 끝나기도 전에 최영이 고개를 끄덕였다.

"그리합시다. 곧 누이를 데리고 낭자의 집으로 가겠소."

최영이 말을 몰아 떠나자, 기완자도 갈을 타고 쏜살같이 집으로 달려갔다. 마음이 급했던 기완자의 어머니 이씨가 벌써 박불화의 집안에 혼담을 넣은 터라 걱정이 태산이었다. 자신을 친누이처럼 아껴왔던 박불화야 어떻게든 설득해도, 박불화의 어머니 성정이 보통이 아니라 필시 불협화음을 낼 것이 틀림없으리라.

기완자는 전속력으로 말을 몰았다. 차라리 최영의 집에서 혼례식을 올렸더라면 기완자의 어머니도, 박불화의 어머니도 어쩔 수 없을 터인데 이제는 어머니와 담판을 지어 혼담 문제를 매듭짓는 수밖에 없었다. 다만, 아버지 기자오가 자신의 편이 되어주리라는 믿음이 있었기에 이 혼담을 밀어붙일 수 있었던 것이다.

어찌나 조급한지 기완자는 자신이 아껴온 말에 연신 채찍을 내리쳤다. 고통에 겨워 '히히힝' 울부짖으면서도 말은 주인의 뜻을 알아차리고 혼신의 힘을 다해 질주했다.

대문이 활짝 열려 있었다. 기완자는 정신없이 말을 탄 채 대문으로 들어섰다. 마당에서 딸이 오기만을 기다리고 있던 이씨가 달려와 말고삐를 잡으며 소리쳤다.

"완자야! 대체 어디에 있었던 게냐? 어여 혼례식을 준비하거라!"

마음 같아서는 혼례식 준비를 하라는 어미의 명을 거역하고 집을 나간 딸의 종아리를 사정없이 때려주고 싶었지만 혼례를 앞둔 딸을 때릴 수는 없는 일이었다.

말에서 내린 기완자는 무릎을 꿇은 채 눈물을 흘리며 애원했다.

"어머님, 소녀, 최영 도령과 이미 혼약을 맺었나이다! 결단코 불화 오라버니와 혼인할 수는 없나이다! 굽어살펴주소서!"

"뭐라? 내 딸이 이 어미의 허락도 없이 멋대로 혼약을 맺었단 말이냐?"

기완자는 말문이 막혀 마당에서 뒷짐 진 채 자신을 바라보고 있던 기자오에게 애처로운 눈길로 도움을 청했다. 분을 참지 못한 이씨가 기완자의 볼을 때리려는 찰나 기자오가 손을 들며 큰소리로 외쳤다.

"부인! 그만하시오. 최영과의 혼인은 이미 내가 허락한 일이 아니오? 배필을 구했으니 이제 되었소. 박참지 댁은 내가 알아서 처리할 터이니 걱정하지 다시구려."

이씨는 최영을 사위로 맞는 게 전혀 탐탁지 않았다. 가난한 집안에 딸을 시집보내고 싶지 않았던 이씨는 겨우 기자오를 설득해 박불화의 집안에 혼담을 넣어 성사시켰는데 딸이 어깃장을 놓자 분해 견딜 수 없었다.

"그래, 어미의 얼굴에 먹칠을 해도 좋거든, 어디 네 마음대로 하거라!"

"어머님! 소녀, 오직 최영 도령께 뜻이 있으니 부디 고정하소서!"

이씨는 분을 참지 못해 안방으로 들어가버렸다.

기자오는 어머니에게 미안한 마음에 눈물을 흘리는 딸의 손을 잡으며 말했다.

"너를 보니, 네 어미가 처녀였을 때를 보는 듯하구나."

기완자는 무슨 뜻인지 몰라 눈만 동그랗게 뜬 채 아버지의 말이 이어지기를 기다렸다.

"네 어미 또한 너처럼 부모님의 반대를 무릅쓰고 이 아비와 혼인했느니라."

그토록 권세 높은 가문을 딸의 혼처로 구했던 어머니가 아니던가! 실로 뜻밖의 말이라 기완자는 말문이 막혔다.

“어머님께서도 소녀처럼…….”

기완자의 어머니 이씨도 처녀 시절 빼어난 미모로 명성이 자자했다. 당시 정승이었던 유경의 아들이 그녀에게 혼담을 청했지만 소박한 성격의 기자오에게 이전부터 마음을 두었던 그녀는 기자오에게 시집가겠다 고집을 부려 결국 기자오의 아내가 되었던 것이다.

문득 기자오는 30여 년 전 부인 이씨와 혼례식을 올리던 순간을 아련히 떠올렸다. 아버지와 딸은 손을 맞잡은 채 감격의 눈물을 흘렸다.

붉은 혼례복을 입은 기완자의 자태는 이 세상의 어떤 꽃보다 청초하고 아름다웠다. 기완자가 자신의 모습이 어떤지 하녀들에게 눈짓으로 묻자, 월매가 감탄하며 말했다.

“아씨, 참으로 고우세요! 천상의 선녀라도 아씨보다 곱지 못할 거예요!”

기완자가 수줍은 미소를 지으며 말했다.

“과찬이 심하구나. 내가 선녀처럼 아름답다면 더는 소원이 없겠구나!”

"보세요!"

월매가 거울을 내밀자, 기완자는 곤지와 연지를 찍은 자신의 얼굴이 비친 거울을 쳐다보았다. 이마에 곤지, 두 뺨과 입술에 연지를 바른 기완자의 얼굴은 스스로 깜짝 놀랄 정도로 아름다웠다. 기완자는 두 눈을 휘둥그렇게 뜬 채 감격 어린 목소리로 말했다.

"너희들이 예쁘게 치장해주니, 이게 나인지 몰라볼 정도로 아름답구나! 고맙다!"

"고맙긴요. 저희들이 한 게 있어야지요. 이렇게 치장을 안 하셔도 아씨는 선녀처럼 아름다우신 걸요."

월매가 찬미하는 말에 감격한 기완자의 눈에서 이슬처럼 고운 눈물이 흘러내렸다.

"아이구! 아씨, 우시면 아니 되옵니다. 연지가 지워지니……."

"미안하구나!"

한 번 흐르기 시작한 기완자의 눈물은 좀처럼 그칠 줄 몰랐다. 월매가 애틋한 미소를 지은 채 손수건으로 기완자의 눈물을 닦으며 말했다.

"실컷 우세요. 한 차례 우시고 나면, 눈물이 마를 터이니……."

　그토록 바라던 혼례식을 앞두고 어찌 이리 눈물이 하염없이 흘러내리는 것일까. 생각보다 훨씬 아름다운 자신의 모습을 보자 뿌듯한 마음에 감격이 복받쳐 눈물이 흐르는 것이리라.

　기완자가 눈물을 그치자, 하녀들이 눈물에 지워진 연지를 바르기 시작했다. 하녀들이 치장을 마치자, 기완자는 월매가 비춰주는 거울을 다시 쳐다보았다. 말할 수 없이 아름다웠다.

　기완자는 이번에도 눈물이 쏟아지려는 것을 간신히 참았다. 이토록 아름다운 자신의 모습을 최영에게 보여줄 생각을 하니 형언할 수 없을 정도로 감격에 차올랐다.

　천상의 선녀와 같이 아름답게 치장한 채 최영이 오기만을 기다리던 기완자는 벌써 왔어야 할 최영이 오지 않자 초조해졌다. 곧 누이를 데리고 자신의 집으로 오겠다고 말하지 않았던가.

　'혹여 누이를 데려오는 길에 사고라도 난 것이 아닌지…….'

　기완자는 답답한 마음에 혼례복을 입은 채 마당으로 나왔다. 더할 나위 없이 아름답게 치장한 기완자를 본 하인들의 두 눈이 휘둥그레졌다. 천상의 선녀가 하강한 듯한 주인아씨의 아름다운 모습에 어찌 시선이 가지 않을 수 있으랴. 하인들의 예사롭지 않은 시선에 부끄러움을 느낀 기완자는 고개를 숙이며 명했다.

"바람 쏘이러 나온 것이니, 여기서 서성이지 말고 각자 일이나 보거라."

하인들이 뿔뿔이 흩어지는데, 대문 밖에서 인기척 소리가 들렸다. 기완자가 반색하며 하인들에게 명했다.

"손님이 온 듯하니, 대문을 열거라!"

하인들이 성큼 다가가 대문을 열려는 찰나, '쾅' 소리와 함께 대문이 부서져나갔다. 순간 기완자의 안색이 백지장처럼 창백해졌다. 주인의 허락도 없이 부서진 대문을 넘어선 푸른 관복을 입은 수십 명의 사내들은 결혼도감에서 나온 것이 틀림없었다.

"기자오의 여식 기완자는 어명을 받거라!"

어명이라는 말에 기완자는 눈앞이 캄캄해졌다. 기완자가 어찌할 바를 몰라 멍하니 있는데, 기자오가 사내들 앞으로 나오며 물었다.

"혼례식을 앞둔 내 딸에게 어명이라니, 대체 어찌된 영문이오?"

우두머리로 보이는 사내가 혼례복을 입은 기완자를 훑어

보더니 얼음처럼 차가운 목소리로 말했다.

"기자오, 그대의 여식이 광영스럽게도 공녀로 선발되었으니 어명을 받들라!"

"내 딸은 이미 혼약을 했거늘, 그럴 수는 없는 일이오!"

"감히 어명을 거역하겠단 말인가? 어명을 거역하면 멸문을 면치 못할 것이다!"

기자오는 숨이 막힐 정도로 답답해 가슴을 치며 말했다.

"내 딸은 이미 혼약을 맺었단 말이오! 혼약을!"

"매파가 증인이 되어주기로 약조했으니, 청하건대, 확인하여보소서!"

혼약을 맺은 여인은 공녀로 선발하지 않는 것이 관례임에도 결혼도감의 수장 구천우는 들은 척도 하지 않았다.

"이미 어명이 내려졌으니, 어명에 따르라!"

칼을 찬 결혼도감 병사들이 몸부림치는 기완자를 완력으로 가마에 태웠다. 기완자는 가문에 화가 미칠까봐 저항할 수 없었다. 순식간에 딸을 태운 가마가 대문으로 향하자 이씨가 절규하며 딸을 불렀다.

"완자야!"

"어머님! 아버님! 서방님이 곧 우리의 혼약을 증언할 매파를 불러올 터이니 심려치 마소서!"

기완자에게 최영은 이미 서방님이었다. 혼약을 맺은 것이 혼례식을 올린 것과 무엇이 다르랴! 아무리 몽골의 주구 노릇을 하는 결혼도감이라도 이미 혼약한 한 쌍의 남녀를 가를 수는 없으리라. 기완자는 입술을 꼭 깨물며 한 가닥의 희망을 품었다.

하늘이시여!

한편 최영은 전속력으로 마차를 몰아 기자오의 집으로 향하고 있었다. 누이동생의 혼처를 구하려 했지만, 혼처를 찾지 못한 채 시간만 지체된 것이 마음에 걸린 최영은 연신 채찍을 휘두르며 거칠게 마차를 몰았다. 철원을 벗어날 무렵 10여 명의 몽골군이 멀리서 보아도 미색이 빼어난 소녀를 강제로 끌고 가는 것이 최영의 시야에 들어왔다. 최영은 가슴이 철렁했다.

'벌써 금혼령이 내려졌단 말인가!'

최영은 기완자가 걱정되어 마음이 조급해졌지만 차마 지나칠 수 없어 마차를 멈췄다. 최영은 말안장에 매어둔 장시를 들고 말에서 뛰어내려 몽골군의 앞을 가로막은 채 손을 들며 외쳤다.

“멈추시오!”

10여 명의 몽골군이 최영을 향해 창을 겨누는 순간 몽골군의 손에 잡혀 있던 소녀의 눈이 최영의 눈과 마주쳤다. 열여섯쯤 되어 보이는 소녀는 나서지 말라는 듯 최영을 향해 고개를 저었다. 최영은 안심하라는 듯 소녀에게 눈짓을 보냈다. 몽골군의 우두머리로 보이는 사내가 당장이라도 창으로 찌를 기세로 최영에게 다가가며 호통쳤다.

“감히 대원 사신단 호위군 앞을 막다니, 죽고 싶어 환장했느냐?”

개경에 있던 원나라 사신단 호위군이 여기까지 와서 공녀를 선발한다며 행패를 부리고 있었던 것이다. 최영이 장시를 꼭 쥔 채 위풍당당한 기세로 대꾸했다.

“대원 사신단 호위군이 어찌 백주다 낮에 민가에 와서 행패를 부리는 것이오?”

“황명을 받고 공녀를 선발하고 있거늘 행패라니, 이런 실성한 놈은 죽어 마땅하다!”

대노한 몽골 사내가 최영에게 달려들자, 소녀가 날카롭게 외쳤다.

"도령! 물러서시오!"

몽골 사내가 최영을 창으로 찌르려는 찰나 소녀는 비명을 지르며 눈을 감았다. '억' 하고 외마디 신음과 함께 우당탕 쓰러지는 소리가 들려 눈을 떠보니, 몽골 사내가 꿈작도 않고 쓰러져 있었다. 태산 같은 힘이 실려 있는 최영의 장시에 맞은 몽골 사내는 쓰러지면서 그대로 정신을 잃고 만 것이다.

전광석화처럼 빠른 최영의 몸놀림에 몽골 병사들이 아연실색하며 주춤거렸다. 최영은 몽골 병사들이 도망칠 겨를도 없이 비호처럼 날렵하게 장시를 휘둘러 그들을 차례차례로 쓰러뜨렸다. 소녀는 믿을 수 없다는 표정으로 우두커니 서서 바라볼 뿐이었다. 자신보다 불과 두세 살 많아 보이는 소년이 이토록 용맹할 줄 어찌 상상이나 할 수 있었으랴! 순식간에 10여 명의 몽골군을 쓰러뜨린 최영은 멍하니 서 있는 소녀의 손을 잡아끌어 마차에 태웠다. 전속력으로 마차를 몰고 가던 최영이 고개를 돌려 인사했다.

"소생은 최영이라 하오. 급한 일이 있어 먼저 일을 마친 후에 그대를 집에 데려다주려 하는데, 그리해도 괜찮겠소?"

몽골군이 따라올까 조바심 난 얼굴로 마차 밖을 바라보던 소녀는 최영의 인사에 두 손을 모아 답례하며 말했다.

"괜찮다마다요. 소녀는 유화라 하오. 구해주신 도령의 은혜에 감읍할 따름이오.”

최영은 급히 마차를 모느라 뒤도 돌아보지 않은 채 말했다.

“마땅히 해야 할 일을 했을 뿐이오.”

붉은 비단 댕기로 머리를 땋은 유화는 어린 나이에도 기품 있는 모습이 지체 높은 가문의 여식임이 분명해 보였다.

최희가 어안이 벙벙한 유화에게 눈짓으로 최영을 가리키며 인사했다.

“소녀는 이분의 누이동생 최희라 합니다. 무사하시어 천만다행입니다.”

“걱정해주어 고맙소.”

유화는 묘한 눈빛으로 급히 마차를 모는 최영을 바라보다가 최희에게 말했다.

“참으로 든든한 오라버니가 있어 좋겠소.”

최희는 자신의 오라버니를 바라보는 유화의 눈빛이 심상치 않음을 느낄 수 있었다. 최희가 어렵사리 입을 열었다.

“소녀의 오라버니께서는 지금 혼례식을 올리러 정혼녀의 집으로 가는 길입니다.”

이미 최영을 가슴속 깊이 사모하게 된 유화로서는 청천벽력 같은 말이었다. 유화는 충격을 받은 듯 입을 벌린 채 멍하니 최영을 바라보다가 떨리는 목소리로 말했다.

"그, 그러시군요."

유화는 눈가에 맺힌 눈물을 감추기 위해 마차 밖으로 고개를 돌렸다.

'도령, 실은 나를 구한 도령께 한평생을 바칠까 했더니, 인연이 아닌가 보오.'

어느새 마차가 기자오의 집 앞에 당도했다. 부서져나간 채 열려 있는 대문을 보고 변고가 생겼음을 직감한 최영의 안색이 처절할 정도로 창백해졌다.

"기낭자!"

집 안에 들어서자 마당에 주저앉아 있는 기자오와 이씨가 최영의 시야에 들어왔다. 주저앉은 채 망연자실하게 통곡하던 이씨는 원망에 찬 눈으로 최영을 노려보다 버럭 소리를 질렀다.

"어찌 이제야 온 것인가? 내 딸이 결혼도감 관원들에게 끌려갔거늘, 대체 여태까지 무얼 하고?"

"하오면, 기낭자가……."

최영은 너무도 당황한 나머지 말을 잇지 못했다. 기자오가 손짓으로 이씨의 말문을 막은 후 성큼 일어나 최영의 어깨를 흔들며 다짜고짜 물었다.

"그 매파는 어디 있는가?"

"소생의 집 근처에 사는 매파이오니 속히……."

최영의 말이 끝나기도 전에 기자오가 다급히 말했다.

"어서 매파를 데려오게! 다행히도 자네와 내 딸이 혼약을 맺었으니, 매파를 증인으로 세우면 공녀로 선발되는 걸 막을 수 있을 걸세!"

"속히 다녀오겠사옵니다."

최영이 숨 돌릴 겨를도 없이 대문을 나서려는 찰나 대문 밖에서 서성이고 있던 유화와 마주쳤다. 최영이 다급하게 유화에게 말했다.

"소생이 급한 일이 있어 낭자를 데려다줄 수 없게 되었소. 양해하여주시오."

최영이 급히 말을 몰아 떠나버리자, 유화는 어리둥절해 어찌 된 영문인지 최희에게 눈짓으로 물었다. 최희는 유화의 눈짓을 못 본 듯 멍한 얼굴로 우두커니 서 있었다. 최희는 말없이 눈물을 흘릴 뿐이었다.

'오라버니께서 백부님 댁에 있던 나를 데리러 오는 바람에 기낭자가 공녀로 끌려갔으니 이를 어찌하랴!'

하염없이 눈물을 흘리는 최희를 보고 사태를 짐작한 유화가 최희에게 위로의 손길을 내미는 순간, 기자오가 급히 나오다 하마터면 유화와 부딪칠 뻔했다. 유화는 화들짝 놀라 뒤로 물러섰다가 기자오가 집 주인임을 짐작하고 고개를 숙여 인사를 올렸다.

"주인어르신께 인사올리나이다."

유화가 지체 높은 가문의 여식임을 짐작한 기자오는 고개를 끄덕이며 물었다.

"낭자는 뉘신가?"

"소녀는……."

그제야 눈물을 그친 최희가 눈짓으로 유화의 말을 가로막으며 말했다.

"소녀, 최영 도령의 누이동생 최희라 하옵니다. 낭자는 유씨 가문으로 소녀의 이웃이온데, 결혼도감 관원의 눈을 피해 다니다 때마침 길에서 마주쳐 함께 이곳으로 온 것이옵니다."

최영이 유화를 구하다 시간이 지체된 것을 기자오 내외가 알면 한바탕 난리가 날 터, 유화는 최희의 말이 맞다는 뜻으로 고개를 끄덕였다.

"소녀, 유화라 하옵니다. 소녀, 몽골군과 결혼도감 관원들의 눈을 피하고자 어르신의 댁에 머무르고자 하오니 부디 허락하여주시옵소서."

기자오는 유화와 길에서 마주쳤다는 최희의 말이 의심스러웠지만, 최희와 유화마저 공녀로 끌려갈까 걱정되어 집 안으로 들어오라며 손짓했다.

"낭자들이 결혼도감 관원들의 눈에 띄면 곤란하니, 일단 안으로 들어오시오."

"어르신의 호의에 감읍할 따름이옵니다."

기자오는 딸 걱정에 정신이 없어 유화의 인사에 답례도 하지 않고 집 안으로 들어가버렸다. 유화와 함께 집 안에 들어온 최희는 얼빠진 사람처럼 혼잣말로 중얼거렸다.

"내가 오라버니의 혼사를 망쳤구나……."

유화가 최희의 손을 잡으며 울먹이는 목소리로 위로했다.

"최낭자, 자책하지 마시오. 참으로 미안하오. 모든 것이 내 탓이 아니겠소……."

최희의 두 뺨에 눈물이 주르륵 흘러내렸다. 최희는 자신으로 말미암아 오라버니 최영의 혼사가 어긋났다는 생각에 눈물을 그칠 수 없었다.

'모든 것이 내 탓이다. 내가 집에 없었기에 오라버니께서 나를 데리러 오느라 혼례식을 미루다 이 지경이 되었구나! 하

늘이시여, 부디 기낭자가 집으로 돌아오게 굽어살펴주소서!'

❀

한 식경 만에 멀리서 거친 말발굽 소리가 들려왔다. 최영이 말 뒷자리에 매파를 태운 채 부서진 대문 안으로 들어왔다. 어찌나 말을 다급히 몰았던지 말에서 내린 매파가 불만에 찬 목소리로 최영을 나무랐다.

"아무리 급해도 그렇지, 어찌 그리 미친 듯이 말을 모는 겐가? 10년은 감수했네!"

기자오가 나섰다.

"이보게, 매파. 지금 그걸 따질 때가 아닐세. 자네가 내 딸이 혼약한 사실을 증언하면 사례는 톡톡히 하겠네."

매파는 어지러운 듯 머리를 손으로 감싸며 말했다.

"그리하지요."

하인들이 말 두 필을 끌고 나오자, 기자오가 최영에게 말했다.

"자네의 말은 지쳤을 터이니, 우리 집 말을 타게나."

"그리하겠나이다."

최영이 하인들에게 건네받은 말에 오르려는 찰나였다.

"오라버니, 이것을 가져가소서."

어느새 바로 옆까지 다가온 초희가 김치를 넣어 뭉친 주먹밥 두 덩이를 내밀었다.

최희가 백부 최원중의 집에 있었던 것은 아버지의 3년상을 지내느라 며칠째 식음을 전폐한 오라버니 최영에게 주먹밥을 만들어주기 위함이었다. 자신의 불찰로 인해 이 지경이 되었다는 생각에 최희는 자책감을 견딜 수 없었다. 최영은 누이의 심정도 모르고 주먹밥을 받아 품 안에 넣으며 생각했다.

'기낭자가 혼례식을 준비하느라 식사할 겨를이 없었을 터이니, 참으로 잘 되었구나!'

최영은 눈물을 글썽이며 자신을 바라보는 최희의 손을 잡으며 말했다.

"참으로 고맙구나! 이 오라버니가 기필코 기낭자를 데려올 터이니 심려치 말고 여기서 기다리고 있거라."

말에 올라탄 기자오가 최영에게 말했다.

"자네 누이와 자네 이웃 낭자는 우리 집에 있는 것이 가장 안전할 걸세."

최영은 이웃이란 말에 어리둥절하다, 최희가 눈짓을 하자 그제야 깨달았다.

'내가 유낭자를 구하느라 지체한 사실을 장인 내외께서

아시면 나를 원망할 터이니 유낭자를 이웃이라 했구나!'

최영이 말에 올라타는 순간 누군가 말을 몰아나왔다. 기완자의 첫째 오라버니 기철과 넷째 오라버니 기륜이었다.

"아버님, 저희들도 아버님을 따라가겠사옵니다."

기자오가 고개를 가로저었다.

"아니다. 아비가 알아서 할 터이니, 너희는 여기서 최낭자와 유낭자를 보살피거라. 혹여 결혼도감 관원들이나 몽골군이 오거든 무슨 일이 있어도 최낭자와 유낭자를 보호해야 한다. 이 아비의 뜻을 알겠느냐?"

의협심이 강한 기자오는 비록 딸을 결혼도감에 빼앗겼지만 자신의 집 손님인 최희와 유화만은 가문의 운명을 걸고라도 지켜주고 싶었던 것이다. 기철과 기륜은 최희와 유화의 미모가 빼어나게 아름다운 것을 보자 호기가 생겼다.

"아버님의 명을 따르겠나이다."

기자오와 최영이 출발하려는데 매파는 꼼짝도 하지 않았다. 최영이 다급히 손짓하자, 매파가 고개를 절레절레 저으며 말했다.

"낭자가 공녀로 끌려갔다는 말을 듣고 경황이 없어 도령의 등을 붙들고 예까지 왔지만, 내 비록 50의 나이지만 남녀유별이거늘, 어찌 백주대낮에 도령의 등을 붙들고 가겠소?

마차를 준비해주시오. 나는 마차를 타고 가겠소."

"이 와중에 어찌 남녀유별을 따질 수 있겠소? 마차는 늦으니 어서 말에 타시오."

기자오의 독촉에도 매파가 말에 타지 않으려 하자 최영이 말에서 내려오더니 매파에게 큰절을 하며 말했다.

"이렇게 부탁하오. 부디 말에 올라주시오. 말에 올라주시면 매파를 평생의 은인으로 모시겠소."

최영의 간절한 호소에 매파가 마지못해 고개를 끄덕였다. 최영이 말에 뛰어 오른 후 매파가 최영의 등을 붙들자, 기자오가 말을 몰아 앞으로 내달리며 외쳤다.

"내 뒤를 따르게!"

최영이 기자오의 뒤를 따라 말을 몰아 달려나가자, 대문 밖을 멍하니 바라보던 최희와 유화에게 기철이 손짓했다.

"결혼도감 관원들이 언제 다시 올지 모르니, 낭자들은 곳간에 숨어 있는 것이 어떻겠소?"

최희가 눈짓으로 의견을 물어보자 유화가 고개를 끄덕였다.

"그리하지요."

급히 말을 몰아 한 시진 만에 개경에 당도한 기자오와 최영은 매파를 데리고 결혼도감을 찾아갔다. 얼마 후, 결혼도감 관장 구천우가 거드름을 피우며 나타났다. 기자오가 최영을 가리키며 말했다.

"노부는 행주 기씨 가문의 기자오요. 내 딸이 공녀로 선발되었으나, 실은 이 도령이 내 딸과 혼약했다오. 매파가 증인이니 이제 내 딸을 집으로 돌려보내주시오."

구천우가 고개를 가로저으며 단호히 말했다.

"안 될 말이다! 혼례식을 올렸다면 모르되, 혼약 따위로 어찌 어명을 거역할 수 있단 말인가?"

"여태껏 혼약한 여인은 공녀로 선발하지 아니한 것이 관례였거늘, 어찌 그러시오?"

"관례가 어찌 어명보다 중요할 수 있겠느냐? 네 여식은 이미 공녀로 선발되었으니, 가문의 광영으로 알고 그만 물러가라!"

기자오가 눈물을 흘리며 구천우에게 애원했다.

"공께서는 이 늙은이의 간곡한 청을 부디 물리치지 말아주시오. 아비가 어찌 딸을 만리길 타국으로 시집보내고 마음이 편할 수 있겠소? 내 전 재산을 모두 관청에 바칠 터이니, 부디 내 딸을 공녀 명단에서 제외하여주시오. 부탁이오.”

구천우는 기자오의 간곡한 말에도 아랑곳하지 않았다.

“말귀를 못 알아듣느냐? 가문의 광영으로 알고 물러가라 하지 아니했느냐? 당장 물러가지 아니하면 하옥시키겠다!”

기자오는 충격으로 비틀거렸다. 최영이 비틀거리는 기자오를 부축해 자리를 떠났다. 최영의 부축을 받아 결혼도감을 나온 기자오는 땅에 털썩 주저앉아 하늘을 우러러 탄식했다.

“하늘이시여, 어찌 이리도 매정하실 수 있나이까? 이 늙은이가 하늘에 죄를 지은 것이 있어 내 딸에게 불행이 닥친 것이라면, 이 늙은이의 목숨을 거두시고 딸을 되찾게 하여주소서!”

기자오가 통곡하며 하염없이 눈물을 흘리는데, 온몸을 부르르 떨며 서 있던 최영이 갑자기 기자오 앞에 무릎을 꿇으며 절규하듯 말했다.

“모든 것이 소생이 늦게 온 탓이옵니다. 소생, 죽고 싶은 심정이옵니다……”

눈물을 그친 기자오가 최영의 어깨를 두드리며 위로했다.

“여보게, 영도령. 내 딸이 공녀로 선발된 것이 어찌 자네의 탓이겠는가? 자책하지 말게나.”

최영이 울먹이는 목소리로 말했다.

“실은, 누이의 혼처를 구하느라 지체했고, 또한 아까 보신 여인을 구하느라 시간을 지체했사옵니다. 백부님 댁에서 누이를 데리고 곧장 왔다면 이런 일이 없을 터인데…….”

최영은 목이 메어 말을 이을 수 없었다. 기자오는 유화 역시 공녀로 선발된 여인이란 사실을 깨달았다. 누이의 혼처를 구하느라, 유화라는 여인을 몽골군의 손에서 구하느라 시간을 지체했단 말인가! 순간적으로 기자오는 최영이 원망스러웠지만, 이제 와서 잘잘못을 따지는 것은 무의미한 일이라는 생각에 담담하게 말했다.

“모든 것이 하늘의 뜻이 아니겠는가! 자네 탓이 아닐세. 따지고 보면 자네 아비가 세상을 떠나기 전에 혼담 문제를 매듭지었어야 했는데……. 그러지 못한 것이 천추의 한일세…….”

“아니옵니다. 모든 것이 소생의 잘못이옵니다…….”

최영은 죄책감에 하염없이 눈물을 흘렸다. 기실 최원직이 세상을 떠나기 전에 최영에게 혼례 문제를 스스로 알아서 결정하라고 말했지만, 최영은 아버지를 잃은 슬픔에 마음을 다잡을 수가 없어 혼례 문제를 3년상을 지낸 후 매듭지으려

했던 것이다.

'기낭자, 그대를 지키지 못한 나를 용서하여주시오.'

최영은 우유부단했던 지난날을 생각할수록 마음에 한이 되어 눈물을 금할 수 없었다. 한등안의 침묵이 흐른 후 기자오가 천천히 입을 열었다.

"폐하께 주청을 올리러 가세⋯⋯. 자네의 조부가 폐하의 조왕이신 충렬왕의 왕사가 아니신가⋯⋯."

최영의 가슴에 한 가닥의 희망이 떠올랐다. 최영의 조부 최옹이 충숙왕의 할아버지 충렬왕의 왕사가 아니던가! 충숙왕이 나선다면 기완자를 되찾을 수 있을까.

추격

"전하, 최옹의 손자 최영과 기관의 아들 기자오가 알현을 청했나이다."

네 살배기 왕자 왕기(훗날 공민왕)에게 서예를 가르치고 있던 충숙왕은 환관 유성의 보고에 의아한 얼굴로 고개를 갸웃거리며 물었다.

"최옹의 손자와 기관의 아들이 어인 일로 과인을 찾아온 것이냐?"

"소인이 들은 바로는 기자오의 여식이 최영과 혼약했는데, 이번에 공녀로 선발된지라 공녀 선발을 취소하여주십사 주청을 올리러 온 것이라 하옵니다."

충숙왕의 입에서 탄식이 흘러나왔다.

"어허, 참으로 안타까운 일이로다! 공녀 선발은 과인도 어쩔 수 없는 일이거늘 만나본들 무슨 소용이 있겠느냐?"

"하오면, 물러가라 이르겠나이다."

유성이 물러가자 충숙왕은, 고사리 손으로 붓을 잡고서 '高麗' 자를 쓰고 있는 어린 왕자 왕기를 바라보며 혼잣말로 중얼거렸다.

"이 나라의 왕이었던 내 아들 충혜가 원에 잡혀 있고, 나 또한 언제 원으로 잡혀갈지 모르는 몸이거늘……."

'高麗' 자를 다 쓴 어린 왕기는 붓을 벼루에 내려놓고는 충숙왕이 봐주기를 기다렸다. 네 살배기가 쓴 글이라고는 믿기지 않을 정도로 뛰어난 필체였다. 충숙왕은 어린 아들이 쓴 글씨를 찬찬히 훑어보더니 한숨을 내쉬며 말했다.

"왕자가 이 아비를 닮아 서예에 재주가 있는 듯하나 몽골 족 치하의 이 땅에서 서예가 뛰어나다 한들 어디에 쓸고?"

어린 왕기는 서글픈 얼굴의 충숙왕을 보자, 문득 어머니 덕비가 몹시 그리워져 똘망똘망한 눈을 반짝이며 말했다.

"아바마마, 소자 어마마마를 뵙고 싶사옵니다."

충숙왕이 어린 왕기의 머리를 쓰다듬으며 말했다.

"이 아비 또한 네 어미를 보고 싶은 마음 간절하나, 왕비께서 한사코 반대하니 어찌하겠느냐?”

20년 전 덕비 홍씨를 왕비로 맞았던 충숙왕은 3년 후 원나라의 강요로 영왕 야선첩목아의 딸 복국장공주를 왕비로 맞아들였는데, 투기가 심한 복국장공주는 충숙왕의 총애를 한 몸에 받던 덕비를 출궁시켜 민가에 살게 했다. 복국장공주가 죽자, 덕비는 충숙왕의 부름을 받고 복위했지만, 5년 만에 다시 원나라의 강요로 위왕 아목가의 딸 조국장공주가 왕비의 자리에 올라 덕비는 출궁당하고 말았다. 불과 1년 만에 조국장공주가 죽자, 덕비는 곤위(황후의 지위)에 복위할 수 있었다.

그러던 어느 날, 원의 조정은 고려의 내정을 간섭하기 위해 다시 원의 황녀와 충숙왕의 국혼을 추진했고 충숙왕은 덕비를 지키기 위해 왕위를 맏아들 충혜에게 물려준 후 상왕이 되었지만, 충숙왕의 저의를 의심한 원나라 조정의 소환을 받아 결국 덕비와 이별할 수밖에 없었다. 원나라 공주로 세 번째로 충숙왕에게 시집온 경화공주 역시 친원파 대신들을 앞세워 덕비의 입궁을 막았던 것이다. 약관의 나이에 왕위에 오른 충숙왕과 열여섯 살의 꽃다운 나이에 곤위에 오른 덕비의 지난 20년은 참으로 파란만장한 세월이었다.

남양에 유배 중인 덕비를 생각하던 충숙왕은 문득 정혼녀

를 빼앗긴 최영의 처지에 동병상련을 느껴 어린 왕기를 처
소로 돌려보낸 후 경화공주를 찾아갔다.

"주상께서 신첩의 처소에 어인 일이시나이까?"

실로 오랜만의 발걸음이었다. 덕비의 입궁 문제로 충숙왕
은 한 달여 동안 경화공주의 처소에 발걸음조차 하지 않았
던 것이다. 경화공주가 반가운 얼굴로 갖자 충숙왕도 애써
밝은 미소를 지었다.

"내, 공주께 청할 일이 있어 왔소."

경화공주가 공손히 고개를 숙이며 말했다.

"주상께서 신첩에게 청이라니, 당치 않사옵니다. 하명만
하소서."

충숙왕이 잠시 주저하다가 운을 떼었다.

"과인이 어찌 대원의 공주께 명을 나릴 수 있겠소. 청이
하나 있으니 들어주신다면 고맙겠소."

경화공주는 충숙왕이 출궁된 덕비를 입궁시켜달라고 부
탁하리라 짐작하고는 경직된 얼굴로 말했다.

"말씀하소서."

"내 들으니, 과인의 조부 충렬왕의 왕사였던 최옹의 손자
정혼녀가 이번 공녀 명단에 있다 하던데, 최옹은 대대로 조
정에 충성을 바친 가문이니 과인의 낯을 봐서 공녀 명단에

서 제외시켜 주실 수 없겠소?"

순간 경화공주의 얼굴이 밝아졌다. 덕비 문제가 아니라면 무엇이든 들어주고 싶었지만, 일단 공녀로 선발되면 황궁의 궁인이 되는 것이 원나라의 법도라 경화공주도 어쩔 수 없는 일이었다.

"황공하오나, 공녀로 선발되면 황궁에 속하는 것이 대원의 법도라 신첩도 어찌할 수 없는 일이옵니다."

충숙왕이 나직이 한숨을 쉬었다.

"대원의 법도가 그러하다면 어찌하겠소……."

덕비를 입궁시켜 달라는 말은 꺼내지도 못하고 경화공주의 처소를 나오는 충숙왕의 발걸음이 한없이 무거웠다.

"나라의 주권을 잃은 과인의 서러움을 누가 알아줄고?"

덕비를 입궁시키는 것도, 최영의 정혼녀를 공녀 명단에서 제외하는 것도, 뜻대로 할 수 없는 자신의 처지가 너무나 분하고 서러웠다.

"주상께서 너희들의 알현을 윤허치 아니하셨은즉, 물러가라!"

수창궁의 문지기가 차디찬 말을 내뱉고는 대궐문을 닫아 버렸다. 한 가닥의 희망마저 사라지자 최영은 절망감에 휩싸여 눈물만 흘릴 뿐이었다. 마음 같아서는 당장 결혼도감으로 달려가 기완자를 구하고 싶었지만, 어떤 일이 있어도 조정의 명을 따라야 한다는 아버지 최원직의 유훈을 최영은 감히 어길 수 없었다.

"아버님, 소자 어찌할 바를 모르겠나이다……."

하늘을 우러러보며 눈물을 흘리던 기자오는 최영을 측은한 눈길로 바라보다 어깨를 다독이며 말했다.

"자책하지 말게나. 하늘이 무너져도 솟아날 구멍이 있는 법일세. 내, 행주로 돌아가 방도를 찾아보려 하는데, 자네도 철원으로 돌아가 방도를 찾아보는 게 어떻겠는가?"

기자오는 지푸라기라도 잡는 심정으로 말했을 뿐, 이미 딸을 구할 방도가 없음을 알고 있었다. 충숙왕이 나서지 않는다면 누가 감히 딸을 공녀 명단에서 빼줄 수 있으랴!

최영이 긴 한숨을 내쉬며 말했다.

"소생은 주상께 다시 한 번 주청을 올릴까 하옵니다."

"자네의 뜻이 그렇다면, 그리하게나. 난 이만 가보겠네."

아무리 기다려도 수창궁의 문지기는 대궐문조차 열어주지 않았다. 이틀째 끼니를 굶어 서 있을 기력조차 없어진 최영은 털썩 주저앉아 하염없이 눈물을 흘렸다.

❋

얼마나 시간이 흘렀을까. 날이 바뀌어 해가 중천에 떠오르고 있었다. 의식을 잃고 쓰러져 있던 최영을 누군가 흔들어 깨웠다.

"영도령, 어서 일어나시오!"

박불화였다. 최영은 탈진한 상태였지만, 박불화를 보자 벌떡 일어났다.

"불화 형님께서 여긴 어인 일이십니까?"

"정녕 몰라서 묻는 것이오?"

박불화의 말에 최영이 놀란 얼굴로 물었다.

"불화 형님도 누이가 공녀로 선발되었습니까?"

기완자를 위해서라면 목숨도 아깝지 않은 박불화였다. 이러한 박불화의 마음을 짐작조차 못하는 최영으로서는 박불화 역시 누이가 공녀로 선발되어 여기까지 온 줄로만 알았던 것이다. 박불화가 다급히 말했다.

"완자 누이 때문에 온 것이오. 몽골놈들이 벌써 완자 누이를 데리고 떠났으니, 속히 추격해야 하오."

박불화의 말에 최영은 깜짝 놀라 두 눈이 휘둥그레졌다.

"기낭자가 공녀로 선발된 지 이틀밖에 되지 않았거늘, 어찌 벌써 떠났단 말이오?"

박불화는 급한 마음에 대꾸조차 하지 않은 채 최영의 어깨를 잡아끌었다.

"시간이 없으니 일단 나를 따르시오."

박불화가 말을 세워둔 곳으로 달려가자, 최영도 말을 매어둔 곳을 향해 달려갔다. 최영이 말이 매어 있는 곳에 도착하기도 전에 박불화가 말에 뛰어오르며 외쳤다.

"송악산 산마루로 갈 터이니 그리로 오시오!"

박불화가 급히 말을 몰고 떠나자, 최영도 서둘러 말에 올랐으나, 이틀이나 굶은 말은 기력이 없는지 꼼짝도 하지 않았다. 최영은 급한 마음에 채찍으로 말을 후려쳤으나, 그래도 말은 앞으로 나가지 않았다. 다급해진 최영이 말의 목을 쓰다듬으며 말했다.

"네 주인아씨가 몽골군에게 끌려갔다. 어서 가자!"

최영의 말을 알아들었는지, 그제야 말이 달리기 시작했다.

이 무렵, 원나라 사신단 행렬이 송악산의 산길을 넘어가고 있었다. 때는 가을이었지만 사신단 행렬의 행로인 압록강과 요동은 이미 겨울로 접어들고 있어 공녀를 선발한 지 불과 이틀 만에 서둘러 출발했던 것이다. 개경에서 대도까지는 마차로 한 달가량이 걸리는 거리였다. 눈 내리는 겨울이 오기 전에 대도에 도착하기 위해 사신단 행렬은 잠시도 멈추지 않고 강행군을 이어갔다.

끝없이 이어지는 행렬의 끝자락에 공녀 50명이 탄 수레 다섯 대가 요란한 바퀴소리를 내며 송악산의 산길을 달리고 있었다. 비좁은 수레에 10명이나 되는 공녀가 탔기 때문에 수레가 흔들리면 서로 부딪치기 일쑤였다.

"악!"

수레가 거친 산길을 지나다 심하게 흔들리자, 누군가의 머리가 기완자의 이마에 세차게 부딪치고 만 것이다. 기완자는 충격으로 하마터면 정신을 잃을 뻔했다. 기완자가 겨우 정신을 차리고 살펴보니, 그녀와 부딪친 낭자는 정신을 잃은 듯 수레 바닥에 머리를 박은 채 쓰러져 일어나지 못했다. 기완자가 낭자를 일으켜 세우며 흔들었다.

"소화 낭자, 정신 차리시오!"

중대광 강융의 딸 강소화였다. 기완자가 아무리 흔들어도 강소화는 의식을 찾지 못했다. 기완자가 마부를 향해 소리쳤다.

"이보시오! 수레를 멈추시오!"

기완자가 외치는 소리를 들은 마부는 고개를 돌려 큰소리로 물었다.

"무슨 일이냐?"

"머리를 바닥에 부딪쳤소! 머리를 다친 듯하니, 안정을 취하게 해주시오!"

"대장의 명이 없는 한, 수레를 멈출 수 없다!"

호흡이 곤란한 듯, 강소화의 숨결이 점점 거칠어졌다. 이대로 놔두면 목숨을 보전하기 힘들 듯싶었다. 기완자가 다급하게 외쳤다.

"수레를 멈추시오!"

마부는 들은 척도 하지 않고 계속 수레를 몰았다. 강소화의 숨결이 더욱 거칠어지자, 기완자는 무언가를 작심한 듯 주먹을 불끈 쥐더니 갑자기 수레 밖으로 몸을 내던졌다. 땅에 떨어진 충격으로 기완자는 외마디 비명을 지르며 쓰러졌다. 주변에 있던 사신단 호위군들이 말을 몰고 달려와 기완자를 포위한 후 창을 겨누었다.

"도망치다니, 죽고 싶어 환장했느냐?"

누군가 외치는 소리에 기완자가 땅을 짚고 일어나며 소리 쳤다.

"도망치려는 것이 아니오! 수레를 멈추시오! 머리를 다친 낭자가 있단 말이오!"

천상에서 하강한 듯 더할 나위 없이 아름다운 기완자를 보자, 사신단 호위군들은 약속이라도 한 듯 동시에 창을 거 두어들였다. 그때, 대장으로 보이는 사내가 말을 몰아 기완 자 앞으로 다가와 주변을 둘러보며 물었다.

"대체 무슨 일이냐?"

스무 살쯤 되었을까. 여느 미청년에 못지않은 수려한 얼 굴의 사내는 원나라 사신단 호위대장 탈탈이었다. 천하를 지배하는 원나라 사신단 호위대장이 이토록 어리다니! 의외 가 아닐 수 없었다. 기완자는 잠시 멈칫하다 또랑또랑한 목 소리로 말했다.

"머리를 다친 낭자가 있소! 잠시 행군을 멈추어주시오!"

황후족 옹기라트 가문 출신으로 아스트 친위군 사령관 백 안의 조카 탈탈은 이제 겨우 약관이지만, 문무 양과에 급제 해 장군에 오른 천하의 기재였다. 탈탈은 기완자의 말이 사

실임을 직감할 수 있었다. 조금도 흔들림이 없는 기완자의
눈빛이 사실을 말하고 있었다. 탈탈이 고개를 끄덕이더니
손을 들어 명을 내렸다.
　“잠시 행군을 멈춘다!”
　수레가 멈추자, 기완자는 급히 수레에 뛰어올라 강소화의
상태를 살펴보았다. 강소화의 숨결이 점점 진정되기 시작했
다. 기완자는 안도의 눈물을 흘렸다.

이 시각, 송악산 산마루에 검을 찬 20여 명의 사내들이 이제 막 행군을 멈춘 원나라 사신단 행렬을 내려다보고 있었다. 이들은 기철 형제를 비롯한 행주 고을의 사내들로 목숨을 걸고 기완자를 구출해내고자 모인 것이다. 기륜이 기철에게 말했다.

"저들이 협소한 산길에서 행군을 멈추었으니 하늘이 준 기회가 아닐 수 없소! 형님, 불화공은 대체 어찌 아니 오시는 게요?"

기철이 초조한 얼굴로 산마루 아래를 내려다보다가 갑자기 무엇을 발견했는지 손으로 가리키며 말했다.

"저기, 불화공과 영도령이 분명하다!"

순간 사내들의 시선이 일제히 산마투 아래로 향했다. 멀리서 최영과 박불화가 산마루를 향해 달려오고 있었다. 너무 먼 거리라 얼굴이 잘 보이지 않았지만, 기철은 최영과 박불화의 옷을 보고 알아보았던 것이다. 최영과 박불화가 헐떡거리며 산마루로 올라오자, 기철이 그들의 손을 잡아 사신단 행렬이 한눈에 보이는 곳으로 끌었다.

"불화공, 영도령, 때마침 와주었구려!"

최영과 박불화가 숨 돌릴 겨를도 없이 기철이 사신단 행렬을 가리키며 말했다.

"저길 보시오! 산길에 사신단 형렬이 멈추었소. 하늘이 준 절호의 기회가 분명하오! 내 누이를 구할 좋은 방책이 없겠소?"

최영이 보니, 수레 두 대가 겨우 지날 수 있는 산길에 사신단 행렬이 끝없이 이어져 있었다. 산길의 경사가 가파른데다 숲이 빼곡해 기습에 유리한 지형이었다. 최영이 미처 대답하기도 전에 박불화가 주먹을 불끈 쥐며 말했다.

"이보다 좋은 기회는 없을 것이오! 병법에 죽음을 두려워하지 않는 한 사람이 능히 1,000명을 당해낼 수 있다 했소. 우리가 모두 죽기를 각오하고 싸운다면 능히 완자 누이를 구할 수 있을 것이오!"

산마루 아래를 유심히 내려다보던 최영이 기철을 보며 물었다.

"여기 있는 우리가 전부입니까?"

기철이 고개를 끄덕였다.

"그렇소만……."

최영이 한숨을 내쉬며 말했다.

"사람들을 더 규합해야 하오. 몽골군이 군기가 정예한 것이, 우리만으로는 계란으로 바위를 치는 격이 될 것이오."

"참으로 샌님다운 말이구려! 몽골놈들이 열흘이면 압록강을 건널 터인데, 어느 세월에 사람들을 더 규합하겠소?"

동지밀직사사 최안도의 아들 최유였다. 박불화와 마찬가지로 오래전부터 기완자에게 연정을 품었던 최유는 기완자가 공녀로 선발되었다는 말을 듣고, 아우 최원과 함께 목숨을 걸고 나섰던 것이다. 기실 박불화와 최유뿐만 아니라 최원을 비롯해 이곳에 모인 사내들 모두 기완자를 마음 깊이 사모해 목숨을 걸고 거사에 나선 것이다.

마음에 품은 여인을 최영에게 빼앗긴 최유는 자신도 모르게 적개심이 일었다.

"목숨이 그리도 아까우면, 그대는 구경이나 하고 계시오! 우리끼리 거행하겠소!"

최영이 손을 내저으며 말했다.

“오해 마시오! 기낭자를 위해서라면 이 목숨 초개처럼 버릴 작정이오. 다만, 무모하기보다는 신중을 기하자는 것이오.”

기철을 비롯한 사내들이 눈짓으로 의견을 교환하고 있는데 박불화가 나섰다.

“일리가 있는 말이오. 내 들으니, 저들은 기병 2,000이라는데 우리는 고작 20이니…….”

박불화가 갑자기 산마루 아래를 가리키며 떨리는 목소리로 말했다.

“저기, 저들은 누구인가?”

산마루 바로 아래에서 수십 명의 낯선 무리들이 이쪽으로 올라오고 있었다. 낯선 무리들이 다가오자, 사내들이 일제히 검을 뽑아들었다. 박불화가 검을 치켜들며 물었다.

“멈춰라! 너희들은 누구냐?”

박불화가 검을 든 채 낯선 무리들 앞으로 다가가려는 찰나였다. 최영이 손을 들며 박불화의 앞을 가로막았다.

“유낭자!”

남장한 유화가 수십 명의 사내들과 함께 다가오고 있었다. 유화를 알아본 기철이 앞으로 나오며 인사했다.

“유낭자께서 여긴 어찌…….”

유화는 수줍은 듯 말없이 인사만 건넸다. 유화가 최희와 함께 기자오의 집에 머무를 때 안면을 튼 기철의 아우 기원, 기주, 기륜도 앞으로 나와 인사했다. 유화는 이번에도 인사만 건네고 스물대여섯쯤 되어 보이는 사내에게 눈으로 최영을 가리키며 말했다.

"오라버니, 이분이 소녀의 은공이신 최영 도령이옵니다."

유화의 오라버니가 두 손을 모아 인사했다.

"문화 유씨 가문의 유총이 은공께 인사올리오."

최영이 겸연쩍은 듯 손을 내저었다.

"은공이라니, 당치 않소! 경황이 없어 유낭자를 댁으로 모시지 않은 것이 송구할 따름이오."

"은공께서는 너무 겸양치 마시오. 소생의 누이를 구해주신 은공의 은혜 백골난망하여이다."

유총의 말이 끝나자마자 박불화가 다급히 최영에게 말했다.

"영도령, 지금이 절호의 기회요. 이들에게 우리의 사정을 알려 도움을 청하시구려!"

박불화의 목소리가 흥분으로 떨렸다. 유총과 유화를 중심으로 서 있는 수십 명의 사내들은 유씨 가문의 하인들이 틀림없으리라. 사내들 모두 몸놀림이 날렵한 것이 무예에 능한 자들이 분명해 보였다. 절호의 기회를 맞은 이때, 유씨 가문과 힘을 합친다면 기완자를 구할 수도 있다는 생각이 들었던 것이다. 하지만, 최영은 차마 입이 떨어지지 않았다. 유총이 공손히 말했다.

"실은 소생의 아버님이 은공께서 누이를 구하신 이야기와 몽골군에 정혼녀를 빼앗긴 일을 듣고 눈물을 흘리시며, '내, 금지옥엽 딸을 잃고 죽고만 싶은 심정이었거늘 이렇게 무사히 돌아오니 이보다 큰 은혜가 어디 있겠는가. 큰 은혜를 입고도 갚지 아니하면, 어찌 사람의 도리를 다했다고 할 수 있겠는가' 하시며 소생에게 명을 내리시길, 목숨을 걸고라도 누이를 구해주신 은공의 은혜를 갚으라 하시어, 무예에 능한 가문의 하인 100명을 이끌고 온 것이오. 곧 나머지 하인들이 무기를 가져올 것이니, 분부만 내리시오."

순간 기철과 박불화를 비롯한 행주 고을의 사내들이 나직이 환호성을 질렀다. 문화 유씨는 무에 있어 고려 최고 명문 가문이 아니던가! 조금 전까지만 해도 실낱 같은 희망조차 보이지 않았는데 이제는 해볼 만하다는 생각이 들었던 것이다. 비록 원나라 사신단 호위군이 2,000이라 하지만, 지금은 좁고 험준한 산길에 머무르고 있어 기습만 성공한다면 기완자를 구하는 것이 불가능한 일이 아니었다.

최영의 마음이 점점 무거워졌다. 기완자를 구하려다 잘못

되기라도 한다면……. 이 일로 인해 유씨 가문에 화가 미치기라도 한다면……. 최영은 자신도 모르게 고개를 절레절레 저었다. 흥분한 박불화가 유총의 손을 잡으며 말했다.

"많은 하인들을 데려온 공이 작전을 지휘하는 것이 좋겠소. 이 몸은 공의 명에 목숨을 걸고 따르겠소."

유총이 최영을 바라보며 말했다.

"소생은 은공의 분부를 따를 뿐이오."

박불화가 말이 없자, 유화가 나섰다.

"은공께서는 문무를 겸비한 분으로, 우리 유씨는 은공의 분부를 따를 것이니, 공께서도 은공의 분부를 따라주시기 바랍니다."

최영이 순식간에 10여 명의 몽골군을 쓰러뜨린 것을 두 눈으로 목격한 유화였기에 확신에 차 말한 것이다. 유화에게 최영의 용맹함에 대해 들은 유총이 박불화를 설득하기 위해 말했다.

"소생이 들으니, 은공께서 오직 장시 하나로 단숨에 10여 명의 몽골군을 쓰러뜨리고 누이를 구하셨다 하오. 천하에 이보다 더한 용맹은 없을 터, 은공의 분부를 따르는 것이 최선일 듯하오."

박불화는 여전히 말없이 기철을 바라보았다. 기철 역시

말없이 행주 고을 사내들의 눈치만 살필 뿐이었다. 박불화와 기철 모두 최영의 뛰어난 격구술을 본 터라 무예도 뛰어나리라 믿었지만, 이제 열여덟의 새파란 최영이 병법에 능하리라고 눈으로 보기 전에는 믿을 수 없었다. 박불화와 기철의 생각을 눈치 챈 최유가 나섰다.

"내, 최씨가 문에 능하다는 말은 익히 들었으나 무에 능하다는 말은 금시초문이오. 무에서는 유씨 가문의 명성이 자자하니, 차라리 유공께서 분부를 내려주시는 것이 어떻겠소?"

최유의 말이 불쾌한 듯 유총이 미간을 찌푸렸다.

"소생은 재주가 부족한지라, 은공의 분부를 따를 생각이오."

최영이 유총의 손을 잡으며 말했다.

"소생은 나이가 어리고 재주도 없으니, 유공께서 분부를 내려주시오."

유총은 난색을 표하다 최영이 재차 권하자 마침내 고개를 끄덕였다.

"은공께서 부족한 이 몸에게 중임을 양보하시니 은공의 뜻을 따르겠소."

바로 그때, 산마루 꼭대기에서 아래를 내려다보던 유씨 가문의 하인이 나직이 소리쳤다.

"도련님! 옵니다!"

수십 명의 사내들이 땔감을 가득 담은 지게를 짊어지고 산마루로 올라오고 있었다. 산마루에 올라와 있는 유씨 가문의 하인들과 복색이 비슷한 것으로 보아 이들도 유씨 가문의 하인들이 틀림없었다. 최영이 눈대중으로 산마루로 올라오는 사내들의 수를 헤아리다 깜짝 놀라 두 눈이 휘둥그레졌다. 하인들 틈바구니에 최희가 끼어 있었다.

"희야! 네가 여긴 어찌 왔느냐?"

나무라는 듯한 말투였다.

"오라버니……."

유화와 같은 복색으로 남장한 최희는 말을 잇지 못하고 고개를 숙였다. 유총이 사죄하듯 두 손을 모아 공손히 말했다.

"송구하오. 최낭자의 뜻이 완강하여……."

최희가 얼른 유총의 말을 받아 말했다.

"오라버니께서 여기에 있다는 말을 듣고 왔사옵니다."

최영이 혹여 부상이라도 당하면 보살펴주기 위해 최희가 온 것이었지만, 사실대로 말할 수는 없는 일이었다. 최영이 근심 어린 얼굴로 말했다.

"여긴 여인이 있을 곳이 못 되니, 백부님 댁에 가 있거라."

최희가 난처한 표정을 짓자, 유화가 나섰다.

"소녀가 은공의 누이를 데리고 있을 터이니, 은공께서는 심려치 마소서."

"이 깊은 산중에 여인들끼리만 있어도 괜찮겠소?"

유화가 미소 지으며 말했다.

"소녀, 아버님에게 무예를 익히 배웠으니 심려치 않으셔도 될 듯하옵니다."

이때 유씨 가문의 하인들이 지게에 가득 실린 땔감을 땅에 쏟자, 검과 편전(1척 길이의 짧은 화살을 통아에 넣어 발사하는 활류의 무기)을 비롯한 각종 무기들이 모습을 드러냈다. 여기저기서 탄성이 흘러나왔다. 검과 편전만 100개씩에 강궁, 쇠뇌, 장창, 방패가 수십 개씩 땅에 쏟아졌다.

유총이 눈짓을 하자, 하인 하나가 땅에 쏟아져 있는 땔감 더미 속에서 검 하나를 주워 최영에게 공손히 내밀었다. 얼떨결에 검을 건네받은 최영은 자신도 모르게 감탄사를 내뱉었다. 검집의 틈 사이로 눈부신 광채가 비치는 것이 천하에 둘도 없는 보검이 틀림없었다. 유총이 말했다.

"그 검은 우리 문화 유씨의 시조이신 유차달공께서 태조께 하사받은 보검으로, 아버님께서 은공께 바치라 명하셨소."

"내 어찌 태조께서 유씨 가문의 시조께 내리신 귀한 보검을 받을 수 있겠소?"

"아버님의 깊으신 뜻이니 받아주시오."

최영이 재차 거절하려는 찰나, 박불화가 나섰다.

"영도령, 일단 받아두시오. 지금 검 하나로 노닥거릴 때가 아니질 않소이까?"

최영이 어쩔 수 없이 허리에 보검을 차며 유총에게 말했다.

"거사가 끝난 후, 돌려드리겠소."

유총이 미소 지으며 말했다.

"이미 내 손을 떠났으니 이제 은공의 것이오."

최영이 뭐라 말하기도 전에 유화가 다가와 가죽갑옷 한 벌을 내밀었다.

"소녀가 은공께 드리는 것입니다. 받으소서."

말로만 듣던 백호가죽 갑옷이었다. 여러 차례 가공을 통해 철갑옷만큼이나 내구성이 강한 갑옷으로 최영은 유화의 호의를 거절할 수 없었다.

"고맙소."

어느새 유씨 가문의 하인들이 검과 편전을 몸에 차고, 복면까지 하고서 유총의 명이 떨어지기만을 기다리고 있었다. 박불화가 재촉했다.

"유공, 한시가 급하니 속히 명을 내리시오!"

유총이 박불화를 비롯한 행주 고을의 사내들을 둘러보며 말했다.

"좋소. 모두 나의 작전을 따르겠소?"

박불화와 기철이 거의 동시에 대답했다.

"우리 모두 유공의 명을 따를 것이오."

유총이 고개를 끄덕이더니 유씨 가문의 하인들을 향해 손을 높이 치켜들었다.

"가자!"

모두 100여 명의 무장한 사내들이 산마루를 내려가기 시작했다. 유화와 최희는 산마루에서 내려오지 않고 일행들에게 작별인사를 했다. 어쩌면 오라버니를 잃게 될지 모른다는 생각에 최희의 눈가에 이슬 같은 눈물이 고였다. 유화는 가까스로 눈물을 참다가 일행들이 모두 산마루를 내려가자, 마침내 눈물을 쏟아냈다.

산마루를 내려오던 최영이 눈대중으로 세어보니 유씨 가문의 하인들은 80명쯤 되어 보였다.

'유공께서 하인들이 100명이라 했거늘 나머지 20명은 어디에 있을까?'

최영이 유총에게 나머지 하인들의 행방을 물어보려는 찰나 박불화가 유총에게 물었다.

"유공, 유씨 문중의 하인들이 100명이라 들었는데, 우리까지 합쳐 100명인 것이오?"

유총이 미소 지으며 고개를 저었다.

"스물은 쇠뇌수들로 이미 사신단 행렬 근처에서 망을 보며 우리를 기다리고 있을 것이오."

유총의 말에 행주 고을 사내들 모두 혀를 내두르며 감탄했다. 박불화가 해볼 만하다는 듯 고개를 끄덕이며 말했다.

"유씨 가문의 치밀함에 감탄하지 않을 수 없구려! 이번 거사가 성공한다면, 나 박불화는 평생토록 유씨 가문을 섬길 것이오."

유총이 손을 내저었다.

"박공께서 우리 가문의 일에 목숨을 걸고 나서시는데, 우리가 박공의 은혜를 갚아야지요."

기철이 유총의 손을 잡으며 감사를 표시했다.

"우리 기씨 역시, 세세토록 유씨 가문의 은혜를 잊지 않을 것이오."

유총이 고개를 저었다.

"은혜라니, 당치 않소이다. 이미 우리 누이가 기씨 가문의 도움으로 무사히 집으로 돌아왔으니, 우리 가문이 은혜를 입은 것이 아니겠소."

어느새 사신단 행렬의 끝자락에서 불과 수백 보 떨어진 산등성이에 이르자, 기다란 쇠뇌를 등에 맨 유씨 가문의 하인들이 모습을 드러냈다.

"기낭자가 타고 있는 수레가 바로 저것입니다."

망을 보고 있던 하인들 중 하나가 멀리 어렴풋이 보이는 사신단 행렬의 수레 하나를 가리키며 유총에게 보고하자, 유총이 일행들을 둘러보며 말했다.

"기낭자를 구하면 왔던 길로 되돌아가야 하오. 우리가 왔던 길은 말이 다닐 수 없는 산길로 몽골군은 모두 무거운 가죽갑옷을 입어 걸음으로는 우리를 따라올 수 없을 것이오. 다만, 기낭자의 걸음이 우리를 따라올 수 없다면 그것이 문제인데……."

기철이 미소 지으며 말했다.

"그 문제는 걱정 마시오. 내 누이는 격구에 능해 웬만한 사내보다 걸음이 빠르니 말이오."

유총이 기뻐하며 말했다.

"내가 괜한 걱정을 했구려. 이제 곧 거사를 결행할 터이니 모두 준비하시오."

기습

실신해 있던 강소화가 겨우 의식을 회복하자, 곁에 있던 기완자가 안도의 한숨을 내쉬며 말했다.

"소화 낭자, 이제 깨어나셨군요."

눈을 뜬 강소화는 이제까지의 일이 기억나지 않는 듯 어리둥절한 얼굴로 물었다.

"어찌 수레가 멈춘 것입니까?"

"기억나지 않으십니까? 소화 낭자께서 의식을 잃으시어⋯⋯."

강소화는 그제야 기완자와 부딪쳐 쓰러졌던 것이 기억난 듯 수레 바닥에 부딪친 머리 부분을 매만지며 말했다.

"내가 죽어도 눈 하나 깜짝하지 아니할 듯싶던 자들이 나 하나 때문에 수레를 멈추었단 말입니까?"

"기낭자께서……."

윤효옥이라는 낭자가 수레가 멈춘 상황을 말하려는 것을 기완자가 가로채 말했다.

"소화 낭자가 쓰러진 것을 보고, 제가 수레를 멈추라 했더니 저들이 멈춘 것입니다."

중대광 강융의 딸로 금지옥엽으로 자라난 강소화로서는 병졸들이나 타는 말수레에 실려가는 것만 해도 참을 수 없는 모욕이었다. 강소화는 자신도 모르게 '홍' 하고 콧방귀를 뀌었다.

이때 탈탈이 수레의 창 안으로 고개를 불쑥 내밀었다.

"보아하니 이제 정신이 든 모양이구나."

난데없이 나타난 탈탈을 보자, 기완자를 제외한 낭자들이 모두 화들짝 놀랐다. 몽골군의 손에 끌려온 공녀들에게 몽골 사내는 두려움의 대상일 뿐이었다. 기완자가 놀라 당황하는 낭자들을 안심시키기 위해 눈으로 탈탈을 가리키며 말했다.

"저분이 사신단 행렬의 대장으로 나의 요청을 수락하여 수레를 멈춘 것이오."

그제야 낭자들이 안심하듯 한숨을 내쉬었다. 탈탈이 기완자와 강소화를 번갈아 바라보며 말했다.

"곧 출발할 터이니, 이젠 부딪치지 않도록 조심하거라."

탈탈은 말이 끝나자마자 수레 밖으로 고개를 빼내며 명을 내렸다.

"출발하라!"

탈탈의 명을 전하는 고각이 울리는 순간이었다. 여기저기서 '쉭쉭' 날카로운 파공성이 들리며 편전과 쇠뇌가 쏟아져 내렸다. 순식간에 수십 명의 몽골군이 외마디 비명을 지르며 땅에 쓰러졌다. '쉭쉭' 바람을 가르며 날아오는 화살에 맞을까봐 낭자들은 두려움에 떨며 엎드렸지만, 기완자는 침착하게 수레의 창밖을 바라보았다. 사방에서 편전, 쇠뇌, 화살이 비 오듯이 쏟아졌지만, 기완자가 탄 수레에는 화살 하나 날아오지 않았다.

'오라버니들이 서방님과 함께 나를 구하러 온 것이 아닐까! 서방님, 저는 괜찮사오니 부디 무사하소서!'

기완자는 이미 마음의 각오를 하고 있었다. 운명이 둘의 인연을 가를지라도 마음만은 죽는 날까지 최영을 서방님으로 모시리라! 기완자는 최영이 무사하기를 바랄 뿐이었다.

"적의 기습이다! 방어 태세를 갖춰라!"

탈탈이 명을 내리기도 전에 복면한 무리들이 숲속에서 쏟아져나왔다. 창검이 부딪치는 소리에 기완자는 수레의 창밖으로 머리를 내밀어 주변을 살펴보았다. 수십, 아니 100명은 족히 되어 보이는 복면한 무리들이 사신단 행렬을 덮쳐왔다. 그중 1명이 전광석화처럼 빠르게 앞장서 달려오다 몽골군의 말을 빼앗아 타고 이쪽으로 달려왔다. 그야말로 순식간에 10여 명의 몽골군을 베고 기완자가 탄 수레 앞으로 말을 몰아왔다. 얼굴을 복면으로 가렸지단, 풍채만 봐도 기완자는 최영임을 확신할 수 있었다.

'영도령! 영도령이 틀림없다!'

최영이 기완자가 탄 수레로 말을 몰아가려는 순간 탈탈이 최영의 앞을 가로막았다.

"혈혈단신으로 여기까지 오다니, 죽고 싶어 환장한 놈이구나!"

탈탈의 말이 끝나기도 전에 최영의 검이 섬광을 내뿜으며 탈탈을 내리쳤다. 탈탈이 검을 들어 막는 순간, 태산처럼 강맹한 최영의 검에 밀려 하마터면 검을 놓칠 뻔했다. 실로 엄청난 힘에 탈탈은 온몸에 전율을 느꼈다. 탈탈이 정신을 차리기도 전에 최영의 검이 예리한 파동성을 내며 다시 탈탈을 향해 날아왔다. 탈탈은 재빨리 검을 휘둘러 최영의 검을 막았다. 순간 '챙' 소리가 나며 탈탈의 검이 부러졌다. 탈탈이 중심을 잃고 말에서 떨어지는 바람에 아슬아슬하게 최영의 검이 빗나가고 말았다. 단 두 합 만에 몽골 최고의 용사인 탈탈이 최영의 검에 밀려 말에서 떨어진 것이다. 기실, 탈탈도 만만한 상대가 아니었지만 기완자를 구하기 위해 혼신을 다해 검을 휘두른 최영을 당해낼 수 없었던 것이다. 목숨보다 사랑하는 여인을 위해 싸우는 최영을, 설령 역발산기개세力拔山氣蓋世(힘은 산을 뽑을 만하고 기운은 세상을 덮을 만하다)라던 항우가 살아 돌아온다 해도 당할 수 없으리라!

탈탈이 말에서 떨어지자, 주변에 있던 몽골군이 우르르 몰려와 탈탈의 목을 베려는 최영의 진로를 막았다. 몽골군이 몰려오자, 최영은 기완자만 구하면 된다는 생각에 말을 돌려 기완자가 탄 수레를 향해 달려갔다. 순간 최영의 시야에 수레의 창밖으로 머리를 내민 기완자가 들어왔다. 최영을 바라보는 기완자의 눈이 두려움에 떨고 있었다. 행여라도 최영이 다칠까봐 기완자는 걱정되어 견딜 수 없었던 것이다.

'기낭자, 조금만 기다리시오!'

최영은 연신 검을 휘둘러 수레 앞을 막아선 몽골군을 베며 앞으로 나가려 했지만, 죽여도 죽여도 몽골군이 물밀듯이 밀려와 좀처럼 제자리걸음을 벗어나지 못했다.

그 사이 탈탈이 말에 올라 작전을 지휘했다. 탈탈은 복면한 무리들의 목표가 공녀임을 알고 명을 내렸다.

"적들의 목표는 공녀다! 전열을 정비하여 공녀들을 사수하라!"

몽골 제일의 용사임을 자부해왔던 탈탈에게는 평생토록 잊을 수 없는 치욕이었다. 치욕감에 분노가 치민 탈탈이 토막 난 검을 치켜들며 외쳤다.

"대포를 준비하라!"

탈탈의 명이 떨어지자, 전차 안에 숨겨져 있던 육중한 대포가 모습을 드러냈다. 사신단의 호위대장 탈탈은 적의 습격을 대비하여 원나라가 자랑하는 천하무적의 무기 대포 10문(대포를 세는 단위)을 전차에 실어왔던 것이다. 사신단 행렬 여기저기서 하나둘씩 모습을 드러내기 시작한 대포는 포탄이 장착되기를 기다리며 천천히 공격 목표 지점을 겨누었다.

이때, 최영과 함께 몽골군과 백병전을 벌이고 있던 유총은 대포를 보자 경악하며 외쳤다.

"대포다! 모두 조심하라!"

쾅! 고막이 터질 듯한 굉음을 내며 발사된 대포의 위력은 상상을 초월했다. 천지를 삼킬 듯이 불을 뿜으며 떨어진 포탄 한 발에 몇 그루의 나무가 한꺼번에 쓰러지는 바람에 나무 뒤에 숨어서 편전과 뇌쇠를 쏘던 서너 명의 하인들이 나무에 깔려버리고 말았다.

대포가 천지를 뒤흔들 듯한 굉음을 내며 불을 뿜기 시작하자, 일기당천의 용맹을 떨치며 기완자가 탄 수레를 향해 돌진하던 유씨 가문의 하인들이 주춤거리기 시작했다.

"쾅! 쾅! 쾅!"

그 순간, 대포 7문에서 거의 동시에 발사된 포탄에 순식간에 유씨 가문의 하인 10여 명이 쓰러졌다. 탈탈이 기선을 잡기 위해 한꺼번에 대포를 발사토록 명을 내린 것이었다. 복면한 무리들이 주춤거리자, 탈탈은 회심의 미소를 지으며 외쳤다.

"계속 대포를 발사하라!"

유총은 이번 거사가 성공할 수 없다는 생각이 들었다. 천신만고 끝에 기완자를 구한다고 해도 실로 무시무시한 대포를 피해 도망칠 수 있다고 장담할 수 없을 듯싶었다. 유총이 마침내 결단을 내렸다.

"퇴각!"

유총의 퇴각 명에 유씨 가문의 하인들이 일사불란하게 퇴각을 준비하기 시작했다. 먼저 숲속으로 퇴각한 유씨 가문의 하인들이 편전과 쇠뇌를 쏘며 퇴각로를 확보했고, 10여 명의 하인들이 방패를 들어 진을 구축했다.

퇴각 명이 떨어졌지만 행주 고을의 사내들은 여전히 죽기 살기로 백병전을 벌이고 있었다. 유총이 재차 퇴각 명을 내렸다.

"퇴각! 속히 퇴각해야 하오!"

이때 최영은 기완자가 탄 수레 앞에서 사신단 호위군과 치열한 백병전을 벌이고 있었다. 10여 보만 더 진격하면 기완자가 탄 수레에 다다를 수 있었지만, 방패를 앞세워 철통같은 방어를 구축한 사신단 호위군의 저지선을 뚫지 못했다. 그도 그럴 것이, 탈탈이 이끄는 사신단 호위군은 몽골 최정예병으로 방패 부대가 수레를 겹겹이 에워싸 최영이 뚫고 나가려 시도해도 번번이 방패에 막혀 뚫지 못하고 있었던 것이다. 최영의 검에 쓰러진 몽골군이 이미 수십 명에 달했지만, 죽음을 불사하고 저지선을 사수하는 몽골군의 인해전술에 속수무책이었다. 최영은 이미 죽음을 각오하고 있었다.

'모든 것이 나로 말미암아 생긴 일이니, 마땅히 내가 목숨을 던져 기낭자를 구하자!'

최영이 몽골군의 저지선을 뚫기 위해 몸을 던지려는 순간 최영의 눈이 기완자의 눈과 마주쳤다. 기완자는 퇴각하라는 듯 손으로 산을 가리켰다.

'기낭자! 내가 죽는다 한들 어찌 그대를 두고 이대로 떠날 수 있겠소!'

기완자를 구하기 위해 적진에 몸을 던진 최영은 번쩍 뛰어 앞을 막고 있는 몽골군의 방패를 발로 힘껏 차버렸다.

"악!"

몽골군이 외마디 비명을 지르며 방패를 든 채로 쓰러지자 몽골군의 저지선에 빈틈이 생겼다. 최영이 뚫고 나가려는 찰나 유총이 최영의 팔을 잡았다.

"은공! 무모한 일이오!"

유총에게 팔이 잡혀 몽골군의 저지선을 뚫을 기회를 놓친 최영은 말할 수 없이 안타까운 눈길로 기완자를 바라보았다. 이때 박불화가 유총에게 외쳤다.

"유공, 영도령을 놓으시오! 우리끼리라도 기낭자를 구하겠소!"

이때 기철이 박불화의 어깨를 잡으며 외쳤다.

"불화공, 유공의 말을 들으시오! 퇴각!"

행주 고을 사내들의 대장 격인 기철이 퇴각을 외치며 숲 속으로 달려가자, 행주 고을의 사내들도 하나둘씩 퇴각하기 시작했다. 최영이 꼼짝도 하지 않자 유총이 최영의 팔을 잡아당기며 외쳤다.

"은공, 속히 퇴각해야 하오!"

최영이 퇴각하지 않으면, 유총까지 위험에 처할 것이 분명했다.

"아!"

장탄식을 내뱉으며 최영이 말에 올라타자, 박불화가 최영의 말고삐를 잡았다.

"아니 되오! 기낭자를 구해야 하오!"

"불화 형님! 상황이 위급하니 일단 말에 타시오!"

최영은 검을 입에 물고 두 손으로 박불화를 번쩍 들어 말에 태웠다. 엉겁결에 말에 올라탄 박불화가 자세를 잡을 겨를도 없이 최영은 유총이 가리키는 숲속으로 말을 달려갔다. 최영이 무사히 숲속으로 퇴각하자, 유총이 숲속으로 달려가며 외쳤다.

"철질려를 뿌려라!"

유총의 명이 떨어지자, 복면한 사나 10여 명이 바구니에 가득 담긴 철질려를 사방에다 뿌린 후 숲속으로 퇴각했다.

이때 대포 부대를 지휘하다 이제야 당도한 탈탈이 추격명을 내렸다.

"추격하라!"

몽골군이 무리를 지어 숲속으로 들어가는 순간 여기저기서 비명 소리가 들려왔다.

"악! 철질려가 깔려 있다!"

탈탈의 아우로 사신단 호위군의 부장 야선이 난감한 얼굴로 말했다.

"철질려가 깔려 있어 추격이 불가할 듯하옵니다."

탈탈이 주위를 찬찬히 살펴보니, 사방에 온통 철질려가 깔려 있었다. 탈탈은 분한 듯 주먹을 불끈 쥔 채 추격 명을 거두었다.

"추격을 중지하고 모두 본 대열로 돌아가라!"

기완자는 안절부절못하는 얼굴로 최영이 사라져간 숲속을 망연히 바라보다가 몽골군이 추격을 멈추자 자신도 모르게 안도의 한숨을 내쉬었다.

'영도령과 오라버니들이 무사하시어 참으로 다행이구나!'

이때였다. 야선이 기완자가 안도하는 모습을 보고 버럭 호통을 질렀다.

"네 이년! 저놈들과 한통속이렸다! 도적놈들이 달아났거늘 어찌하여 안도하는 것이냐?"

기완자는 너무도 당황한 나머지 말문이 막혔다. 야선이 분노에 찬 발걸음으로 기완자가 탄 수레로 다가가려는 순간 말할 수 없이 아름다운 기완자의 얼굴이 야선의 시야에 들어왔다. 야선이 얼이 빠진 듯 기완자를 바라보며 멈칫거리자 탈탈이 호탕하게 웃으며 말했다.

"하하하……. 도둑이 물러갔으니 연약한 여인이 안도하는 것이 당연하거늘……. 너도 그만 본 대열로 가거라."

탈탈은 이미 기완자의 편이 되어 있었다. 이토록 아름다운 여인을 탈탈은 본 적도, 상상한 적도 없었다. 천상의 선녀처럼 아름다운 기완자에게 몽골 제일의 용사 탈탈이 완전히 마음을 빼앗기고 만 것이다.

산마루에서 기완자를 구하는 거사가 실패했음을 두 눈으로 지켜본 유화와 최희는 발만 동동 구르며 기다리고 또 기다렸다. 한 식경도 채 되지 않았지만, 어찌나 조마조마한지 기다리다 지쳐 진이 빠질 지경이었다. 최희가 주저앉은 채로 유화에게 물었다.

"부상자가 한둘이 아닐 터인데, 차라리 우리가 내려가는 것이 어떻겠습니까?"

유화가 고개를 저었다.

"자칫 길이 엇갈릴 수 있으니, 여기서 기다리는 것이 좋을 듯하오."

바로 그때 산마루 아래를 유심히 내려다보고 있던 유화가 갑자기 손을 흔들더니 나는 듯이 달려가며 나직한 목소리로 외쳤다.

"오라버니가 오셨습니다!"

최희도 벌떡 일어나 유화를 따라 산마루를 내려갔다. 아버지 유돈에게 가전의 무예를 익힌 유화는 경사진 산마루길을 거침없이 내려갔다. 유총이 산마루 아래에서 손을 흔드는 것이 유화의 시야에 보였다. 손을 흔드는 것은 산마루 아래로 내려오라는 신호였다. 유화는 최희를 기다렸다가 함께 유총의 일행들이 있는 곳으로 내려갔다.

아까와는 달리 유씨 가문의 하인들 대부분이 옷에 피가 배어 있었다. 유화는 가슴이 찢어질 듯 아팠다. 모든 것이 자신으로 말미암아 생긴 일이 아니던가!

70명쯤 될까. 하인들의 수가 확연히 줄어 보여 유화가 흐느끼는 목소리로 물었다.

"여기에 없는 사람들은……. 어찌 되었는지요?"

유총이 비통한 목소리로 말했다.

"잡혔거나 죽은 듯싶구나……."

유총이 눈물을 글썽이는 유화의 어깨를 쓰다듬으며 위로했다. 이때 유화의 곁에 있던 최희가 고개를 두리번거리다 소리쳤다.

"오라버니!"

아무리 주위를 둘러봐도 오라버니 최영이 보이지 않았던 것이다. 최희가 떨리는 목소리로 유총에게 물었다.

"소녀의 오라버니는 어디 계시는지요?"

유총이 주위를 살펴보니 과연 최영이 보이지 않았다.

"그러고 보니, 은공이 아니 계시구나! 여봐라! 은공이 어디 계신지 찾아보거라."

기철이 주변을 두리번거리더니 근심 어린 얼굴로 말했다.

"불화공도 아니 보이는구려!"

행주 고을의 사내들은 박불화 이외에 모두 여기에 있었다. 유씨 가문의 하인들이 앞장서 싸운 덕분에 무사할 수 있었던 것이다. 잠시 후 멀지 않은 곳에서 유씨 가문의 하인 하나가 소리쳤다.

"저기, 산등성이에서 싸우고 계신 두 분이 은공과 박공인 듯싶사옵니다!"

사람들이 하인이 가리키는 산등성이를 내려다보니 과연 최영과 박불화가 한데 엉겨 몸싸움을 벌이고 있었다.

“오라버니!”

“은공!”

“불화공!”

사람들이 그쪽으로 달려가보니, 최영이 양손으로 박불화의 몸을 잡고 꼼짝도 못하게 누르고 있었다. 박불화가 절규하듯 외쳤다.

“놓으시오! 나 혼자라도 완자 누이를 구하러 가겠단 말이오!”

“아니 되오! 어찌 헛되이 죽으려 하시는 게요?”

사람들은 이제야 상황을 알 수 있었다. 박불화가 혈혈단신으로 기완자를 구하겠다고 나서려 하자, 최영이 박불화를 잡고 있었던 것이다. 박불화가 흐느끼며 말했다.

“죽든 말든 내버려두시오. 어차피 더 살고 싶지 않단 말이오…….”

이제야 최영은 박불화가 기완자를 자신의 목숨보다 사모하고 있다는 사실을 알아차렸다. 최영이 울먹이는 목소리로 말했다.

“혹여 형님께서 잡히시면, 가문의 화는 어찌 감당하시렵니까?”

“내, 죽는 것은 두렵지 아니하나……. 가문만은…….”

박불화는 목이 메어 말을 잇지 못하고 눈물만 흘릴 뿐이었다. 최영이 한 맺힌 목소리로 울먹였다.

"모든 것이 소생의 잘못으로 말미암은 일이니 소생이 살아 있는 한 기필코 기낭자를 구하겠소……."

최영과 박불화는 서로를 부둥켜안은 채 하염없이 눈물을 흘렸다. 유화와 최희, 행주 고을의 사내들, 유충을 비롯한 유씨 가문의 하인들, 모두 90여 명이 최영과 박불화를 에워싼 채 말없이 눈물을 떨구었다.

압록강

화려한 기와집이 끝없이 이어진 대궐 같은 저택의 드넓은 마당에 머리가 희끗희끗한 반백의 노인이 송악산의 하늘을 우러러보고 있었다. 올해로 61세인 노인은 아들 유총의 거사 소식을 기다리고 있는 유돈이었다.

"거사는 어찌 되었는지……."

이때 멀리서 말발굽 소리가 들려왔다. 잠시 후 대문이 열리며 사내 하나가 집 안에 뛰어 들어와 유돈 앞으로 달려왔다.

"거사가 실패했나이다."

유돈이 천천히 고개를 끄덕이다 한숨을 내쉬며 말했다.

"알겠다. 이만 물러가보거라."

유돈은 이미 거사가 실패하리라 예상하고 있었다. 사신단의 호위대장이 몽골 최고의 용장 탈탈이라는 사실을 알았을 때, 이번 거사가 성공하기 힘들 것이라 여측했던 것이다.

유돈은 관복을 입은 후 차남 유진을 불러 나직한 목소리로 말했다.

"이 아비가 주상께 주청을 올리러 입궐할 터이니, 혹여 아비가 돌아오지 못한다면 너와 네 형이 우리 가문을 이끌어야 할 것이다. 아비의 기대에 어긋나지 않을 수 있겠느냐?"

유총은 무에 뛰어났지만, 유진은 문에 뛰어났다. 문을 무보다 중시하는 유씨 가문이었기에 문에 뛰어난 유진에 대한 유돈의 기대가 더욱 클 수밖에 없었던 것이다.

유진은 아버지 유돈이 목숨을 걸고 충숙왕에게 주청을 올리러 가는 것임을 짐작할 수 있었다. 공녀로 끌려갈 뻔했던 누이 유화를 구한 최영의 은혜를 갚기 위해서라면 목숨도 바칠 아버지라는 사실을 유진은 알고 있었다. 유진이 결연한 얼굴로 말했다.

"소자, 결코 아버님의 기대에 어긋나는 일이 없도록 최선을 다하겠나이다."

"그래, 유씨 가문의 자식이라건 마땅히 그래야지."

유돈은 아내 김씨에게 작별을 고하고 나서 곧장 대궐로

향했다.

"소신 지밀직사사 유돈이 주상 전하를 알현하나이다."

충숙왕은 유돈이 오기를 기다렸다는 듯 유돈의 손을 덥석 잡으며 말했다.

"내, 그렇지 않아도 그대를 부를 참이었는데, 참으로 잘 와주었소."

열셋의 어린 나이로 벼슬길에 올라 50여 년간 충렬왕, 충선왕, 충숙왕, 충혜왕, 4명의 임금을 섬긴 유돈은 문과 무를 겸비한 천하의 인재였기에 원나라 사신단이 습격을 받았다는 소식을 들은 충숙왕은 유돈을 불러 의논할 생각이었던 것이다.

"무슨 일로 소신을 부르려고 하셨나이까?"

"내 들으니, 원의 사신단이 복면한 무리들의 습격을 받았다고 하던데, 원이 이를 트집 잡을까봐 염려되는구려. 어찌하면 좋겠소?"

유돈은 뭔가 결심한 듯 의미심장한 표정을 지으며 아뢰었다.

"실은 소신도 그 문제를 주상께 의논드리러 찾아온 것이옵니다."

충숙왕이 의아한 얼굴로 물었다.

"과인도 지금 막 들은 일이거늘 그대가 어찌 아는고?"

유돈은 한숨을 내쉬며 잠시 뜸을 들이다가 입을 열었다.

"소신이 어찌 주상께 거짓을 아뢸 수 있겠나이까? 실은 소신이 하인들을 시켜 이번 일을 꾀했나이다."

"뭐라? 그대가?"

충숙왕은 두 눈이 휘둥그레져 유돈을 바라보다가 자신의 딸을 구한 최영의 은혜에 보답하기 위해 거사에 나섰다는 유돈의 이야기를 듣자 껄껄 웃기 시작했다.

"하하하……. 실은 과인이 무례하기 짝이 없는 원나라 사신의 목을 베고 싶었거늘 차마 할 수 없었는데, 그대가 꾸민 일이라니 참으로 통쾌한지고!"

유돈은 충숙왕의 마음을 떠보기 위해 가문의 운명을 걸고 말한 것이었지만, 충숙왕의 반응이 이러하니 이제 한시름을 덜게 되었다. 잠시 침묵이 흐른 후 충숙왕이 말을 이었다.

"이미 일어난 일은 돌이킬 수 없는 법, 이제 그대의 품은 뜻을 말해보게나."

"소신이 듣건대, 지금 원의 사신단이 대포 10문을 보유하고 있다 하오니 이를 탈취하여 전방에 배치한다면 원나라가 감히 고려를 침범할 수 없을 것이옵니다. 지금 원은 군벌인 엘테무르가 국정을 농단하여 내정이 분열되었으니, 이번 기회에

원과 단교를 선언하시옵고, 나라의 주권을 되찾으소서!"

이 무렵 원나라는 지난 13년간 7명의 황제가 교체될 정도로 국정이 크게 혼란스러웠다. 킵차크 사령관 엘테무르가 권력을 잡은 지난 6년간 황실과 군벌이 권력 다툼으로 갈등의 골이 깊어져만 가고 있던 터, 지금이야말로 63년간이나 지배받은 원나라에서 독립할 수 있는 절호의 기회가 아닐 수 없었다.

고려의 독립은 원나라의 내정 간섭으로 총애하던 덕비와 헤어져 살 수밖에 없었던 충숙왕의 숙원이 아니던가! 마음 같아서는 사사건건 내정 간섭을 일삼는 원나라의 전횡에 맞서 국운을 걸고 싸우고 싶었지만 충숙왕은 후환이 두려웠다. 국운을 건 전쟁에서 패한다면 그 화를 어찌 감당할 수 있으랴! 충숙왕은 긴 숙고 끝에 마침내 천천히 입을 열었다.

"비록 원의 국정이 어지럽다 하나, 소국인 우리 고려가 어찌 천하를 지배하는 원을 상대로 싸울 수 있겠는가? 아직은 무리인 듯싶네."

"지금 원의 황제는 허수아비에 불과하여 민심이 이반하고 군벌들은 동요하고 있는 실정이라, 원이 대군을 일으켜 우리 고려를 침범하기는 어려울 것이옵니다. 무엇보다 고려는 백성들은 용맹하고 조정에는 유능한 장수가 많사오니, 국력

을 다해 원의 침입에 대비한다면 능히 막아낼 수 있을 것이
옵니다. 전하께서는 부디 유념하소서."

"백성들을 다시 전란에 빠뜨릴 수는 없는 일일세. 내, 이번
거사는 모르는 일로 할 터이니 앞으로는 일을 만들지 말게나."

"전하……."

유돈이 말을 채 꺼내기도 전에 충숙왕이 엄숙한 목소리로
말했다.

"과인의 뜻이 그러하니 이만 물러가보게나."

충숙왕은 고개를 돌려 유돈을 외면했다. 유돈은 충숙왕의
결심을 돌릴 수 없다는 사실을 깨달았다. 대전을 나선 유돈
이 하늘을 우러러보며 탄식했다.

"고려가 독립할 수 있는 절호의 기회이거늘 주상께서 저
리도 유약하시니, 우리 고려는 어느 세월에 나라의 주권을
되찾을 수 있겠는가!"

사신단 행렬이 압록강에 당도한 것은 개경에서 출발한 지
열흘째 되는 날이었다. 본래 일정은 이레 안에 압록강에 당
도할 예정이었지만, 습격에 대비해 평탄한 길로 돌아 행군

했기 때문에 사흘이 더 걸렸던 것이다.

사신단 행렬이 멈추자, 기완자의 시야에 수레 창 너머로 푸른 압록강이 들어왔다.

'저 압록강을 건너면, 살아생전에 다시 고려 땅을 밟을 수 있을까!'

수레 여기저기서 흐느끼는 소리가 들려왔다. 기완자 역시 자신의 처지가 서글퍼져 눈물이 쏟아지려 했지만, 입술을 깨물며 간신히 참았다.

'공녀가 되는 것이 피할 수 없는 운명이라면, 눈물을 흘린들 무슨 소용이 있겠는가! 강해져야 한다. 지금보다 강해져야 이 비참한 운명에서 벗어날 수 있으리라!'

이제 압록강을 건너면 다시는 고려로 돌아오지 못할 것만 같았다. 송악산에서 거사가 실패한 후 한때 암흑과도 같은 절망에 휩싸였지만, 이제는 모든 것을 하늘에 맡길 생각이었다. 최영과 오라버니들이 무사히 퇴각한 것이 천만다행이었다. 그때 혹시라도 최영이 잘못되었다면……. 기완자는 다시는 무모한 거사가 일어나지 않기를 바랄 뿐이었다. 기완자는 불현듯 최영과 오라버니들의 소식이 궁금해졌다.

'영도령과 오라버니들께서 나를 구하는 것을 포기하셔야 할 터인데…….'

기실, 최영은 일행과 함께 사신단 행렬 근처의 숲속에 숨어서 거사를 일으킬 기회를 엿보고 있었다.

최영, 박불화, 기철, 기원, 기주, 기륜, 최유, 최원……. 이들의 목숨이 붙어 있는 한 어찌 기완자가 공녀로 끌려가는 것을 가만히 두고 볼 수 있으랴! 유총 또한 누이를 구한 최영의 은혜를 갚기 위해서라면 목숨이라도 바치라는 아버지의 명을 받은 터라 70명의 하인들을 이끌고 압록강까지 온 것이었다. 비록 일행들의 숫자는 120명에서 90명으로 줄었지만 기완자를 구하고자 하는 투지만은 오히려 예전보다 훨씬 강렬하게 불타오르고 있었다.

사신단 행렬이 압록강을 건널 준비를 하고 있을 무렵, 사방에서 사람들이 삼삼오오 무리를 지어 모여들고 있었다. 그들은 대부분 공녀들의 가족들로 공녀들이 압록강을 건너기 전에 작별인사를 하기 위해 천리길을 따라온 것이었다.

사람들이 웅성거리며 몰려오자 개경에서부터 꼭 닫혀 있던 수레 문이 하나둘씩 열리기 시작했다.

기완자가 수레에서 내려서자마자 참으로 귀에 익은 목소리가 들려왔다.

"완자야!"

다름 아닌 기철이 동생 기원, 기주, 기륜과 함께 수레 쪽으로 달려오고 있었다.

"오라버니!"

기완자의 눈에서 눈물이 주르르 흘러내리기 시작했다. 자신을 구하기 위해 목숨을 걸고 거사에 나섰던 오라버니들을 보니 말할 수 없이 가슴이 아려왔다.

"오라버니……."

기완자는 오라버니들의 손을 덥석 잡은 채 눈물만 흘릴 뿐이었다.

"완자야, 고생이 많구나……."

불과 10여 일 만에 크게 여윈 기완자의 얼굴을 보자 기철은 가슴이 찢어질 듯 아팠다. 큰 오라버니로서 누이동생을 지키지 못한 자책감에 기철의 마음은 태산을 짊어진 듯 무거웠다. 기철은 주위를 두리번거리더니 오라버니들의 손을 잡은 채 하염없이 흐느끼는 기완자에게 속삭이는 목소리로 말했다.

"이제 안심하거라. 우리가 조만간 너를 구할 것이니라."

난데없는 기철의 말에 기완자는 너무나 놀라 말문이 막혔다.

"허면……."

기완자는 가슴을 진정시키며 들릴 듯 말 듯한 목소리로 말을 이었다.

"서방님도 오셨사옵니까?"

서방님이라는 누이의 말이 어색하게 들렸지만 기철은 천천히 고개를 끄덕이며 속삭였다.

"그래, 영도령도 왔다. 네가 부교를 건널 때 거사를 거행할 계획이니 그리 알고 있거라."

기완자는 어떤 작전인지 짐작할 수 있었다. 사신단 행렬이 건널 예정인 압록강 하류는 물살이 거세었다. 부교는 뗏목을 이어 만든 것이라, 뗏목 하나를 끊어 타고 물살을 따라가면 한 식경 안에 서해에 다다를 수 있었다. 하지만, 기완자는 걱정되지 않을 수 없었다. 습격에 대비해 평탄한 길로 둘러갈 정도로 치밀한 탈탈이, 이에 대한 대책을 마련해놓지 않았을까.

아니나 다를까, 멀리서 함선 몇 척이 이쪽으로 다가오고 있는 것이 기완자의 시야에 들어왔다.

"오라버니! 저길 보소서!"

순간 기철의 얼굴이 칠흑처럼 어두워졌다. 원나라 깃발을 휘날리며 다가오는 함선은 몽골군의 것이 틀림없었다. 공녀들을 함선에 태워 압록강을 건너게 한다면 거사 계획에 차질이 생길 수밖에 없었다. 설령 공녀들이 부교로 건너간다 해도 함선이 압록강을 지킨다면, 뗏목으로 탈출하는 것은 무모하기 짝이 없는 일이었다. 이때 탈탈이 외치는 한마디가 모든 것을 명확하게 밝혀주었다.

"이제 배가 왔으니, 승선할 준비를 하거라!"

기완자가 탈출이 불가하다는 듯 고개를 절레절레 흔들자, 기철, 기원, 기주, 기륜, 모두 고개를 떨구었다.

"오라버니, 소녀는 이미 마음의 각오를 했사옵니다. 황궁의 궁녀가 되든, 몽골 장군의 소실이 되든, 모든 것을 하늘의 뜻으로 받아들일 것이옵니다. 이제 더는 무모한 거사를 거행하지 말아주소서. 지난번에도 소녀, 피가 마르는 듯했사옵니다. 사람들이 소녀로 인해 죽고 다치는 것을 원하지 아니할 뿐더러 설령 거사가 성공한다 하여도 가문에 화가 미칠 터인데, 소녀가 어찌 마음 편히 살 수 있겠나이까? 오라버니, 부디 소녀의 간곡한 청을 외면치 마소서."

기철을 비롯한 오라버니들이 침묵하자 기완자가 말을 이었다.

"아무쪼록 소녀 생각은 마옵소서. 오라버니들께서 부모님을 잘 모시기만 한다면, 소녀는 소원이 없을 터, 소녀의 청을 부디 저버리지 마소서."

기철이 눈물을 글썽이며 물었다.

"그것이 정녕 네가 원하는 바란 말이냐? 영도령과 살고 싶지 않느냐?”

순간 기완자의 가슴이 산산이 부서져내리는 듯했다. 목숨보다 사랑하는 최영과 영영 이별할 수밖에 없는 운명이 어찌 한스럽지 않으랴! 다만, 가문과 최영을 위해서 어쩔 수 없는 일이었기에 기완자는 공녀를 운명으로 받아들일 수밖에 없는 것이었다. 기완자가 울먹이며 말했다.

“소녀, 영도령이 행복하기를 바랄 뿐, 이제 마음을 비웠사오니 소녀의 뜻을…….”

기완자는 목이 메어 말을 잇지 못했다.

이때 사신단 호위군이 우르르 몰려와 기철 형제들에게 호통쳤다.

“면회는 끝났다! 너희들은 이제 그만 가보거라!”

기철이 기완자의 손을 잡은 채 속삭였다.

“네 뜻을 영도령과 동지들에게 전해주겠다.”

“어서 물러나지 못하겠느냐?”

사신단 호위군들의 재촉에 기철, 기원, 기주, 기륜은 눈물을 흘리며 누이에게 작별을 고할 수밖에 없었다.

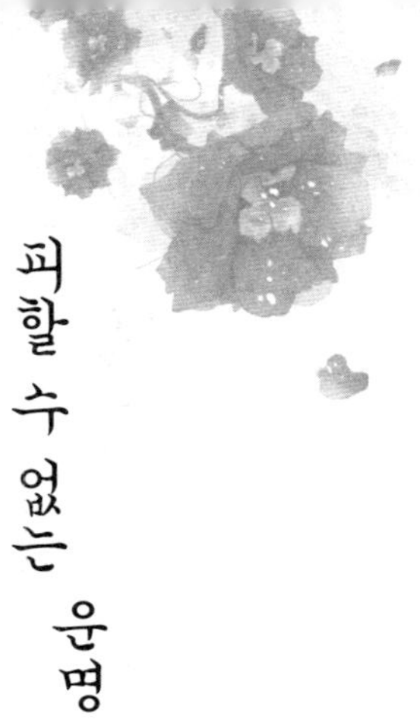

피할 수 없는 운명

12월 3일, 개경에서 출발한 지 한 달여 만에 사신단 행렬이 대도성의 제화문에 이르렀다. 철판을 씌운 육중한 제화문이 열리자, 사신단 행렬이 대도성 안으로 들어가기 시작했다.

대도성은 하나의 거대한 바둑판처럼 가로 세로가 네모반듯하게 직각으로 교차하고 있었다. 높이가 다섯 장인 거대한 성벽, 폭이 수십 보인 드넓은 도로, 대궐처럼 웅장하고 화려한 기와집, 장대한 대도성의 광경이 기완자의 시야에 들어왔다.

'참으로 웅장한 성이로구나!'

상상을 초월하는 대도성의 웅대한 규모에 기완자는 감탄

을 금할 수 없었다. 하지만 그것도 잠시, 공녀라는 신분이 기완자의 가슴을 옥죄어왔다.

'대도성이 아무리 웅장한들 일개 공녀에 불과한 내게 무슨 소용이 있겠는가! 서방님, 뵙고 싶습니다. 살아생전에 서방님을 다시 뵐 수 있을지요……'

기완자의 눈에서 눈물이 흘러내렸다. 진심으로 사랑하는 사람을 볼 수조차 없는 자신의 신세가 한없이 서러웠다.

'하늘이시여, 어찌 소녀에게 이리도 가혹한 운명을 내리시나이까?'

기완자는 수레 창 너머로 보이는 이곳이 고향에서 만리길이나 떨어진 대도성이라는 사실이 꿈을 꾸는 것만 같았다. 이때 어디선가 자신의 신세를 한탄하는 소리가 들려왔다.

"하늘도 무심하시지, 내가 대체 무슨 죄를 지었다고 이런 벌을 내리신 것인지……. 이럴 줄 알았으면 얼마 전 혼담이 왔을 때 그냥 혼인할 것을……."

애써 눈물을 참고 있던 강소화가 마침내 울음보를 터뜨렸다. 종1품(고려와 조선 시대 문과 18품계 중 둘째 벼슬)인 중대광 강융의 딸로 어려서부터 금지옥엽으로 자란 그녀가 만리길 타국으로 끌려올 줄 어찌 상상인들 했으랴! 기완자는 먼저 눈물을 보인 것이 어찌나 미안한지 가슴이 몹시 아려왔다. 겨우 눈물을 진정시킨 기완자가 좀처럼 눈물을 그칠 줄 모르는 강소화의 손을 잡으며 위로했다.

"소화 낭자, 너무 낙담치 마세요. 하늘이 무너져도 솟아날 구멍이 있다 하지 않았습니까? 하늘이 결코 죄 없는 우리를 저버리지 않을 것입니다."

강소화가 울먹이며 말했다.

"공녀인 우리에게 무슨 희망이 있단 말입니까?"

기껏 몽골 황제의 귀빈이나 장군의 아내가 되는 것이 피할 수 없는 공녀의 운명이 아니던가! 긍지 있는 고려 여인이라면 누구도 몽골인의 아내가 되고 싶지 않을 터, 기껏 몽골인의 아내가 될 수밖에 없는 공녀가 된 것이 한없이 서럽고 서러웠던 것이다.

기완자는 말문이 막혔다. 기완자 자신 역시 절망에 휩싸여 있지 않은가! 한 가지 남은 희망이 있다면 최영과 혼약을 맺은 사실을 원의 황제에게 밝히고 고려로 돌려보내달라 주청을 올리는 것이지만, 이 역시 가능성이 희박한 희망일 뿐이었다.

지난 60여 년간 고려로 되돌아온 공녀는 단 1명이었다. 충선왕의 정비 왕씨가 공녀로 선발되어 원나라로 끌려갔을 때, 당시 세자였던 충선왕이 자신과 혼약한 여인이라 아뢰어 황제의 허락을 받고 고려로 돌아와 세자비가 된 것이 유일했다.

윤효옥이 정비 왕씨의 이야기를 들은 적이 있어 운을 떼며 말했다.

"희망이 전혀 없는 것은 아닐 듯합니다. 황제께 우리의 억울한 사정을 아뢰어보는 것이 어떻겠습니까? 정비마마 또한 공녀로 가셨다 고려로 돌아오신 바가 있으니……."

순간 기완자의 눈빛에 한 가닥 희망이 비치었다.

"제가 들으니, 정비마마는 금혼령이 공표되기 이전에 당시 세자 전하셨던 선왕과 혼약을 맺으셨다 하던데, 저는 워낙 창졸간에 끌려온 터라 미처 혼약조차 맺지 못했으니……."

누군가 푸념하듯 말했지만, 기완자의 귀에는 들리지 않았다. 이제 기완자의 가슴에 한 가닥의 희망이 용솟음치고 있었던 것이다.

'그래, 황제께 나의 억울한 사정을 아뢰자. 황제의 노여움을 산다 하여도 기껏 죽기밖에 더하겠는가!'

이때였다.

"멈추어라!"

누군가 외치는 소리에 기완자의 시선이 수레의 창밖으로

향했다.

황궁으로 들어가는 길목에서 한 떼의 군마가 사신단 행렬의 앞을 가로막고 있었다. 사신단 행렬의 맨 앞 대열에서 말을 몰던 탈탈이 앞으로 나왔다.

"시위대장께서 어찌 사신단의 앞길을 막고 있는 것이오?"

원나라의 권력을 한손에 틀어쥔 엘테무르의 차남으로, 황궁 시위대장인 탑자해가 좌우에 수천의 시위군을 거느린 채 사신단 행렬의 앞길을 가로막고 있었던 것이다.

탑자해가 공녀들이 탄 수레를 힐끗 바라보다가 수레 창밖을 내다보던 기완자와 시선이 마주쳤다. 얼핏 보아도 빼어난 미색의 기완자를 미묘한 눈길로 쳐다보던 탑자해는 탈탈이 다가오자 미소를 지으며 말했다.

"탈탈 장군, 먼 길을 오느라 수고했소. 고려의 공녀들을 중정원으로 인계하라는 황후마마의 명이 내려졌소! 속히 명을 따르시오!"

천하의 난봉꾼으로 소문난 탑자해에게 기완자를 인계할 수는 없는 일이었다. 탈탈이 고개를 가로저었다.

"이 몸은 고려의 공녀들을 황궁으로 인계하라는 황상의 명을 받았소. 어찌 황상의 명에 따르지 아니할 수 있겠소?"

예상치 못한 일이었다. 황후의 오라버니인 탑자해가 황궁 시위대장이 된 이래 누구도 그의 명을 거역한 적이 없었다.
탑자해는 어처구니없다는 듯 코웃음을 치며 호통쳤다.

"감히 황후마마의 명을 거역하겠다는 것이오?"

"신하인 이 몸이 어찌 황후마마의 명을 거역할 수 있겠소?
다만, 지존이신 황상의 명이 최우선이기에 황상의 명을 따
를 뿐이오."

탑자해는 분노가 치밀어올랐다. 마음 같아서는 당장 탈탈
의 목을 베어버리고 싶었지만 자신이 몽골 최고 용장인 탈
탈의 적수가 못 됨을 알고 있었다.

"황후마마의 명이 곧 황상의 명과 다를 바 없거늘 황후마
마께서 진노하신다면 그대가 책임질 것이오?"

"황후마마께서 이 몸을 질책하신다면, 마땅히 책임지겠소."

"허면 알아서 하시구려."

탑자해가 수천에 이르는 시위군을 이끌고 물러가자 기완
자는 가슴을 쓸어내렸다. 기완자는 왠지 음흉해 보이는 탑
자해가 소름이 돋을 정도로 무서웠다. 이런 사내에게 자신
의 운명이 맡겨진다면……. 상상만 해도 끔찍했다. 기완자
는 자신도 모르게 몸을 부르르 떨며 그개를 절레절레 흔들
었다. 어느새 탈탈이 기완자가 탄 수러의 창 바로 옆에 다가
와 있었다. 탈탈은 두려워 떨고 있는 기완자를 안쓰러운 눈

길로 바라보고 있었다.

"두려워하지 말거라. 내가 너를 지켜줄 것이다."

그 말을 남긴 후 탈탈은 말을 돌려 앞으로 나갔다. 기완자는 탈탈의 뒷모습을 바라보며 생각했다.

'저 몽골 사내가 내게 큰 호의가 있는 듯싶구나!'

기완자는 어쩐지 탈탈이 믿을 수 있는 사람이라는 생각이 들어 안도의 한숨을 내쉬었다.

대내에서 열서넛쯤 되어 보이는 소년이 눈물을 흘리며 혼잣말로 중얼거리고 있었다.

"허울뿐인 황제인 내 신세가 참으로 처량하도다! 더욱이 황후라는 여인은 선황제이신 아바마마를 독살한 원수의 딸이거늘 대체 나는 누구를 의지하랴! 아바마마! 소자, 어찌할 바를 모르겠나이다! 부디 꿈에라도 나타나 소자를 인도하여 주옵소서!"

소년은 다름 아닌 원나라의 황제 토곤이었다. 이 무렵 원나라는 동으로는 고려, 서로는 아랄 해, 북으로는 시베리아, 남으로는 인도 북부에 이르기까지 인류 역사상 유례가 없는 광활한 영토를 다스리고 있었지만 토곤은 아무 실권이 없는 허울만 황제일 뿐이었다.

자신의 신세를 한탄하며 하염없이 눈물을 흘리던 토곤은 어느새 잠이 들고 말았다. 얼마나 시간이 흘렀을까. 이미 날이 바뀌어 해가 중천에 떠올라 있었다. 그제야 잠에서 깨어난 토곤은 독주에 비명횡사한 아버지 명종의 생전 모습이 떠오르자 주먹을 불끈 쥐며 다짐했다.

"소자, 기필코 아바마마의 원수를 갚고 실추된 황제의 권위를 바로 세우겠나이다!"

이때 처소 밖에서 인기척이 들려왔다.

"황상 폐하, 다방 궁녀가 차를 대령하러 왔나이다."

고려 출신 환관 고용보의 목소리였다. 토곤이 나직한 목소리로 말했다.

"들어오라 이르거라."

이윽고 방문이 열리며 궁녀 하나가 찻상을 들고 들어왔다.

"황상께 차를 올리나이다."

고개를 숙인 궁녀의 하얀 손이 가늘게 떨리고 있었다. 토곤은 문득 의심쩍은 생각이 들어 궁녀를 찬찬히 쳐다보았다. 고개를 숙인 궁녀의 얼굴이 잘 보이지 않아 더욱 의심스러웠다.

“고개를 들거라.”

찻상을 내려놓고 고개를 든 궁녀는 천상에서 하강한 선녀처럼 아름다웠다. 백옥처럼 하얀 얼굴, 복숭아 빛으로 생기가 도는 두 뺨, 앵두처럼 붉은 입술……

형언할 수 없는 아름다운 여인의 얼굴이 어린 토곤의 시선을 사로잡고 말았다. 토곤은 잠에서 덜 깨어난 듯 황홀한 것이 꿈을 꾸는 것 같았다.

“참으로 아름답도다! 그대가 정녕 인간이란 말이냐? 아니면 하늘이 나를 보살펴주라 보낸 선녀란 말이냐?”

궁녀는 난데없는 토곤의 물음에 당황하는 기색이 역력했다. 궁녀의 목소리가 심히 떨렸다.

“소녀, 얼마 전 새로 들어온, 황궁의 궁인이옵니다…….”

토곤이 몹시 기뻐하며 궁인의 손을 덥석 잡았다.

“정녕 궁인이란 말이냐? 허면, 이 순간부터 짐의 곁에 있어다오! 그리해주겠느냐?”

궁녀는 난감한 듯한 표정을 지은 채 말이 없었다. 토곤이 조바심이 난 듯 애타는 목소리로 물었다.

“어찌 대답하지 아니하느냐?”

궁녀가 나직이 한숨을 내쉬며 고개를 숙였다.

“소녀, 황상의 분부를 따를 뿐이나이다.”

토곤은 궁녀의 손을 잡은 채 몹시 흥분한 얼굴로 물었다.

"이름이 무엇이냐?"

궁녀가 천천히 입을 열었다.

"소녀, 고려에서 온 공녀 기완자라 하옵니다."

궁녀는 바로 얼마 전 황궁에 들어온 기완자였던 것이다. 고려 출신인 총관 태감 독만질아가 기완자를 처음 보는 순간 토곤의 총애를 한 몸에 받으리라 확신해 기완자가 황궁에 도착한 지 불과 하루 만에 토곤의 처소에 찻상을 나르도록 했던 것이다.

"고려의 공녀, 기완자라……. 태감 득만질아의 나라로구나……."

토곤이 잠시 무언가를 생각하더니 기완자를 바라보며 말을 이었다.

"황궁에 있는 고려인들은 다 짐의 편이다. 너 또한 짐의 편이 되어주겠느냐?"

기완자는 자신의 편이 되어달라는 트곤이 왠지 애처롭게 보였다. 독만질아에게 토곤이 처한 상황을 상세히 듣고 토곤에게 연민을 느꼈던 것이다. 기완자는 토곤의 총애가 클수록 고려로 돌아가기 어렵다는 생각어 말문이 막혔다.

"어찌 대답하지 아니하는 것이냐?"

기완자는 애처로운 얼굴로 그녀의 대답을 기다리는 토곤을 차마 외면할 수 없어 마침내 고개를 끄덕이며 말했다.

"마땅히 황상의 뜻을 따르겠나이다. 소녀, 여기 있는 고려 환관들과 함께 충심을 다해 황상을 모시겠나이다."

토곤이 안도의 한숨을 내쉬며 눈물을 흘리기 시작했다.

"참으로 고맙구나! 네가 짐의 편이 되어주니, 이젠 죽어도 여한이 없을 것이다."

"황상, 어찌 그런 말씀을⋯⋯."

토곤이 갑자기 손가락을 입술에 대며 속삭였다.

"짐은 언제 죽을지 모르는 신세이니라. 짐은 허수아비 황제일 뿐, 짐의 부황을 독살한 황후의 아비가 이 나라의 권력을 한손에 쥐고 있으니⋯⋯."

목이 메어 말끝이 흐려진 토곤은 기완자에게 눈물을 보이지 않으려고 고개를 돌렸다. 얼마간 침묵이 흐른 후 토곤이 간절한 눈길로 기완자를 바라보며 말을 이었다.

"내가 죽을 때, 내가 진심으로 사랑하는 여인이 곁을 지켜주기를 소망하여 왔노라. 이제 그 소망을 이룬 듯하구나!"

기완자는 하늘이 무너지는 듯한 절망감에 휩싸였다. 설령 토곤에게 고려로 돌려보내달라고 간곡히 주청을 올린다고 해도 허울뿐인 황제 토곤에게 그럴 만한 힘이 없어 보였다.

정녕 이것이 운명이란 말인가!

기완자의 얼굴에 드리운 어두운 그림자를 보고 토곤이 의아한 얼굴로 조심스레 물었다.

"완자야, 네 얼굴이 어찌 그리도 어두운 것이냐? 혹여…….
내가 싫은 것이냐?"

기완자가 눈물을 간신히 참으며 말했다.

"아니옵니다. 소녀를 어여삐 여겨주시오니 황공할 따름이옵니다."

토곤은 그제야 안도하며 찻상에 있는 차를 들어 마시더니 감탄하며 말했다.

"차맛이 일품이로구나! 네가 다린 것이냐?"

기완자가 수줍은 듯 고개를 숙이며 말했다.

"그러하나이다."

토곤이 입가에 미소를 지으며 말했다.

"절세미인이 차도 잘 다리는구나. 이젠 안심하고 차를 마실 수 있으니……. 모든 것이 완자, 네 덕분이구나!"

"황공하옵니다."

자신의 신변에 대해 불안해하는 토곤을 보자, 기완자는 문득 탈탈이 떠올랐다.

"황상께 아뢸 것이 있나이다."

"말해보거라."

"황상의 신변이 불안하시오면 이번에 사신단의 호위를 맡았던 탈탈 장군을 시위대장에 임명하여 황궁을 지키도록 하시는 것이 어떻겠사옵니까?"

토곤이 한동안 고심하더니 천천히 고개를 끄덕였다.

"그렇구나! 탈탈이 그간 짐에게 충성을 다해왔으니, 설마 짐을 배신할 리가 있겠는가? 다만, 엘테무르, 그자가 한사코 반대한다면 어찌할지……."

기완자는 원나라 조정에 대해 아는 것이 거의 없어 침묵할 수밖에 없었다. 토곤이 뭔가 결심한 듯 주먹을 불끈 쥐며 말했다.

"그래, 황궁은 짐의 처소이거늘 누가 감히 짐의 명을 거역할 수 있겠는가? 여봐라, 탈탈 장군을 이리로 부르거라!"

얼마 후 탈탈이 대내로 들어왔다. 탈탈은 기완자를 보자 의외라는 듯 흠칫 놀라더니 이내 토곤의 앞에 무릎을 꿇고 아뢰었다

"신 탈탈, 황상을 알현하나이다."

토곤이 위엄 어린 목소리로 말했다.

"탈탈 장군, 짐은 그대에게 황궁 시위대장을 맡길까 하는데 목숨을 걸고 짐의 신변을 지킬 수 있겠는가?"

탈탈이 또랑또랑한 목소리로 말했다.

"황상께서 하명만 하시오면, 목숨을 바쳐 황상의 신변을 지키겠나이다!"

토곤이 황제의 명패를 내보이며 말했다.

"탈탈, 내 그대를 시위대장에 임명하노니, 충성을 다해 임무를 수행할지어다!"

엇갈린 인연

탈탈이 황궁 시위대장에 임명되었다는 소식에 가장 놀란 사람은 다름 아닌 탈탈의 백부 백안이었다.

"네가 호랑이 수염을 건드렸구나! 어찌 이 백부와 상의도 없이 결정한 것이냐?"

백안이 호되게 나무라자, 탈탈이 결연한 얼굴로 말했다.

"신하된 몸으로 황상의 명에 어찌 따르지 아니할 수 있겠사옵니까?"

"네 결정이 우리 옹기라트 가문에 화를 자초할 수 있다는 사실을 정녕 모르느냐?"

칭기즈칸 이래 대대로 황후를 배출한 옹기라트 가문의 수

장 백안으로서는 조카 탈탈이 엘테무르와 맞서다가 자칫 가
문에 화가 미칠까 염려되지 않을 수 없었다.

"백부님! 우리 옹기라트 가문은 대대로 황실의 큰 은혜를
입었사온데 엘테무르 일가가 국정을 농단하는 것을 보고도
어찌 수수방관할 수 있겠사옵니까?"

"어허, 말귀를 못 알아듣는구나! 엘테구르를 따르는 병사
들이 대도성에만 수만에 이르거늘, 무슨 수로 그들을 상대
할 수 있느냐 말이다. 지금이라도 늦지 않았으니, 당장 입궐
하여 황상께 사의를 표하거라!"

백안이 답답한 듯 손을 내저으며 말하자 탈탈이 비장한
목소리로 말했다.

"백부님, 소질의 목숨을 바쳐서라도 황실을 지키고자 하
옵니다. 부디, 소질의 충정을 헤아려주옵소서!"

기실, 탈탈은 기완자가 토곤에게 자신을 시위대장에 추천
했으리라 짐작하고 있었다. 그렇지 않고서야 유약하기 짝이
없던 토곤이 느닷없이 탈탈을 시위대장에 임명할 용기가 어
디서 나올 수 있으랴! 그런 생각이 들자 목숨을 바쳐서라도
기완자와 토곤을 지켜야겠다는 결심이 굳게 선 것이었다.

'나의 목숨이 붙어 있는 한 기필코 기완자를 지키리라!'

백안이 난감한 표정으로 고개를 흔들며 말했다.

“너 하나뿐만 아니라 우리 가문 전체에 화가 미칠 수 있거
늘…….”

탈탈이 주먹을 불끈 쥐며 말했다.

“저들이 명분 없이 감히 우리를 건드리지는 못할 터이니,
너무 심려치 마소서.”

백안이 답답한 나머지 가슴을 치며 말했다.

“참으로 고집불통이로구나! 그래, 죽든 살든 네 마음대로
하거라!”

아들이 없었던 백안은 동생 마찰아태의 장남 탈탈을 양자
로 삼아 친아들처럼 아껴왔다. 한 번 한다면 하고마는 탈탈
의 성격을 알고 있는 백안은 이제 어쩔 수 없다는 생각이 들
었다.

“어허, 우리 가문이 어찌 되려는지…….”

황궁 바로 옆에 있는 황금빛의 웅장한 저택이 바로 원나
라의 권력을 한손에 거머쥔 엘테무르의 거처로, 저택의 내
실에서 격앙된 목소리가 흘러나왔다.

“그 애송이 탈탈이 우리 가문을 배신한 것이 틀림없으니

당장 거사에 나서 탈탈의 목을 베어야 하옵니다!"

탑자해가 분을 참지 못해 주먹을 부르르 떨며 아버지 엘테무르의 대답을 기다렸다.

엘테무르가 장남인 당기세를 바라보며 물었다.

"네 생각은 어떠하냐?"

당기세는 탈탈의 무서움을 누구보다 잘 알고 있었다. 명실상부한 몽골 최고의 용장이 아니던가! 당기세가 한동안 숙고하더니 입을 열었다.

"탈탈이 우리 가문에 맞설 뜻을 품었다면, 그의 세력이 커지기 전에 싹을 자르는 것이 마땅하오나, 문제는 탈탈의 목을 벨 명분이 없다는 것이옵니다. 명분도 없이 탈탈의 목을 베면, 탈탈의 백부 백안이 가만히 있겠사옵니까? 황태후마마 역시 백안의 가문이니 자칫 황실과의 싸움으로 확전될까 염려되지 않을 수 없사옵니다. 하오니, 탈탈을 회유해본 연후에 대책을 세워도 늦지 않을 듯하옵니다."

탑자해가 동의할 수 없다는 듯 손을 내저으며 말했다.

"그러다 기회를 놓치면 어찌하시렵니까? 탈탈이 아직 시위군을 완전히 장악하지 못한 이때 거사에 나서야 탈이 없을 것이옵니다. 명분이야 만들던 그만 아니겠사옵니까?"

엘테무르가 두 아들 당기세와 탑자해를 번갈아 바라보며

말했다.

"네 말도 일리가 있고, 네 말도 일리가 있다. 허나, 아비의 생각은 다르니라. 가지를 친들 무엇하겠느냐? 뿌리를 잘라야 화근이 없을 것이다."

순간 당기세와 탑자해 모두 깜짝 놀라 두 눈이 휘둥그레졌다.

"하오면 아버님의 뜻은……."

당기세가 말을 마치기도 전에 엘테무르가 결연한 눈빛을 번뜩이며 말했다.

"이 아비는 황상을 폐하고, 연첩고사 황태제를 옹립할 생각이다. 황상이 황후마마의 일가인 우리를 믿지 아니하니, 장차 화가 미치기 전에 거사에 나서는 것이 상책일 듯싶구나. 황태후마마께서도 이 아비의 결정에 따를 터인데 탈탈 따위를 염려할 이유가 뭐 있겠느냐?"

당기세가 근심 어린 얼굴로 말했다.

"하오나, 우리 황후마마께서는 어찌 되시는 것인지……."

6개월 전 자신의 뜻을 따라 곤위에 오른 딸 타나실리 생각에 미치자 엘테무르가 한숨을 내쉬며 말했다.

"황상은 상황으로 모시면 되지 않겠느냐? 황상 스스로 자초한 일이거늘 누구를 원망하겠느냐?"

엘테무르는 괴로운 듯 고개를 떨구었다.

❀

자신의 처소로 돌아온 기완자는 하염없이 눈물을 흘렸다. 고려로 돌려보내달라고 황제에게 주청을 올리는 것이 유일한 희망이었건만, 희망마저 사라져버리니 그 슬픔을 어찌 말로 표현할 수 있으랴!

소리를 내지 않으려 손으로 입을 막은 채 눈물을 흘리던 기완자는 문득 최영과 오라버니들의 소식이 궁금해졌다.

'서방님과 오라버니들은 고려로 돌아가셨을까……. 꼭 돌아가셔야 하는데. 혹여 무기를 감추고 계시다 발각되면…….'

대도성에서 무기를 지니려면 관청의 허락을 받아야만 했다. 원나라는 타민족이 봉기라도 일으킬까봐 부엌에서 쓰는 식칼마저 다섯 가구가 나누어 쓰도록 철저히 통제했고, 그마저 몽골인의 집에 맡겨두고 끼니때마다 빌려 써야 했다. 이러한 사실도 모른 채 최영의 일행이 무기를 감추고 들어왔다가는 역적으로 몰리기 십상이었다.

기완자가 겨우 눈물을 진정시킬 무렵, 고려인 환관 고용보가 처소로 들어왔다. 기완자가 옷소매로 눈물을 훔치고 인사를 올리자 고용보가 말했다.

"네 오라버니들이 찾아왔다. 만나보겠느냐?"

고용보의 말이 채 끝나기도 전에 기완자가 두 손을 모아 애원하듯 말했다.

"부디 만나게 하여주소서!"

"따라오너라."

고용보의 뒤를 따라가는 기완자의 가슴이 말할 수 없이 설렜다. 만리타국에서 피붙이를 만날 것을 생각하니 그 감격을 어찌 말로 형언할 수 있으랴! 비록 압록강에서 오라버니들과 면회를 했지만 순식간에 시간이 지나가 오히려 아쉬움만 더할 뿐이었다.

황궁의 객실 문이 열리는 순간 기완자는 입이 다물어지지 않을 정도로 깜짝 놀라고 말았다. 그토록 간절히 그리던 최영이 기철, 기륜, 박불화와 함께 와 있었다.

"영도령!"

"기낭자!"

너무 갑작스럽게 최영을 만난 기완자는 무슨 말을 할지 몰라 눈물을 글썽인 채 멍하니 서 있을 뿐이었다. 기철이 눈짓하며 객실 문을 나서자 기륜도 따라나섰다. 박불화는 기완자에게 고개를 끄덕여 인사한 후에서야 객실 문을 나섰다. 기완자는 박불화가 인사하는 것을 못 본 듯 최영만 바라볼 뿐이었다. 얼마간 침묵이 흐른 후 최영이 떨리는 목소리로 간신히 입을 열었다.

"기낭자……. 괜찮소?"

백지장처럼 창백한 기완자의 안색을 브자 최영은 가슴이 찢어질 듯 아팠다. 이 모든 것이 자신의 잘못이라는 자책감이 최영의 가슴을 천 갈래 만 갈래로 찢어놓고 말았다. 기완자는 고통이 가득한 최영의 눈빛을 보자 말할 수 없이 가슴이 아려왔다. 말없이 눈물만 글썽이던 기완자가 겨우 입을 열었다.

"소녀는 괜찮사옵니다. 서, 영도령은……. 다친 데는 없사옵니까?"

하마터면 서방님이라 부를 뻔했다. 혼약을 맺고서도 단 한 번도 서방님이라 불러보지 못한 것이 한이었다. 한 번이라도 서방님이라 불러보고 싶은 마음이 간절하나, 이미 최영과의 인연을 잊기로 결심을 굳힌 기완자는 입술을 꼭 깨문 채 마음속에 맺힌 한을 삼킬 수밖에 없었다. 기완자의 한을 짐작한 것일까. 최영의 눈에서 눈물이 흘러내리고 있었다.

"덕분에 무탈하오."

기완자가 안도의 한숨을 내쉬며 울먹였다.

"천만다행이옵니다."

기완자도 최영도 아무리 눈물을 참으려 해도 쏟아지는 눈물을 도저히 참을 수 없었다. 최영이 손으로 눈물을 훔친 후 결연한 목소리로 말했다.

"이 목숨이 붙어 있는 한, 기필코 기낭자를 구하겠소. 부디 기다려주시오."

최영이 나직한 목소리로 말했지만 기완자가 화들짝 놀라 입에 손가락을 가져다대며 속삭였다.

"말을 삼가시오……. 부디……."

순간 기완자는 목이 메어 말을 잇지 못했다. 자신을 잊어달라는 말이 차마 떨어지지 않았던 것이다. 기완자가 복받치는 감정을 애써 진정시키며 간신히 말을 이었다.

"부디……. 소녀를 잊으소서……."

최영이 눈물을 글썽인 채 고개를 흔들며 말했다.

"내 어찌 그대를 잊겠소?"

기완자는 눈물을 흘리는 연약한 모습을 보이지 않으려 몸을 돌리며 말했다.

"잊으셔야만 하옵니다……."

어쩐지 단호한 기완자의 목소리에 최영은 탄식을 내뱉으

며 말했다.

"어찌 잊으란 말이오?"

기완자의 목숨이 살아 있는 한 어찌 최영을 잊을 수 있으랴! 이미 엇갈린 인연이기에 이별할 수밖에⋯⋯. 기완자는 울음보가 터지려는 것을 간신히 참으며 갈했다.

"이미 끝난 인연이거늘, 어찌 잊지 아니할 수 있겠나이까?"

"아⋯⋯."

최영의 입에서 흘러나온 외마디 탄식 소리에 기완자는 말할 수 없이 깊은 슬픔을 느낄 수 있었다. 가슴이 찢어지는 듯한 아픔을 감내하며 기완자가 천천히 입을 열었다.

"이미 황제의 총애를 입은 몸이옵니다. 이것이 소녀의 운명인 듯하오니, 부디, 소녀를 잊으소서⋯⋯."

황제의 총애란 말에 최영이 마침내 고개를 떨구었다.

"그것이 정녕 그대의 뜻이라면, 어찌 따르지 아니할 수 있겠소⋯⋯. 그대가 행복하기를 바랄 뿐이오⋯⋯."

"소녀, 이만 가보겠나이다. 살펴가소서."

기완자는 더는 감정을 주체할 수 없어 겨우 이 한마디만 남기고 객실 문을 나섰다.

'서방님, 부디 소녀보다 좋은 낭자를 만나 행복하게 사소서⋯⋯.'

하늘에 초승달만이 외로이 떠 있는 깊은 밤, 엘테무르가 황후 타나실리의 처소를 찾아왔다.

"아버님, 이 야심한 밤중에 어인 일로 소첩을 찾아오셨나이까?"

딸을 바라보는 엘테무르의 눈빛에 칠흑처럼 어두운 그림자가 서려 있었다.

"황후마마께 긴히 상의드릴 것이 있어 왔사옵니다."

타나실리는 어쩐지 좋지 않은 예감이 들어 근심 어린 얼굴로 말했다.

"말씀하소서."

"아비가 들으니 황상께서 황궁 시위대장에 탈탈을 임명했다 하온데, 이는 황상께서 우리 일가에 칼을 겨눈 것이 아니고 무엇이겠사옵니까? 이를 묵과하면 장차 화근이 될 터, 거사에 나설 수밖에 없을 듯하옵니다."

엘테두르의 말이 채 끝나기도 전에 타나실리가 고개를 세차게 흔들며 날 선 목소리로 말했다.

"아니 되옵니다. 탈탈의 목만 베면 될 일을, 어찌 소첩의 지아비를 해치려 하시나이까? 부디 재고하소서!"

엘테무르가 길게 한숨을 내쉬며 말했다.

"탈탈의 목을 베면 백안이 가만히 있지 않을 터, 백안의 목을 먼저 베어야 하는데, 백안은 옹기타트 가문의 수장이라 일이 커지옵니다. 하여 차라리 황태후마마와 뜻을 합쳐 황상을 폐하고 황태제를 옹립하려는 것이옵니다. 이미 황태후마마께서 윤허하셨사오니 부디 통촉하여주소서."

선황제 문종의 황후였던 보다시리 황태후는 엘테무르가 그녀의 아들 연첩고사를 황제로 옹립하겠다는 뜻을 밝히자 황후 타나실리에게 결정을 떠넘겼다. 조카 토곤을 황위에 내세우라는 문종의 유지를 받은 보다시리 황태후로서는 어쩔 수 없는 선택이었다.

타나실리가 눈물을 글썽인 채 엘테무르의 손을 잡으며 말했다.

"아버님, 아직 황상의 진의도 모르시지 않사옵니까? 황상의 진의를 알아본 연후에 거사를 거행허도 늦지 않을 터, 부디 소첩에게 황상의 진의를 파악할 말미를 주소서!"

정략에 의해 맺어진 토곤과 타나실리는 초야조차 치르지 않았지만, 타나실리는 토곤을 마음속 깊이 사랑하고 있었다. 여인의 마음은 그런 것일까. 아무 실권 없는 열넷의 어린 황제 토곤에게 타나실리는 깊은 연민을 느꼈던 것이다.

엘테무르는 자신의 딸이자 국모의 간청을 차마 외면할 수 없었다. 엘테무르가 괴로운 듯 미간을 찌푸리더니 천천히 고개를 끄덕였다.

"하오면 황후마마께 시간을 드릴 터이니, 황상의 진의를 파악하시는 대로, 이 아비에게 연통을 주소서."

질투

이른 아침부터 찻상을 들고 대내로 향하는 기완자의 발걸음이 한없이 무거웠다. 아직 기완자에게 토곤은 낯설디낯선 몽골의 황제였을 뿐이다. 과연 이토록 낯선 사내와 어찌 한 평생을 살 수 있을까. 기완자는 생각하면 생각할수록 눈앞이 캄캄해졌다.

'하루를 보내기도 이토록 갑갑하거늘 어찌 여기서 일평생을 보낼 수 있을까!'

때마침 불어온 겨울바람에 찻상을 든 손이 꽁꽁 얼어붙을 지경이었지만, 상념에 잠긴 기완자는 추위도 못 느낀 채 종종걸음으로 걸어갔다.

기완자가 대내의 문으로 들어가려는 순간 매우 낯익은 얼굴을 보고 화들짝 놀라 하마터면 찻상을 놓칠 뻔했다. 장창을 들고 대내의 문을 지키는 시위군 둘은 다름 아닌 박불화와 최유가 아닌가! 어제 황궁 시위대장이 된 탈탈이 시위군을 새로이 모집할 때 자원해 입대한 박불화와 최유 둘 다 무예가 특출하게 빼어난 데다 그들의 아버지가 친원파 대신이라 입대 하루 만에 대내의 문을 지키는 중책을 맡을 수 있었던 것이다.

기완자는 경악한 얼굴로 박불화에게 말을 건넸다.

"불화공께서 어찌……."

"기낭자……."

기완자에게 격구를 가르친 박불화는 예전처럼 기완자를 '완자 누이'라 부르지 못하고 '기낭자'라 부를 수밖에 없었다. 황궁에서 궁인의 이름을 함부로 부를 수는 없는 일이었다.

박불화가 말을 잇지 못하자, 최유가 나섰다.

"우리 둘 다 어제부로 황궁의 시위가 되었소."

"아……."

기완자의 입에서 나직한 탄성이 흘러나왔다. 여태껏 자신을 잊지 못하고 모든 것을 내던진 사내 둘이 말할 수 없이 안쓰러웠던 것이다.

“저는 이만 가보겠습니다.”

이 한마디를 남기고 기완자는 대내 안으로 들어가버렸다.

기완자는 말할 수 없이 속상했다. 어찌 이다지도 자신의 마음을 몰라줄까. 아무것도 해줄 수 있는 일이 없기에 더는 마음에 빚을 지고 싶지 않았다. 기완자는 자신을 위해 자존심과 명예를 버리고 몽골의 시위군이 된 박불화와 최유를 생각하면 한숨만 나올 뿐이었다.

어느새 토곤의 처소에 이르렀다. 환관이 기완자의 방문을 알리기도 전에 토곤의 목소리가 들려왔다.

“완자가 왔느냐?”

이른 새벽에 잠에서 깬 토곤은 기완자가 오기만을 학수고대하고 있었다.

“그러하나이다.”

“들라 이르거라.”

기완자가 안으로 들어오자마자 환관 하나가 기다렸다는 듯이 기완자 손에 들린 찻상을 건네받았다. 토곤이 얼른 다가와 기완자의 차디찬 손을 감싸잡으며 말했다.

“이 엄동설한에 손이 많이 시리겠구나! 짐이 왜 미처 생각하지 못했을고? 오늘부로 아무것도 들지 말고 그냥 오너라. 찻상은 다른 궁인에게 시키겠다.”

토곤은 칼바람이 부는 엄동설한에 기완자를 좀더 배려하지 못한 것이 몹시도 미안했다. 기완자가 고개를 절레절레 흔들었다.

"아니옵니다. 찻상은 소녀의 일이오니, 부디 소녀에게 맡겨주옵소서."

"짐의 뜻을 따르거라. 이 추운 날씨에 네가 매일마다 이렇게 찻상을 들고 온다면 짐의 마음이 편하겠느냐?"

"궁인이라면 마땅히 일을 해야 하옵니다. 찻상을 나르는 쉬운 일이니, 심려치 마옵소서."

"허면……. 장갑을 받거라."

토곤은 가죽장갑을 기완자에게 내밀었다. 이 당시만 해도 가죽으로 만든 장갑은 대단히 진귀한 물건이었기에 토곤의 거듭되는 권유에 마지못해 건네받은 기완자는 마음이 무거웠다.

"성은이 망극하나이다."

기완자가 장갑을 받으며 감사의 예를 표하자 토곤은 마냥 행복한 표정을 지으며 찻잔을 들어 차를 마시기 시작했다. 이내 토곤의 입에서 감탄사가 흘러나왔다.

"오호, 참으로 독특한 향기로다! 짐이 처음 맛보는 차인데, 대체 무슨 차냐?"

"인삼차이옵니다."

"인삼은 고려 특산물이 아니더냐?"

"그러하나이다. 이번 조공에서 고려의 충숙왕께서 황상께 진상한 것으로 알고 있나이다."

토곤이 회한에 잠긴 얼굴로 천천히 고개를 끄덕이며 말했다.

"수년 전, 짐이 선황제의 친자가 아니라는 참으로 기가 막힌 누명을 쓰고 고려 대청도에 유배된 적이 있었느니라. 그때의 심경을 어찌 말로 표현할 수 있겠느냐? 그때만 해도 죽을 날이 멀지 아니했다 여겼거늘 이리도 좋은 날이 올 줄 어찌 꿈엔들 상상할 수 있었겠느냐?"

기완자의 입에서 자신도 모르게 '아' 하고 탄성이 흘러나왔다. 천하를 군림하는 원나라의 황제가 그토록 불행했던 과거를 지녔을 줄 어찌 상상이나 할 수 있었으랴!

기완자가 연민하는 듯한 목소리로 말했다.

"모든 것이 하늘의 뜻이 아니겠사옵니까?"

토곤이 갑자기 기완자의 손을 덥석 잡으며 말했다.

"그래, 맞다! 짐이 너를 만난 것은 필시 하늘의 뜻이 틀림없을 게야!"

토곤의 시선이 창 너머로 보이는 맑고 푸른 하늘을 향하고 있었다. 기완자는 어찌나 당황스러운지 말문이 막혔다.

토곤의 감격 어린 목소리가 들려왔다.

"우리도 저 하늘의 견우와 직녀처럼 영원토록 함께하자구나!"

기완자의 목소리가 심히 떨려왔다.

"미천한 소녀가 어찌 황상의 배필이 될 수 있겠나이까?"

토곤은 기완자의 눈빛이 조금도 기뻐하지 않음을 알 수 있었다. 토곤은 충격을 받은 듯한 얼굴로 멍하니 있다가 눈짓으로 환관들에게 나가라는 명을 내렸다. 환관들이 처소를 나서자 토곤이 가늘게 떨리는 목소리로 천천히 입을 열었다.

"네 진심을 알려다오. 짐이 싫은 것이냐?"

기완자는 문득 이번이 자신의 처지를 토곤에게 알릴 마지막 기회라는 생각이 뇌리를 스쳤다. 최영에게는 자신을 잊으라 간곡히 말한 기완자였지만 도저히 최영을 잊을 자신이 없었다. 최영을 잊기로 결심한 지난 하루는 살아도 살아 있지 않은 것처럼 공허하지 않았던가! 기완자는 작심한 듯 심히 떨리는 목소리로 입을 열었다.

"그런 것이 아니오라……. 황상, 실은 소녀에게 정혼자가 있었나이다……. 헌데, 어명이 내려져 공녀로 선발되어 이렇게 황상 앞에 있게 된 것이옵니다……."

순간 토곤이 충격으로 온몸을 부르르 떨었다. 어찌나 큰 충격을 받았는지 토곤은 몸을 가누지 못하고 갑자기 비틀거리기 시작했다. 기완자가 깜짝 놀라 비틀거리는 토곤을 부축하며 눈물을 쏟아내렸다.

"황공하나이다."

토곤이 겨우 중심을 잡으며 울먹이는 목소리로 중얼거렸다.

"그래, 짐 팔자에 무슨 좋은 일이 있을라고. 어머님은 언제 떠나셨는지 기억조차 가물하고, 아타마마는 짐이 겨우 아홉 살 때 독살당하여 세상을 떠나셨다. 그 후론 짐이 선황제의 친자가 아니라 하여 대청도와 계림으로 유배당하여 죽는 날만 기다렸는데, 이렇게 황제가 되었긴 했으나 아무 실권 없는 허수아비 황제이거늘 어느 궁인이 짐을 진심으로 사모하겠느냐……."

한마디 한마디 폐부를 찌르는 토곤의 절절한 말에 기완자의 가슴이 찢어질 듯 아파왔다. 어린 황제의 가슴에 말할 수 없이 큰 상처를 주었다는 생각에 기완자는 죄인이 된 듯한 느낌이었다. 기완자가 안타까운 목소리로 울먹였다.

"그런 뜻이 아니오니, 부디 통촉하여주옵소서."

토곤이 괴로운 듯 신음을 내뱉더니 애원하듯 기완자의 손을 잡고서 말했다.

"부디 짐의 곁을 떠나지 말아다오. 모든 것이 하늘의 뜻이라고 네 입으로 말하지 아니했느냐?”

기완자는 아무 대답도 할 수 없었다. 기완자가 침묵하자 토곤도 한동안 침묵하더니 떨리는 목소리로 말을 이었다.

“짐에게 너를 방면해줄 수 있는 힘도 없거니와, 설령 힘이 있다 하여도 놓아줄 수 없구나! 완자야, 짐의 뜻을 따를 수 있겠느냐? 이렇게 부탁하마. 부디 옛일은 모두 잊고, 영원히 짐의 곁을 지켜달란 말이다. 그리할 수 있겠느냐?”

기완자는 고려로 돌아가는 것이 불가능한 일이라는 사실을 이미 짐작하고 있었지만, 막상 실낱같은 희망조차 없음을 깨닫자 목이 메어 말이 나오지 않았다. 옛일을 잊으라니, 최영을 잊겠다고 어찌 대답할 수 있으랴!

갑자기 토곤이 털썩 주저앉아 애원하듯 말했다.

“완자야, 이렇게 부탁하마……. 부디 짐의 곁을 떠나지 말아다오…….”

기완자는 몹시 당황하지 않을 수 없었다. 황제가 이토록 간절히 애원하는데 차마 거절할 수 없었다. 설령 거절한다 해도 자신을 고려로 보내줄 힘이 토곤에게 없다는 사실을 알고 있었다. 이것이 정녕 운명이란 말인가! 기완자는 가슴이 갈기갈기 찢어지는 듯한 아픔을 삼키며 말했다.

“부디 통촉하옵소서. 황상의 뜻이 이리도 간곡하온데, 소녀가 어찌 황상의 곁을 떠날 수 있겠나이까?”

토곤이 안도의 눈물을 흘리며 말했다.

“짐의 뜻을 따르겠다니, 참으로 고맙구나…….”

부질없는 미련이었을까. 마지막 남은 희망마저 사라져버렸다는 생각에 기완자는 하염없이 눈물을 쏟아내렸다.

기나긴 침묵 속에 토곤이 손수건을 꺼내 기완자의 눈물을 닦아주고 있는데, 밖에서 허둥지둥하는 듯한 인기척 소리가 들려왔다.

“황후마마 납시오!”

황후 타나실리의 왕림을 알리는 환관의 목소리에 토곤은 당황하는 기색이 역력했다. 기완자도 몹시 당황하며 급히 옷매무새를 다듬었다. 기완자가 미처 자세를 바로잡기도 전에 문이 열리더니 타나실리가 모습을 드러냈다.

천하에 둘도 없을 듯한 기완자의 출중한 미색에 타나실리는 질투심이 걷잡을 수 없이 솟구쳐 올라왔다. 타나실리가 토곤에게 인사를 올리고는 기완자를 쏘아보더니 대갈일성을 내질렀다.

"대체 너는 여기서 무엇하는 게냐?"

"차를 따르는 궁인이오."

토곤의 말에도 타나실리는 매서운 눈초리로 기완자를 쳐다보며 꾸짖었다.

"일이 끝났으면 어서 나가지 않고 무엇하느냐?"

"황공하옵니다."

기완자는 급히 머리를 조아려 인사를 올리고 처소를 떠났다. 타나실리는 미색이 빼어난 기완자가 토곤과 단둘이 있었다는 생각에 끓어오르는 질투심을 겨우 진정시키며 인사를 올렸다.

"황상께 긴히 아뢸 말씀이 있어 왔나이다."

토곤은 온통 기완자 생각에 타나실리에게 시선조차 주지 않고 무심한 목소리로 말했다.

"말씀해보시오."

무심한 듯한 토곤의 태도에 타나실리는 화가 치밀었지만 애써 참으며 말했다.

"신첩이 들으니, 어제 황상께서 신첩의 둘째 오라버니를 대신하여 탈탈을 시위대장에 임명했다 하더이다. 신첩의 오라버니는 황상께서 보위에 오르신 이래 주야로 황상의 안위를 위해 최선을 다했사온데, 무슨 연유로 그리 결정하셨는지 실로 서운하옵니다."

토곤은 타나실리가 탑자해를 해임하고 탈탈을 시위대장에 임명한 자신의 결정에 반감을 가지고 있음을 짐작할 수 있었다. 토곤은 자신이 진심으로 사랑하는 기완자를 보호하기 위해서라도 이번 일을 어떻게 해서든 무마할 생각이었다.

"오해 마시구려. 짐이 어찌 황후의 오라버니의 충정을 모르겠소. 실은 내 황후의 둘째 오라버니의 충정을 높이 여겨온바, 태위에 임명할 생각이었소. 오늘 열릴 대전 회의에서 이를 공표할 생각이니, 황후께서는 서운히 여기지 마시오."

타나실리는 어안이 벙벙했다. 이 무렵, 원나라 조정의 삼공 벼슬 중 엘테무르가 우승상, 당기세가 어사대부의 자리를 차지하고 있었다.

그간 엘테무르 일가에 그다지 호의적이지 않아 보였던 토곤이 태위 자리마저 탑자해에게 주겠다니 실로 뜻밖의 일이 아닐 수 없었다.

"성은이 망극하나이다."

타나실리는 토곤에게 머리를 숙여 감사의 인사를 올렸다. 엘테무르가 이 사실을 알면 틀림없이 기뻐하리라.

타나실리가 기쁜 마음으로 토곤의 처소를 나서려는데, 문득 빼어난 미색의 기완자가 마음에 걸렸다.

"하온데 황상, 차를 따르는 그 궁인은 어느 가문의 여인이옵니까?"

토곤은 타나실리의 입에서 기완자에 대한 질문이 나오자 내심 불쾌했지만 내색하지 않으며 말했다.

"고려의 공녀요. 고려에서는 제법 명성이 있는 가문으로 알고 있소만……."

타나실리가 잠시 토곤의 눈치를 보더니 천천히 운을 뗐다.

"실은 신첩이 고려의 차를 몹시 좋아하옵니다. 그 공녀를 신첩에게 하사하실 수 있으신지요. 부디 윤허하여주옵소서."

자신에게서 기완자를 떼어내려는 타나실리의 속셈이 분명한 터, 토곤은 분노가 치밀어올랐지만 애써 진정시키며 물었다.

"황후께서는 고려의 차 중 어떤 차를 좋아하시오?"

타나실리는 찻상에 있는 인삼차를 보고는 미소를 지으며 말했다.

"인삼차를 각별히 좋아하옵니다."

토곤은 잠시 머릿속으로 할 말을 정리하고 나서 천천히 입을 열었다.

"황후께서도 아시다시피, 짐은 고려의 대청도에서 2년을 보낸바 고려에 대한 향수가 누구보다 각별하오. 그 고려 공녀는 차를 잘 다릴 뿐 아니라 짐과 마음이 통하는 바가 있으니 황후께서 양해하여주시오.”

마음이 통한다는 토곤의 말에 타나실리는 질투심이 더욱 불타올랐다. 질투심 어린 타나실리의 눈빛을 보자, 토곤은 실언을 했음을 깨달았다.

‘내가 공연한 말을 하여 황후의 질투심을 부채질했구나! 이를 어찌할까……’

타나실리는 속이 뒤집힐 듯 끓어오르는 것을 간신히 참으며 인사를 올렸다.

“하오면, 신첩은 이만 물러가겠사옵니다.”

황후전으로 돌아온 타나실리는 황후전 총관 홍대부카를 불러 기완자에 대한 정보를 캐오도록 명했다. 입궁한 지 얼마 되지 않은 기완자가 뭔가 꼬투리를 잡힐 만한 행동을 하지 않았나 싶었던 것이다.

아니나 다를까, 한 시진이 채 못 되어 대내의 궁인 하나가 황후전으로 와서 호들갑을 떨며 아뢰었다.

“차를 나르는 고려 공녀가 황궁 시위군 두 명과 몰래 밀회하는 것을 소녀의 두 눈으로 똑똑히 보았사옵니다.”

마침내 꼬투리를 잡은 타나실리는 회심의 미소를 지으며 중얼거렸다.

“대죄를 지었다 추궁하여 자백을 받아낸다면, 황상이시라도 그 고려 계집을 구하지 못할 게야…….”

토곤이 어전 회의에 참석하기 위해 처소를 떠날 무렵, 기완자는 자신의 처소를 향해 걸어가고 있었다. 그때 환관 2명이 기완자의 앞을 가로막아 섰다.

“황후마마께서 부르시니 어서 따라오너라.”

기완자는 불길한 예감이 들었다. 아까 자신을 바라보는 질투심 어린 황후의 눈빛이 심상치 않았다. 기완자는 내키지 않았지만 황후의 명이라는데 따르지 않을 도리가 없었다.

황후전에 당도한 기완자가 고개를 숙여 인사를 올리자, 서릿발처럼 차가운 타나실리의 목소리가 들려왔다.

“내 들으니, 네가 황궁 시위군 둘과 은밀히 밀회하는 것을 본 사람이 있다 하더구나. 정녕 사실이냐?”

기완자는 충격으로 온몸에 소름이 돋았다. 동향인 박불화, 최유와 몇 마디 나눈 것을 은밀한 밀회라니! 기완자는 떨리는 마음을 진정시키며 침착하게 말했다.

"소녀와 동향인 시위군 둘과 몇 마디 나눈 적은 있사오나, 그 누구와도 밀회한 적은 없나이다."

궁인이 시위군과 말을 섞는 것 자체가 황궁 법도에 어긋나는 일이었지만 기껏해야 회초리로 끝날 일이었다. 더욱이 기완자는 입궁한 지 얼마 되지 않은 공녀가 아니던가! 하지만, 꼬투리를 잡은 타나실리로서는 기완자를 추궁할 절호의 기회가 아닐 수 없었다. 순간 타나실리의 눈에 광기 어린 섬광이 번뜩였다.

'이 계집이 이리도 아리따우니 황상께서 내게 시선이라도 주겠는가! 불임약이라도 먹여 자식을 못 낳게 만들어야겠다!'

막 피어오르는 꽃봉오리처럼 아름다운 기완자의 자태를 보자 타나실리는 질투심에 이성이 마비 되고 말았다.

"약을 가져오너라."

타나실리의 명이 떨어지자 기완자 앞에 먹물처럼 검은 약 한 사발이 놓여졌다.

"살고 싶거든 이 약을 마시거라."

기완자는 불임약을 독약으로 알고 온몸을 부르르 떨며 애원했다.

"황후마마, 황궁의 법도를 어긴 죄 달게 받겠사옵니다. 부디 소녀를 살려주옵소서."

타나실리가 차디찬 목소리로 말했다.

"독약이 아니라 불임약일 뿐이니 걱정 말고 마시거라. 어차피 고려의 천한 계집이 황상의 용종龍種을 잉태할 수는 없는 일, 어서 명에 따르거라."

기완자가 고개를 절레절레 흔들며 애원했다.

"아니 되옵니다. 여인에게 불임은 죽음보다 더한 것이옵니다. 부디 통촉하여주옵소서."

타나실리는 기완자가 자신의 명을 따르지 않자 분노가 머리 꼭대기까지 치밀었다. 기완자가 토곤의 총애를 믿고 자신의 명을 따르지 않는다는 생각에 미치자 악이 받쳐 발악하듯이 괴성을 내질렀다.

"채찍을 가져오너라!"

환관 하나가 채찍을 가져오자, 타나실리의 손이 매섭게 채찍을 휘둘렀다.

"악!"

기완자가 외마디 비명을 지르며 쓰러지는 순간, 아까 토곤에게 받았던 가죽장갑이 바닥에 떨어졌다. 타나실리는 채찍으로 가죽장갑을 가리키며 분노에 찬 목소리로 물었다.

"이것을 어째서 네가 갖고 있는 게냐?"

"황상께서 하사하신 것이옵니다."

토곤에게 단 한 차례도 선물을 받은 적이 없는 타나실리는 더욱 질투심이 끓어올라 인정사정없이 채찍을 휘둘렀다. 계속되는 타나실리의 매서운 채찍질에 기완자의 옷이 갈기갈기 찢어지며 선홍색 피가 배어나왔다. 기완자는 참을 수 없는 고통에 연신 비명을 지르다 정신을 잃고 말았다. 마침내 타나실리가 채찍을 내려놓으며 명을 내렸다.

"어서 깨워 강제라도 불임약을 먹이거라!"

궁인들이 기완자의 입에 불임약을 들이부으려는 찰나였다.

"황상 폐하 납시오!"

어전 회의 중 고용보에게서 기완자가 황후전으로 끌려갔다는 소식을 듣자, 토곤은 그 즉시 퇴실해 한달음에 달려온 것이었다.

토곤이 황후전으로 뛰어들어와 기완자의 상처를 살피자 타나실리의 안색이 백지장처럼 창백해졌다. 기완자의 온몸이 상처투성이임을 본 토곤이 절규했다.

"속히 태의를 부르거라! 이 여인을 대내로 옮기거라. 어서!"

토곤이 타나실리를 노려보며 대갈일성을 내질렀다.

"황후! 대체 이게 무슨 짓이오?"

타나실리는 면목이 없어 고개를 숙인 채 눈물만 흘릴 뿐이었다. 환관들이 기완자를 가마에 태우자, 토곤은 뒤도 돌아보지 않고 가마를 따라 황후전을 나섰다.

악몽 같은
현실

얼마나 시간이 흘렀을까. 겨우 의식을 찾은 기완자는 정신이 혼미했다. 감겨 있던 눈꺼풀을 가까스로 올리며 눈을 뜨는 순간, 기완자는 경악하지 않을 수 없었다.

"대체 불화공이 어찌 여기에 있는 것이오?"

이것이 생시인가 꿈인가! 기완자의 곁에 어찌 박불화가 있단 말인가!

"진정하소서! 황상께 윤허받은 것이오니……."

윤허라는 말에 기완자는 안도의 한숨을 쉬며 가슴을 쓸어내렸다.

"이만 물러가시지요. 황후마마께서 아시면……."

기완자는 지난번처럼 꼬투리를 잡힐까 걱정되지 않을 수 없었다. 기완자가 나가라고 눈짓하는 순간이었다. 박불화가 갑자기 통곡하듯 눈물을 쏟아내리는 것이 아닌가!

"소인을 용서하옵소서……."

기완자가 대내 문 앞에서 박불화, 최유와 몇 마디 나눈 것이 꼬투리 잡혀 황후에게 참혹하게 채찍질당한 사실을 아는 것이 틀림없으리라.

기완자는 비통하게 눈물을 흘리는 박불화에게 말할 수 없는 연민을 느꼈다. 2년 전, 격구 시합에서 최영을 만나지 않았다면 어쩌면 백년가약을 맺었을지도 모르는 사내가 아니던가! 기완자는 오래전부터 알고 있었다. 박불화가 자신의 목숨보다도 그녀를 사랑하고 있다는 사실을. 또한 박불화가 지난번에 일행들과 원나라 사신단을 습격했을 때 목숨을 버려서라도 그녀를 구하려 했던 사실도 알고 있었다. 기완자는 박불화를 위해 아무것도 해줄 수 없는 것이 너무도 미안할 뿐이었다. 기완자가 한숨을 내쉬더니 말할 수 없이 안타까운 목소리로 말했다.

"용서라니, 당치 않습니다……. 불화공은 소녀에게 친오라버니와도 같은 분이지 않습니까? 게다가 모함을 당한 것이지, 불화공 때문이 아닙니다. 이제 마음을 다잡으시고 속히 이곳을 떠나세요. 그것만이 소녀를 위하는 길입니다."

바로 그때, 기완자는 또다시 깜짝 놀라지 않을 수 없었다. 눈물을 진정시킨 박불화가 고개를 숙이더니 기완자에게 큰절을 하는 것이 아닌가!

"귀비마마께 인사 올리나이다……."

귀비마마라니, 기완자는 자신의 귀를 의심하지 않을 수 없었다.

"귀비라니……."

그 순간이었다. 화려한 비단으로 수놓은 이부자리가 시야에 들어오자 기완자는 몹시 당황하며 주변을 둘러보았다. 기품 있는 장롱과 탁자, 진열대 위의 푸른빛 도자기들, 광채 나는 나무 침대, 모든 것이 진구하고 낯설었다. 기완자는 믿을 수 없다는 듯 고개를 절레절레 흔들었다.

'정녕 내가 귀비가 되었단 말인가!'

박불화가 당황하는 기색이 역력한 기완자를 바라보며 천천히 입을 열었다.

"황상께서, 마마를 귀비에 봉하셨사옵니다."

순간 기완자의 입에서 신음이 터져나왔다.

"아!"

기완자가 정신을 차릴 새도 없이 박불화가 떨리는 목소리로 말을 이었다.

"황상께서 소인에게 귀비마마를 잘 모시라 명을 내리셨사오니, 이제 소인이 귀비마마를 지켜드리겠나이다."

기완자의 눈과 마주친 박불화의 눈동자가 파르르 떨리고 있었다. 무언가를 숨기는 듯한 눈빛이었다. 순간 시야에 박불화가 입은 푸른 관복이 들어오자, 기완자가 갑자기 외마디 비명을 질렀다.

"아악!"

푸른색의 박불화의 관복은 다름 아닌 환관의 관복이 아닌가! 귀신이라도 본 듯 질겁하며 지르는 기완자의 비명 소리에 박불화의 얼굴이 고통으로 일그러졌다. 박불화는 황후의 무참한 채찍질에 온몸이 상처투성이가 된 기완자를 곁에서 지키고자 거세하고 환관이 되었던 것이다.

"마마, 부디 진정하소서!"

가늘게 째지는 듯한 목소리. 거세한 사내의 목소리가 아닌가! 어쩐지 익숙하면서도 낯선 박불화의 목소리가 기완자의 가슴을 갈기갈기 찢어놓고 말았다.

"대체 어쩌시려고……."

기완자는 목이 메어 아무 말도 할 수 없었다. 박불화는 쏟아질 듯한 눈물을 가까스로 참았다. 결단코 기완자의 가슴을 아프게 하지 않으리라 맹세하지 않았던가! 입술을 깨물며 눈물을 삼킨 박불화가 간신히 입을 열었다.

"소인이 진실로 바라던 바이오니, 심려치 마소서."

기완자는 '아' 하고 탄성을 내뱉고는 눈물만 흘릴 뿐이었다. 어느새 고용보가 박불화의 곁에 와 있었다. 고용보가 박불화의 어깨를 다독이며 말했다.

"마마는 내가 모실 터이니, 자네는 이만 나가보게나."

박불화가 고개를 숙여 인사하고서 뒤뚱뒤뚱 걸어나가자 기완자는 괴로운 듯 얼굴을 감싸쥐며 절규하듯 외쳤다.

"제발, 이것이 악몽이기를……."

충격으로 정신이 혼미해진 기완자는 이 모든 것이 악몽이기를 바랐지만, 스멀스멀 온몸을 파고드는 채찍질의 상처가 악몽이 아님을 말해주고 있었다. 다시는 돌이킬 수 없는 현실이라는 사실에 기완자는 하염없이 눈물을 흘렸다.

여인이 흐느끼는 소리만 들리는 침묵 속에 문 밖에서 인기척이 들려왔다.

"황상 폐하 납시오!"

눈물을 그치려 해도 그칠 수가 없었다. 어느새 곁에 온 토곤이 기완자의 어깨를 만지며 말했다.

"기귀비, 이제 좀 괜찮으시오? 참으로 신묘한 고약을 발랐으니, 상처는 말끔히 흔적도 없이 나을 거라 하더이다. 허니, 마음을 편히 하시오."

자신이 사랑하는 사내, 자신을 사랑하는 사내, 모두 잃은 마음의 상처가 아물지 않아서일까. 어쩐지 기완자는 조금도 기쁘지 않았다. 마침내 흐느낌을 그친 기완자가 울먹이는 목소리로 말했다.

"황상, 말씀을 낮추소서. 어찌 미천한 소녀를 공대하시나 이까? 또한 소녀는 이미 황궁의 법도를 어긴 바가 있어, 황상 의 배필이 될 자격이 없사오니 첩지를 거두어 주옵소서."

"짐이 곧 나라의 법도이니, 그리 말씀하지 마시오. 이제 그대는 공녀가 아니라 귀비이니, 짐이 응당 공대하는 것이 마땅하오."

기완자의 입에서 절망의 탄식이 새어나왔다.

"아, 황상……."

어찌 이리도 고향으로 돌아가고 싶은 자신의 마음을 모르 는 것일까! 기완자는 고향으로 돌아가고 싶은 마음뿐이었 다. 비록 최영과 혼인의 연을 맺지 못할지라도 태어나고 자 란, 부모님이 계신 고향으로 돌아가는 것이 기완자의 유일 한 소망이었다.

이러한 기완자의 마음도 모르고 토곤이 미소 지으며 말

했다.

"너무 겸양치 마시오. 천상의 선녀처럼 아름다운 그대가 짐의 배필이 될 자격이 없다면 누가 짐의 배필이 될 수 있겠소? 짐은 그대가 참으로 자랑스럽소!"

어찌 이리도 여인의 마음을 모르는 것일까! 토곤은 기완자의 마음이 이제는 자신에게 기울어져 있으리라 여기고 있었다. 자신의 곁에 있겠다는 기완자의 약조를 사랑의 서약으로 여겼던 것이다.

기완자는 말문이 막혔다. 무슨 말을 어떻게 해야 자신의 마음을 알아줄까. 한동안 생각에 잠겨 침묵하던 기완자가 무겁게 입을 열었다.

"황상, 소녀는 아무것도 원하지 아니하오니, 청컨대, 첩지를 거두어주옵소서."

토곤은 기완자의 마음을 조금도 이해하지 못하고 있었다. 허수아비 황제 신세에서 벗어나 강력한 황제만 된다면 언젠가는 기완자의 마음이 자신에게 기울어지리라 굳게 믿고 있었다. 천하를 지배하는 원나라 황제의 배필을 누가 마다하랴! 토곤은 기완자의 마음도 모른 채 안일한 생각에 빠져 있었다.

토곤이 여전히 미소 지은 채 기완자의 손을 잡으며 말했다.

“기귀비, 모든 것이 그대를 위해서요. 황후가 다시 그대를 해하려 할지 어찌 알겠소? 이제 귀비가 되었으니, 누구도 감히 그대를 건드리지 못할 것이오. 부디, 짐의 마음을 알아주시기 바라오.”

죽음보다 두려운 것이 고향으로 돌아가지 못하는 것이었지만, 기완자는 무슨 말을 어떻게 해야 할지 떠오르지 않아 침묵할 수밖에 없었다.

순간 창백하고 여윈 기완자의 얼굴이 눈에 선명하게 들어오자 토곤은 기완자의 어깨를 잡아 천천히 이부자리에 눕히며 말했다.

“편히 쉬시오. 짐은 이만 나가보겠소.”

기완자가 미처 입을 열기도 전에 토곤의 말이 이어졌다.

“귀비를 잘 모시거라. 한 치의 소홀함도 용납하지 아니하겠노라. 알겠느냐?”

고용보가 고개를 조아리며 대답했다.

“성심을 다해 귀비마마를 모시겠나이다.”

기완자가 입을 열려는 찰나 고용보가 아무 말도 하지 말라는 듯 손가락을 입에 대며 고개를 살며시 흔들었다. 토곤이 방문을 나선 후에서야 고용보가 나직한 목소리로 말했다.

“귀비마마, 이미 내려진 첩지를 거둘 수는 없는 일이옵니다. 칭기즈칸 시조께서 몽골 제국을 세운 이래 귀비의 첩지를 거둔 예가 없나이다. 바라건대, 황상께 더는 첩지를 거두어달라 청하지 마옵소서.”

어느새 처소에 들어온 독만질아가 고개를 끄덕이며 말했다.

“고용보의 말이 지극히 옳사옵니다. 더욱이 마마께서 황상의 용종을 생산하오시면 이 천하가 마마의 것이나 다름이 없을 터인데, 어찌 그리도 옛 인연에 미련을 버리지 못하시나이까?”

열 살의 어린 나이에 부모를 여의고 공남으로 선발되어 환관이 된 이래 50세가 되도록 한평생을 황궁에서 보낸 독만질아가 어찌 기완자의 마음을 이해할 수 있으랴!

‘서방님, 소녀 언젠가는 고향으로 돌아가 비록 이승에서는 서방님의 곁을 지키지 못한다 할지라도 저승에서라도 서방님의 곁을 지키고 싶나이다!’

엘테무르가 당도하자 타나실리는 눈물만 흘릴 뿐 말이 없었다.

“황후마마, 어찌 이런 일이…….”

나무라는 듯한 엘테무르의 말투에 타나실리가 손수건을 꺼내 눈물을 닦으며 천천히 입을 열었다.

"아버님의 기대에 어긋나 송구할 따름이옵니다."

엘테무르가 흥분된 목소리로 말했다.

"황후마마를 탓하는 것이 아니옵니다. 이 지경이 되도록 어찌 이 아비에게 한마디 말씀도 하지 아니하셨단 말이옵니까?"

타나실리가 곤위에 오른 이래 토곤에게 철저히 외면당해 온 사실을 여태껏 숨긴 것을 나무라고 있었던 것이다. 타나실리의 목소리가 갑자기 떨려왔다.

"소첩은 두려웠사옵니다. 아버님께서 황상을 해칠까 두려웠사옵니다."

엘테무르가 가슴을 치며 말했다.

"어찌 이 아비를 믿지 못하시는 것이옵니까? 황상을 상황으로 모시면 그뿐인 것을, 아비의 마음을 몰라도 너무나 모르시옵니다."

타나실리가 괴로운 듯 손으로 이마를 감싸며 고개를 흔들었다.

"아버님께서 황상을 폐위하시면, 황상께서 소첩을 거들떠보시기나 하시겠사옵니까……."

엘테무르가 한숨을 길게 내쉬더니 손으로 창문을 가리키

며 말했다.

"지금 무슨 일이 벌어지고 있는지 아시옵니까?"

타나실리도 한숨을 길게 내쉬며 담담한 목소리로 말했다.

"황상께서 그 고려 공녀를 귀비에 봉했다 하더이다. 다른 일이 또 있사옵니까?"

"황후께서 황상이 총애하는 고려 공녀를 독살하려 했다는 소문이 돌고 있사옵니다. 소문이……."

타나실리가 미색이 빼어난 고려 공녀를 투기해 독살하려고 했다는 소문이 돌자, 대도성에 있는 수천의 고려인들이 황궁으로 몰려와 시위군이 되겠다며 야단법석이 난 것이다. 그뿐만이 아니었다. 소문으로 인해 토곤에 대한 동정 여론이 일어나고 있었다. 민심이 토곤에게 기울기 시작하자 엘테무르는 군대를 움직여 토곤을 폐위시키는 거사를 일으키기가 망설여졌던 것이다.

타나실리가 억울하다는 듯 고개를 절레절레 흔들었다.

"사실이 아니옵니다. 다만 불임약을 먹이려 했을 뿐이거늘……. 대체 누가……."

수많은 정적을 독살한 엘테무르는 독에 일가견이 있었다.

"성급하셨사옵니다. 차리리 독약을 조금씩 먹게 만들면 될 것을……."

이 일로 인해 다시는 토곤의 마음을 돌이킬 수 없을 것만 같았다. 타나실리가 망연자실한 얼굴로 말했다.

"이미 지난 일이거늘……. 어찌하겠사옵니까?"

엘테무르가 순간 살기 어린 눈빛을 번뜩였다.

"지금이라도……. 독을 넣어야 하옵니다……. 이제 모든 것을 이 아비에게 맡겨주소서."

타나실리가 고개를 저었다.

"그건……. 불임약만 먹이면 되는 일이 아니겠사옵니까?"

엘테무르가 숙고하더니 천천히 고개를 끄덕였다.

"갑자기 죽으면 또 괴소문이 돌 수 있을 터, 그게 좋겠군요. 여하튼 아비가 알아서 처리하겠사옵니다."

타나실리는 자신으로 인해 뭔가 크게 잘못되어 가고 있는 느낌이 들었다. 여인의 직감이라 할까. 왠지 불길한 예감에 휩싸였다.

황후전을 나서는 엘테무르의 발걸음이 태산을 짊어진 듯 무거웠다. 모든 것이 자신의 욕심으로 생긴 불행이 아닌가! 금지옥엽 딸을 자신이 독살한 명종의 아들 토곤의 배필로 삼은 것이 천추의 한이 되고 있었다.

그간의 토곤의 행실로 보았을 때, 어쩌면 토곤이 이미 자신이 명종을 독살했다는 사실을 알고 있을지도 모른다는 생각에 미치자 엘테무르는 소름이 돋았다.

"애송이 황제가 나를 속인 것인가!"

기실 토곤은 황위에 오르기 전부터 엘테무르가 자신의 아버지 명종을 독살한 사실을 알고 있었지만, 황권을 회복한 후 복수를 하고자 내색하지 않았던 것이다. 열넷의 어린 소년이라고는 믿기 힘들 정도로 토곤은 참을성 있고 총명했다. 열한 살의 어린 나이에 유배지인 대청도와 계림을 오가며 죽음을 넘나드는 삶을 산 것이 토곤을 강하고 총명하게 만들었던 것이다.

순간 엘테무르는 갑자기 심장에 강렬한 통증을 느껴 가슴을 부여잡으며 신음을 토했다.

"아……. 이것이 인과응보란 달인가……."

격렬히 떨리는 심장의 고동 소리에 엘테무르는 자신의 생명이 경각에 달렸음을 직감할 수 있었다.

"황후마마……. 이 아비가 떠나면 누가 황후마마를 지켜주리까……."

엘테무르는 미간을 찌푸리며 비틀거리더니 피를 토하며 쓰러졌다.

실로 오랜만에 대도성에 평화가 찾아왔다. 엘테무르가 갑자기 피를 토하며 급사하자, 엘테무르의 아우인 사둔과 답리가 각각 좌승상과 대장군에 올랐지만, 사둔과 답리 둘 다 토곤이 마음을 돌려주기만을 간절히 바라고 있는 타나실리의 뜻을 꺾지 못했던 것이다.

한편 토곤은 엘테무르의 죽음으로 공석이 된 우승상의 자리에 백안을 임명했다. 황태후 일가 옹기라트 가문의 수장인 백안은, 황궁 시위대장에 올라 황후 일가의 눈 밖에 난 조카 탈탈을 지키기 위해서라도 황후 일가에 맞설 수밖에 없는 처지였다.

기실 토곤이 백안을 조정의 영수인 우승상에 임명한 것은 목숨을 건 승부수였지만, 사둔과 답리가 야심이 큰 인물이 못 되었기에 원나라의 권력은 바야흐로 황후 가문과 황태후 가문이 양분하게 되었다.

그토록 파란만장했던 계유년(1333년)의 겨울이 지나가고, 이듬해 갑술년(1334년)의 어느 봄날, 기완자가 거처하는 홍성궁에 아침 일찍부터 토곤이 찾아왔다.

"솔롱고, 오늘 후원에서 짐의 시위군이 고려 충혜의 호위군과 격구를 하는데, 그대도 구경 오는 것이 어떻겠소?"

솔롱고는 몽골말로 무지개라는 뜻이다. 토곤이 어린 시절 유배당했던 고려의 대청도는 무지개가 자주 출몰하는 곳이라 무지개가 뜨는 나라에서 데려온 여인이라는 뜻으로 기완자의 이름을 솔롱고라 지어준 것이다.

격구, 이 한마디에 기완자의 가슴이 요동쳤다. 고향에서 최영과 몸을 부딪치며 격구를 했던 그날의 추억을 어찌 잊을 수 있으랴! 더욱이 원나라와 고려의 격구 시합이라니, 기완자는 가고 싶은 마음이 간절했지만, 타나실리와 마주치고 싶지 않았다.

"황후마마께서도 오시는지요……."

기완자의 물음에 토곤이 한숨을 내쉬며 고개를 끄덕였다.

"그렇소……."

여전히 황후 일가의 권력이 황제의 권력을 압도하고 있어 토곤은 타나실리의 눈치를 보지 않을 수 없었다. 기완자가 미소 지으며 고개를 저었다.

"신첩은 아니 가는 것이 좋을 듯하옵니다."

"그대의 뜻이 그러하다면 어쩔 수가 없구려. 인삼차나 한 잔하고 가겠소."

"잠시만 기다리시옵소서."

기완자가 밖으로 나가 인삼차를 다려오려 하자 토곤이 기완자의 손을 감싸잡았다.

"궁인에게 시키면 그만인 것을……. 잠시라도 더 그대를 곁에 두고 싶소."

"황공하옵니다……."

벌써 정이 든 것일까. 언제부터인지 토곤의 손길이 낯설지 않게 느껴졌다. 그 순간 기완자는 최영의 손길이 닿았던 기억이 아련히 떠오르자 수줍어 얼굴을 붉혔다. 붉게 물든 복사꽃처럼 화사한 기완자의 두 뺨이 토곤을 황홀경에 빠뜨렸다.

"솔롱고, 그대는 참으로 아름답구려!"

기완자가 부끄러워 어쩔 줄 몰라 하는데, 토곤의 찬사가 이어졌다.

"동서고금을 통틀어 그대보다 아름다운 여인은 이 세상에 없을 것이오!"

토곤의 지극한 찬사가 오히려 기완자의 폐부를 너무도 아프게 찔러왔다.

'내가 아무리 아름답다 한들 서방님의 곁을 지킬 수도 없거늘 무슨 유익이 있으랴! 차라리 평범한 여인이었다면 서방님의 곁을 지킬 수 있지 않았을까!'

단 한 번도 서방님이라 부르지 못해 마음에 한이 맺힌 것일까. 아직도 기완자는 마음속으로 최영을 서방님이라 부르고 있었다.

자신의 지극한 찬사에도 기완자가 아무 말이 없자 토곤이 한숨을 내쉬며 물었다.

"솔롱고, 또 고향 생각이오?"

잠시 최영 생각으로 상념에 잠겼던 기완자는 토곤의 마음에 상처를 주지 않으려고 애써 미소 지으며 말했다.

"아니옵니다. 황상께서 신첩을 어여삐 여겨주시오니, 황공할 따름이나이다……."

기완자의 목소리가 가늘게 떨려왔다. 간신히 눈물을 참고 있었던 것이다. 이런 기완자의 마음도 모르고 토곤의 목소리가 감격에 벅차 떨렸다.

“그대의 미소가 짐을 얼마나 기쁘게 하는지 모를 것이오.”

어린 아이처럼 티 없이 순수한 토곤의 마음을 차마 외면할 수가 없어 기완자는 겨우 미소를 지어 보였다.

어느새 궁인 하나가 인삼차를 올린 찻상을 대령해왔다.

“인삼차를 대령했나이다.”

토곤은 인삼차를 마신 후 곧장 처소를 떠났다. 토곤의 발소리가 멀어지자 기완자는 참았던 눈물을 쏟아내렸다. 공녀로 선발된 이래 기완자의 눈에서 눈물이 마를 날이 없었다. 모든 것을 잃은 듯한 이 아픔을 어찌 눈물 없이 견딜 수 있으랴!

기완자가 최영과 격구 시합을 하던 추억이 떠올라 멍하니 허공을 바라보고 있는데 박불화가 안으로 들어왔다.

“지금 후원에서 황궁 시위군과 고려 전왕의 호위군이 격구 시합을 한다기에 소인도 보러 가려 하는데, 귀비마마께서도 가시지 않으시렵니까?”

박불화는 기완자가 그토록 좋아했던 격구를 보면 마음이 한결 나아지리라 생각한 것이다. 기완자가 고개를 저었다.

“황후마마와 마주치고 싶지 않소.”

원나라의 법도상 귀비인 기완자는 환관인 박불화를 하대해야 했지만, 어릴 적부터 박불화를 ‘불화 오라버니’라 공대하던 습관이 하루아침에 바뀌기는 어려운 일이었다.

“귀비마마께서는 마땅히 소인을 하대하셔야 하옵니다.”

기완자가 천천히 고개를 끄덕였다.

“우리끼리 있을 때는 무슨 상관이 있겠소만, 내 비록 법도
에 따라 그대를 하대할지라도 마음만은 그대를 존대한다는
사실을 잊지 말아주시오.”

“소인은 그저 황공할 따름이옵니다.”

박불화가 머리를 조아리자 기완자는 마음이 불편해졌다.

‘그 위풍당당하던 불화공께서 어찌 이 지경이 되셨을까!’

기완자가 박불화에게 배운 것은 격구뿐만이 아니었다. 창
검술을 비롯한 무예와 병법도 배웠으니, 박불화는 기완자의
스승이나 다름없었다. 한때 기완자가 스승처럼 따랐던 박불
화가 자신에게 머리를 조아리니 도저히 마음이 편할 리가
없었던 것이다.

얼마간 침묵이 흐른 후, 박불화가 천천히 입을 열었다.

“소인이 황후마마와 마주치지 않도록 귀비마마를 모시겠
사옵니다.”

박불화의 말에 기완자의 귀가 번쩍 뜨였다. 대체 얼마만
일까. 기완자가 모처럼 환하게 미소 지으며 말했다.

“그게 가능하겠소?”

박불화도 오랜만에 밝은 미소를 지었다.

“그러하옵니다.”

❀

황궁의 후원에서 열리고 있는 원나라 시위군과 고려 전왕인 충혜의 호위군과의 격구 시합은 전장을 방불케 할 정도로 치열했다. 그도 그럴 것이, 원나라 최고의 격구 기수 탈탈이 이끄는 황궁 시위군과 고려 최고의 격구술을 자랑하는 문화 유씨 가문이 주축이 된 충혜의 호위군이 나라의 자존심을 걸고 맞붙었던 것이다.

기완자와 함께 황궁의 후원에 당도한 박불화는 유총과 유씨 가문의 하인들을 보자 아연실색하지 않을 수 없었다.

‘저들이 어찌 전왕의 호위군이 된 것일까?’

기완자가 타나실리에게 심하게 채찍질을 당해 하마터면 죽을 뻔했다는 소문을 들은 최영은 울분을 참을 수 없어 대도성에 볼모로 잡혀 있는 고려의 전왕前王 충혜의 호위군이 되었다. 대도성에서 무기를 지니려면 관청의 허락을 받아야 했는데, 원나라 조정에서 고려의 전왕 충혜에게 수백의 호위군을 거느릴 수 있도록 허락했기 때문이다. 최영이 충혜의 호위군이 되자 유총도 하인들과 함께 충혜의 호위군이

188

되었다.

"그대가 아는 자들이오?"

박불화가 고개를 갸웃하다가 끄덕였다.

"그러하옵니다. 저들은……."

박불화는 문득 유씨 가문 사람들이 자신들의 정체를 감추고 있을지 모른다는 생각에 말을 잇지 못했다. 기완자는 박불화의 마음을 짐작한 듯 고개를 끄덕였다.

"대답하지 아니하여도 괜찮소."

순간 사방이 떠들썩해지더니 환호성이 터졌다. 탈탈이 질풍처럼 질주해 고려 격구단의 수비를 뚫고 구문 안으로 공을 집어넣은 것이다. 탈탈은 토곤과 타나실리에게 인사를 올린 후 손을 번쩍 들어 환호성에 답례하다가 기완자가 있는 쪽을 힐끗 바라보았다. 탈탈은 이미 기완자가 온 것을 알고 있었다. 황궁의 시위대장인 탈탈은 격구 시합 중인 이 순간에도 시위들에게서 황궁의 동태를 면밀하게 보고 받고 있었던 것이다.

기완자가 탈탈을 바라보니, 탈탈은 한눈에 봐도 천하의 명마인 백마를 타고 있었다. 탈탈뿐만 아니라 다른 원나라의 기수들도 다들 빼어난 명마를 타고 있었으니, 승부는 판가름 난 것이나 다름없어 보였다. 기완자는 자신도 모르게 한숨을 내쉬었다.

'저들의 말이 저토록 뛰어나니 우리 고려인들이 이기기 힘들겠구나.'

아니나 다를까, 탈탈이 다시 고려 기수들의 수비를 제치고 질주하더니 공을 힘껏 때려 구문 안으로 집어넣었다. 탈탈의 백마가 워낙에 빠르다 보니, 고려 기수들이 미처 탈탈을 따라잡지 못한 것이었다.

하지만, 고려 격구단의 반격도 만만치 않았다. 고려의 기수 하나가 공을 몰고 원나라 구문을 향해 달려나가자 박불화는 주먹을 불끈 쥐며 마음속으로 응원했다.

'유공, 부디 이겨주시오!'

공을 몰고 달려나가는 고려의 기수는 다름 아닌 유총이었다. 유총이 원나라 구문을 향해 공을 치려는 찰나 어느새 탈탈이 번개처럼 말을 달려와 공을 가로채고 말았다.

탈탈은 재빨리 말을 달려 고려의 구문으로 향했다. 탈탈이 회심의 미소를 지으며 때린 공이 또다시 구문 안으로 들어갔다. 사방에서 열광적인 환호성이 터져나왔다.

바로 그때 교체되어 들어간 고려의 기수가 공을 몰고 전광석화처럼 질주하는 동작이 신출귀몰하기 짝이 없었다. 그야말로 신들린 듯이 공을 몰아 10여 명의 원나라 기수를 차례차례로 제치고 공을 구문 안에 집어넣은 고려 기수의 얼굴이 드러나는 순간, 기완자는 소스라칠 정도로 놀랐다.

'서방님!'

그는 바로 기완자가 꿈에도 그리워하던 최영이 아닌가! 어찌나 놀랐는지 기완자는 정신이 아찔해 쓰러질 뻔했다. 박불화가 옆에서 붙잡아 겨우 중심을 잡은 기완자는 가까스로 눈물을 참았다.

'서방님! 참으로 보고 싶었사옵니다!'

이 감격을 어찌 말로 형언할 수 있으랴! 기완자는 떨리는 가슴을 애써 진정시키며 눈을 크게 뜨고 최영을 바라보았다. 그새 더 늠름해진 모습이었다. 멀리서 봐서 그런 것일까. 보면 볼수록 사무치는 마음이 더욱 간절해졌다. 아! 차라리 오지 말 것을. 그리움이 뼈에 사무칠 지경이었다.

어느새 최영이 원나라 기수의 공을 가로챘다. 신선이 구름을 타고 나는 듯 최영은 말 위에서 자유자재로 몸을 움직여 앞을 가로막은 원나라 기수들을 제친 후 힘껏 공을 때렸다. 공은 포물선을 그리며 날아가 빨려가듯 구문 안으로 들어갔다. 최영이 신출귀몰한 격구술을 선보이며 연거푸 두 골을 넣자 누각에서 구경 중이던 토곤이 감탄사를 내뱉었다.

"참으로 신묘한 묘기로다!"

토곤의 옆에 있던 충혜가 의기양양한 목소리로 말했다.

"황상께서 소신의 호위군을 칭찬하여주시니, 망극하옵니다."

권력의 기반이 약한 토곤으로서는 대도성에 있는 수만의 고려인들에게 왕이나 다름없는 고려의 전왕 충혜의 도움이 절실했다. 그렇기에 토곤은 황궁 시위군과 충혜의 호위군이 격구 시합을 하게 해 원나라와 고려 양국의 우의를 다지고 있었던 것이다.

이때 방금 최영에게 공을 빼앗긴 원나라 기수가 분한 듯 주먹을 불끈 쥐며 최영을 가리켰다.

"저자만 막으면 우리가 이긴다! 찰한, 그대가 저자를 맡으시오."

그는 다름 아닌 황궁 시위부장 이사제였다. 한족 출신인 이사제는 위구르족 출신인 겁설(황궁의 호위를 맡은 직책) 찰한과 함께 황궁 시위대장 탈탈을 보좌해 황궁의 호위를 맡고 있었다. 찰한도 주먹을 불끈 쥐며 고개를 끄덕였다.

"좋소. 내가 저자를 막겠소."

이 무렵, 원나라는 과거제도의 시행으로 몽골인이 아닌 타민족 출신들이 대거 조정에 진출했다. 그중에서도 한족 출신 이사제와 위구르족 출신 찰한은 어머니가 원나라 황녀인 덕분에 각각 황궁 시위부장과 겁설의 중책을 맡고 있었던 것이다.

공을 잡은 탈탈이 구문을 향해 질풍처럼 질주하자 최영이 탈탈의 앞을 가로막았다. 탈탈이 말을 들려 최영을 제치고 나갔지만 그것도 잠시, 어느새 최영이 따라붙어 탈탈이 몰던 공을 장시를 내밀어 가로채버렸다.

"이런……."

최영에게 공을 가로채인 탈탈은 화가 머리끝까지 치밀어 장시를 거세게 휘둘러 최영의 장시를 후려쳤지만, 최영의 힘에 밀려 오히려 탈탈의 장시가 튕겨나가고 말았다. 장시를 놓친 탈탈은 어이가 없다는 듯 고개를 내저으며 말에서 뛰어내려 장시를 주워들었지만, 최영은 이미 저만치 앞서 구문을 향해 질주하고 있었다.

"저자를 막아라! 모두 수비에 나서라!"

탈탈이 미처 말에 오를 새도 없이 장시로 최영을 가리키며 작전을 지시했지만 최영은 이미 장시를 들어 공을 후려칠 태세였다. 찰한이 재빨리 달려와 최영의 앞을 막아섰지만 최영이 후려친 공은 구문이 아닌 유충을 향해 날아갔다. 탈탈은 아뿔사 싶었다.

장시를 든 자세만 보아도 유충 역시 보통내기가 아님을

탈탈은 알 수 있었다. 아니나 다를까, 유총이 후려친 공은 허공을 가르며 그대로 구문 안으로 들어가고 말았다. 이윽고 탈탈이 반격에 나서 앞장서 말을 달리던 이사제에게 공을 건넸지만 이사제의 공이 고려 기수들의 수비에 가로채였다. 공을 건네받은 최영은 또 한 번의 묘기를 보여주었다. 50보나 떨어진 거리에서 친 공이 회오리바람에 휘말려 들어가듯 구문 안으로 들어가버렸다.

탈탈은 고개를 떨구었다. 천하무적을 자랑하던 황궁 시위군의 격구단이 이렇게 허무하게 무너질 줄 어찌 상상이나 할 수 있었으랴!

탈탈은 문득 지난 겨울, 사신단이 송악산을 행군하다 습격당했을 당시 신출귀몰한 검술을 선보인 복면한 사내가 뇌리에 떠올랐다. 그때의 신묘하면서도 태산 같은 힘의 검술을 단 한순간도 잊은 적이 없었다. 이토록 신출귀몰한 격구술을 지닌 자라면 신선의 경지에 이른 듯 뛰어난 검술을 지닐 수 있지 않을까. 순간 탈탈의 시야에 최영을 바라보고 있는 기완자가 들어왔다. 감격 어린 얼굴로 최영을 바라보고 있는 것이 아닌가! 박불화가 뭔가를 눈치 챈 듯 기완자에게 귀띔하는 것이 보였다.

탈탈은 모든 것을 잃은 듯한 허탈감에 빠지고 말았다. 기

완자가 자신 따위는 안중에도 없다는 사실을 확연히 깨달았
던 것이다. 탈탈은 자신도 모르게 눈물을 떨구었다.

'나 천하의 탈탈이 여인으로 인해 눈물을 흘리다니……'

언제부터인가 기완자에게 마음을 송두리째 빼앗겨 포로
가 된 듯한 자신을 탈탈 스스로도 이해할 수 없었다.

45푼 대 0에서 45푼 대 60푼, 실로 극적인 고려 기수들의
역전승에 박불화를 비롯한 고려 출신 환관들이 감격의 눈물
을 흘리자 기완자도 마음 놓고 뜨거운 눈물을 하염없이 흘
렸다.

기완자가 손으로 눈물을 닦으며 살며시 최영을 바라보는
순간 최영의 눈과 마주쳤다. 기완자는 자신도 모르게 당황
해 고개를 돌리고 말았다. 최영에게 마음을 접은 것처럼 보
이기 위해 기완자는 태연하게 박불화어게 말을 건넸다.

"저기 영도령이 이쪽을 보고 있소. 인사나 하는 것이 어떻
겠소?"

이러한 기완자의 심정을 박불화가 어찌 모를 수 있으랴!
박불화는 오른손을 들어 최영에 인사하는 척하다 황궁 밖으
로 나가라는 듯 재빨리 왼손으로 궁문을 가리켰다. 최영이
몸을 돌려 천천히 궁문을 향해 발걸음을 옮겼다.

'이기든 지든 끝나면 그뿐인 것을, 격구가 무엇이라고 내

가 공연히 귀비마마의 마음을 어지럽혔단 말인가!'

최영은 격구 시합에 나선 것이 몹시도 후회스러웠다. 최영이 황궁의 궁문을 나서려는 찰나 뒤에서 낯선 사내의 목소리가 들려왔다.

"멈추거라!"

탈탈이 이쪽으로 다가오더니 최영의 얼굴을 물끄러미 쳐다보며 말했다.

"승리를 축하한다. 나 탈탈은 그대의 격구술에 탄복했다. 나와 검술을 겨루어볼 생각이 없느냐?"

탈탈은 최영이 의심스러웠던 것이다.

'그때 송악산 산길에서 앞장서 사신단 행렬을 습격했던 그놈일지 모른다!'

수개월 전 겨울, 탈탈은 단 두 합 만에 검이 두 동강 나고 말에서 떨어지는 치욕스러운 패배를 당했다. 말에서 떨어지는 바람에 가까스로 검이 빗나갔던 사실이 탈탈에게는 참을 수 없는 치욕이었다.

"따라오너라."

탈탈은 최영을 황궁 밖으로 데리고 나갔다. 인적이 드문 곳에 이르자 탈탈이 말했다.

"여기서 검술을 겨루어보자."

최영이 미처 대답하기도 전에 탈탈이 최영에게 검 하나를 던진 후 검을 뽑아들었다. 최영도 검을 뽑아들어 탈탈이 파공성을 내며 휘두르는 검을 막았다. 검을 들어 막는 최영의 자세는 물이 흐르듯 유연한 것이 과연 예사롭지 않은 몸놀림이었다. 자신이 맹렬히 휘두른 검을 최영이 침착하게 막아내자 탈탈은 생각했다.

'이자가 그때 송악산의 그놈이라면 나는 적수가 못된다. 내가 죽으면 누가 기귀비를 지켜줄까!'

탈탈은 일순간의 분기를 참지 못해 검을 빼어든 것이 후회되었다. 자신이 죽으면 마지못해 황후 일가에 반기를 든 백부 백안은 필시 당기세와 화해할 것이 틀림없었다. 그렇게 된다면 의심할 여지없이 토곤은 폐위될 것이고, 기완자는 탑자해의 손에 넘어갈 것이다. 선홍제 문종의 양자였던 탑자해는 안하무인이라 이전에도 황둥의 궁인을 마음대로 데려가 자신의 소실로 삼지 않았던가!

하지만, 최영은 자신의 실력을 감추기 위해 반격하지 않아 옆에서 보면 최영이 탈탈이 번개처럼 휘두르는 검을 겨우 막아내는 것처럼 보였다. 여기저기서 탄성이 들려왔다. 최영과 탈탈의 주변은 찰한, 이사제, 유총을 비롯한 수십여 명이 둘러싸고 있었다. 자칫 검이 손에서 튕겨나가면 죽을 수도 있기에 검술이 빼어난 자들만이 최영과 탈탈의 대결을 구경하고 있었다. '쨍!' 하고 탈탈이 휘두른 검이 최영의 검과 맞부딪치는 순간이었다.

"검을 멈추시오! 황상의 명이오!"

박불화였다.

"황상께서 대인과 고려 격구 기수가 검술을 대련 중이란 말을 들으시고, 대인의 검에 고려 격구 기수가 다칠까 심려하고 계시옵니다."

"황상께 '심려를 끼쳐 황공하나이다' 라고 전해주시오."

검을 거두어들인 탈탈은 자리를 떠났다. 박불화가 최영에게 따라오라 눈짓하며 말했다.

"그대는 나를 따라오시오."

한적한 곳에 이르자 박불화가 나직한 목소리로 말했다.

"영도령은 이만 고려로 돌아가시는 것이 좋을 듯하오."

최영이 의아한 얼굴로 물었다.

"귀비마마의 안위가 보장되지 않았거늘, 어찌 그리 말씀하시는 것이오?"

"이 박불화의 목숨이 붙어 있는 한, 누구도 귀비마마를 해치지 못할 것이오."

최영이 고개를 가로저었다.

“이 몸은 귀비마마의 안위가 보장되기 전에는 결코 떠날 수 없소! 귀비마마의 안위가 보장된다면 그때 떠나겠소.”

순간 박불화의 눈썹이 흔들렸다. 최영이 대도성에 있는 한 기완자의 마음을 결단코 얻을 수 없으리라는 생각에 박불화는 질투심이 울컥 솟구쳤다. 박불화가 애써 분기를 억누르며 말했다.

“허면 귀비마마의 안위가 보장된다면, 그때는 떠나겠다고 약조할 수 있겠소?”

“그리하겠소.”

“고맙소.”

박불화는 환관이 되었지만 사내로서 기완자의 곁을 지키고 싶었던 것이다. 한 여인을 두고 동병상련의 연민을 느낀 것일까. 최영은 유유히 걸어가는 박불화를 바라보며 눈물을 흘렸다.

사내의 진심

황궁에서 격구 시합이 있었던 그날, 최영과 고향 생각에 뜬 눈으로 밤을 지새운 기완자는 오시가 넘어서야 겨우 잠에서 깨어났다. 아직도 잠이 덜 깬 듯 정신이 멍했지만, 문 밖에서 궁인들이 나지막하게 속삭이는 소리에 천천히 이부자리에서 일어났다. 하얀 문창지에는 상을 든 궁인들의 인영人影이 비치고 있었다.

'궁인들이 여태 내가 일어나길 기다리고 있었구나!'

기완자가 급히 머리와 옷매무새를 다듬는데 반상을 나르는 윤효옥의 목소리가 들려왔다.

"그 준수한 도령이 황궁의 시위라면 참으로 좋으련

만……."

윤효옥의 목소리에 이어 찻상을 나르는 김아지의 목소리가 들려왔다.

"영도령을 말씀하시는 게로군요. 제 고향이 영도령과 같은 철원인데 우리 고을에서 남중일색이라 소문이 자자했지요."

김아지의 말이 채 끝나기도 전에 윤효옥의 푸념 섞인 목소리가 들려왔다.

"제가 듣기론 그 도령이 문화 유씨 가문의 규수와 혼인했다 하던데……."

순간 기완자는 충격으로 정신이 아찔해져 그만 이부자리에 쓰러지고 말았다.

'서방님이 혼인을…….'

뜻하든 뜻하지 않았든 그녀가 귀비가 되었으니 최영도 혼인하는 것이 마땅하건만, 막상 최영이 혼인했다는 말을 듣자 정신을 가눌 수 없을 정도로 크나큰 충격을 받고 만 것이다. 폭풍처럼 휘몰아치는 충격 속에서 기완자는 정신을 차릴 수 없었다.

문 밖에선 여전히 나직이 속삭이는 목소리가 들려왔다.

"너무 낙담하지 마시오. 탈탈 대인이 우리 고려 여인들에게 마음이 있다 하질 않습니까?"

이 말에 몹시 놀란 듯 흥분으로 떨리는 강소화의 목소리가 들려왔다.

"그게 대체 무슨 소리입니까?"

강소화의 목소리에 이어 다과상을 나르는 심은정의 목소리가 들려왔다.

"못 들으셨군요. 어제 단려 아씨께서 말씀하시길, '탈탈 대인께서 황상께 고려 공녀 중에서 아내를 간택하도록 윤허하여달라 청하셨다' 하시며, 저희들보고 마음의 준비를 하라 하더이다."

"그, 그게 참말입니까?"

강소화가 떨리는 목소리로 묻는 말에 윤효옥이 장난기 어린 목소리로 대답했다.

"왜 그리 놀라십니까? 소화 낭자께서 탈탈 대인을 마음에 두셨나봅니다."

실로 뜻밖의 일이었다. 그토록 눈물을 흘리며 고향으로 돌아가고 싶다 하던 강소화가 몽골인 탈탈을 마음에 두고 있을 줄 어찌 상상인들 할 수 있었으랴!

이때 수줍은 듯한 여인의 목소리가 들려왔다.

"탈탈 대인은 우리 고려에서도 보기 드문 천하의 호걸이 아닐는지요……."

박소비의 목소리였다. 윤효옥, 김아지, 강소화, 심은정, 박소비, 이들은 모두 기완자와 함께 끌려온 공녀로 귀비인 기완자의 뜻에 따라 홍성궁의 궁인이 되었던 것이다. 고려에서 지체 높은 가문의 규수였던 이들이 공녀로 끌려 온 지 수개월 만에 몽골 사내에게 마음을 빼앗겼단 말인가! 여인의 마음이란 이런 것일까. 기완자는 자신도 모르게 입에서 탄성이 흘러나왔다.

"아……."

기완자의 처소에서 인기척 소리를 들은 궁인들이 화들짝 놀라 자세를 고쳐잡았다. 이윽고 강소화의 당황하는 목소리가 들려왔다.

"국물을 흘리면 어찌합니까? 가서 다시 반상을 가져오세요."

잠시 후 문이 열리더니 강소화가 들어왔다.

"귀비마마, 아뢰옵기 송구하오나 반상에 국물이 흘러 다시 가져오라 했나이다. 조금만 기다리소서."

중대광 강융의 딸인 강소화가 이곳 궁인들의 우두머리였던 것이다. 기완자가 미안한 듯 한숨을 내쉬며 말했다.

"그리할 필요가 있습니까. 그냥 먹으면 그만인 것을……."

강소화가 손을 내저었다.

"어찌 귀비마마께 국이 쏟아진 반상을 올릴 수 있겠나이까? 시장하실 터이니 다과라도 좀 드소서.”

강소화의 말에 심은정이 들고 있던 다과상을 내 보였다. 다과상에는 식혜와 약과, 송편 등의 다과가 있었다. 입맛이 전혀 없어 고개를 내저은 기완자는 박소비가 들고 있는 찻상이 시야에 들어오자 나직이 입을 열었다.

“생강차나 주시오.”

반 식경도 되지 않아 윤효옥이 반상을 들고 들어왔지만, 기완자는 속이 쓰려 아무것도 먹을 수 없었다. 창자가 녹아내리는 듯한 통증이 느껴졌다. 마음의 아픔이 창자에까지 전이된 것일까. 기완자가 복부를 움켜잡더니 겨우 입을 열었다.

“속이 안 좋아 아무것도 들 수 없으니, 상을 모두 물리시오.”

궁인들이 모두 물러가자, 기완자는 눈물을 쏟아내리기 시작했다. 최영이 혼인했다는 말에 아무리 마음을 다잡으려 해도 다잡을 수 없었다. 금혼령이 공표되어 공녀로 선발되었던 그날, 조금만 더 일찍 최영을 찾아갔다면……. 끊임없이 지난날의 회한이 밀려오자 기완자는 눈물을 그칠 수 없었다.

대도성 서남쪽 완평현에 있는 고려촌에는 수만에 이르는 고려인들이 살고 있었다. 대도성의 인구가 무려 100만이 넘는 점을 감안한다 해도 원나라의 심장부에 타민족이 이처럼 몰려사는 것은 흔치 않은 일이었다. 지난 60여 년간 수천에 이르는 공녀들이 이곳 대도성으로 바쳐져왔고, 공녀들의 상당수가 원나라 대신들의 소실로 시집가서 고향의 가족들을 불러와 하인들까지 따라오니 인구가 눈덩이처럼 불어났던 것이다.

고려촌의 시장에 붉은 장옷을 입은 여인이 검을 찬 여인과 동행해 거닐고 있었다. 붉은 장옷을 입은 여인은 고려의 복색이었으나, 검을 찬 여인은 위구르의 복색이었다. 두 여인 모두 천하일색이라 해도 과언이 아닐 정도로 빼어난 미모라 시장의 상인들과 행인들의 시선을 사로잡았다. 때마침 시장을 지나가던 고려 복색의 사내가 두 여인이 시야에 들어오자 외마디 탄성을 내뱉었다.

"오호! 참으로 아름다운지고! 그대는 고려의 여인이 아닌가?"

사내의 시선이 고려 복색의 장옷을 입은 여인에게 쏠렸

다. 장옷을 입은 여인이 당황하며 두건을 벗자 머리에 꽂은 금비녀가 드러났다. 머리에 꽂은 금비녀를 드러낸 것은 자신이 기혼자라는 사실을 알려 사내가 물러나게 하려는 의도였다. 찬란하게 빛나는 금비녀는 그녀의 가문이 높음을 말해주고 있었지만, 사내는 고려 여인이 원나라에서 신분이 높아봤자 얼마나 높으랴 싶어 거드름을 피우며 물었다.

"그대는 어느 가문의 여인인가?"

탄성을 지르고, 거드름을 피우는 사내의 종잡을 수 없는 언동에 여인은 무척 난처한 표정을 지으며 검을 찬 여인에게 고개를 돌렸다.

"어서 갑시다."

두 여인이 급히 자리를 뜨려 하자, 사내가 성큼 따라가며 외쳤다.

"나는 고려의 전왕이자, 이곳 완평현의 다루가치(고려 후기 원나라가 고려의 내정을 간섭하기 위해 설치한 민정[民政] 담당관)다! 어느 가문의 여인인지 밝히라!"

사내는 고려의 전왕으로 얼마 전에 완평현의 다루가치에 임명된 충혜였던 것이다. 검을 찬 여인은 위구르인이라 충혜의 말을 알아듣지 못하고 자신의 일행을 희롱하려 따라오는 줄 알고 발끈해 검을 뽑아들었다. 그 순간 갓을 쓴 사내가 순식간에 충혜의 앞을 막아서며 외쳤다.

"검을 거두시오!"

사내가 외치는 소리에 장옷을 입은 여인이 소스라칠 듯 놀라며 외쳤다.

"영도령!"

"귀비마마!"

갓을 쓴 사내는 최영이었고, 장옷을 입은 여인은 기완자였던 것이다. 얼마 전 기완자는 최영의 혼인 소식을 듣고 큰 충격을 받아 상사병에 걸린 듯 시름시름 앓고 말았다. 기완자는 마음의 병이 생기자 너무도 답답한 나머지 토곤의 윤허를 받아 찰한의 누이동생인 단려와 함께 고려촌을 찾아온 것이었다. 기완자는 최영의 소식을 알아보기 위해 고려촌에 있는 오라버니 기철을 찾아가다 시장에 들렀는데 때마침 지나가던 충혜와 마주치고 만 것이다.

최영은 애초부터 붉은 장옷을 입은 여인이 기완자임을 알아보았지만 마주 대할 엄두가 나지 않아 갓을 눌러쓴 채 비켜 서 있었는데, 단려가 검을 뽑아 충혜에게 겨누자 나서지 않을 수 없었던 것이다.

기완자는 꿈을 꾸는 듯 믿을 수 없다는 표정으로 최영을 바라보았다. 기완자가 최영과 보통 사이가 아님을 눈치 챈 단려가 자리를 비키자, 충혜도 멋쩍어 자리를 비켰다. 둘만 남게 되자, 기완자가 눈물을 글썽인 채 최영을 바라보다 천천히 입을 열었다.

"영도령, 잘 지내시오?"

최영은 기완자의 시선을 마주 대할 자신이 없어 고개를 숙이며 말했다.

"소생은 무탈히 잘 지내고 있나이다. 귀비마마께서도 무탈히 잘 지내시옵니까?"

"덕분에 무탈히 지내고 있소……."

기완자의 말끝이 흐려졌다. 기완자와 최영 둘 다 무슨 말을 할지 몰라 무거운 침묵이 흘렀다. 한동안의 정적 끝에 기완자가 어렵사리 입을 열었다.

"문화 유씨 가문의 낭자와 혼인했다 들었소. 혼인을 경하드리오."

최영은 당황하는 기색이 역력했다. 기실 최영은 대도성에 따라온 유화가 공녀로 끌려가는 것을 미연에 방지하기 위해 가혼약을 맺었을 뿐이다.

"혼인이라니, 잘못된 소문이옵니다……."

잘못된 소문이라는 최영의 말에 기완자의 가슴을 짓누르던 아픔이 씻긴 듯 마음이 후련해졌다. 기완자가 애써 기쁨을 감추며 말했다.

"내가 소문을 잘못 들은 게로군요. 미안하오."

최영은 말문이 막혀 침묵할 수밖에 없었다. 목숨보다 사랑하던 여인에게 어찌 하고 싶은 말이 없으랴만, 귀비가 된 여인에게 마음에 품은 어떤 말도 할 수 없었다.

"귀비마마께 심려를 끼쳐 송구할 따름이옵니다."

기완자는 최영과 문화 유씨 가문의 여식이 어떤 관계인지 무척 궁금했지만 차마 입이 떨어지지 않았다. 최영의 근황을 어렴풋이나마 알게 된 기완자는 더는 고려촌에 머무를 이유가 없었다.

"허면 나는 이만 가보겠소."

"살펴 가소서."

두 손을 모아 인사한 최영이 돋을 돌리더니 순식간에 어디론가 사라져버렸다. 최영이 사라져간 방향을 하염없이 바라보던 기완자는 입술을 지그시 깨문 채 마음속으로 다짐했다.

'영도령, 이제야말로 마음을 다잡을 때가 온 듯하니, 다시는 그대를 서방님이라 부르지 않을 생각이오. 마음이 그대를 잊을 수 없다 하여도 머리만이라도 그대를 잊으려고 최선을 다하겠소……'

그로부터 수개월이 지난 칠석이었다. 아침에 문무대신들과 함께 견우성와 직녀성에 제사를 지낸 토곤이 오시 무렵에 기완자의 처소를 찾아왔다. 타나실리의 눈치를 보느라 며칠째 발걸음을 하지 않았던 토곤은 칠석만큼은 기완자와 함께하고 싶었다.

"황상께서 찾아주시니 기쁘기 한량없나이다."

기완자는 오늘만큼은 토곤이 오지 않기를 바랐지만 반년이 넘도록 칠석이 오기를 학수고대하며 기다려왔던 토곤의 마음을 기쁘게 해주고 싶었다. 토곤은 기완자의 마음이 자신에게 기울어진 줄 알고 입이 째질 정도로 웃으며 기뻐했다.

"하하하……. 솔롱고, 그대도 칠석을 손꼽아 기다렸구려! 짐도 칠석이 오기만을 손꼽아 기다렸다오."

기완자는 애써 밝은 미소를 지어 보였다. 토곤이 한동안 흡족한 미소를 짓다가 뭔가 생각난 듯 손뼉을 치더니 천천히 운을 떼었다.

"아 참, 솔롱고와 상의할 것이 있었지. 솔롱고, 탈탈공이 고려의 공녀와 혼인의 연을 맺고 싶다 하는데 그대만 반대하지 아니한다면 내 쾌히 윤허할 생각이오. 그리해도 괜찮겠소?"

기완자는 잠시 생각을 정리하고 나서 천천히 입을 열었다.

"일전에 황상께서 신첩에게 약조하시길, 황권을 되찾으시오면 고려의 공녀들을 고향으로 돌려보내시겠다 하신 바 있사오니 청컨대, 공녀가 선택하도록 하여주옵소서."

"그대의 뜻대로 하리다. 짐이 들으니 탈탈공이 마음에 둔 고려의 공녀도 탈탈공에게 마음이 있다 하더이다."

탈탈이 마음에 둔 고려 여인이 과연 누굴까. 기완자가 의아한 얼굴로 입을 열었다.

"그 여인이 누구인지 여쭈어도 될지요."

"짐은 여인의 이름은 모르오. 다만, 강융의 여식이라고 들었소만……."

자신에게 크나큰 호의를 보였던 탈탈이 어느새 강소화에게 연정을 품었던 것일까. 기완자가 차분한 목소리로 말했다.

"하오면 신첩이 강낭자의 뜻을 알아본 연후에 황상께 아뢰겠나이다."

"그리하시오."

갑자기 토곤이 미안한 듯한 표정을 지으며 말을 이었다.

"헌데, 짐이 잠시 황후의 처소에 다녀와야 할 것 같소. 오늘이 칠석인데 짐이 찾지 아니하면 황흐께서 서운히 여길까봐 그런 것이오."

"신첩은 괜찮사오니, 그리하소서."

토곤이 처소를 떠나자, 기완자는 기다렸다는 듯이 곧장 강소화를 불렀다.

"소화 낭자, 황상께서 말씀하시길 탈탈공이 그대를 아내로 맞이하고 싶다고 청했다 하더이다. 황상께서 나의 뜻에 따라 탈탈공의 청을 윤허하겠다 하시어 그대의 의향을 묻고자 하니 내게 허심탄회하게 말해주기를 바라오."

강소화가 떨리는 목소리로 말했다.

"실은 소녀, 탈탈 대인을 마음 깊이 사모하고 있사오니 부디 혼인을 허락하여주옵소서."

말을 마친 강소화가 눈물을 흘렸다. 기완자는 어떤 의미의 눈물인지 가늠이 안 되어 의아한 얼굴로 물었다.

"어찌 우시는 것이오?"

"귀비마마를 좀더 모시지 못하여 송구하옵고, 또한 기뻐 우는 것이옵니다."

기완자와 강소화는 지난 반년 가까이 서로를 의지하며 친자매처럼 지내왔다. 이러한 강소화와 떨어져 살 생각을 하니 가슴이 아려온 기완자가 울먹이는 목소리로 말했다.

"여러 궁인이 있으니, 내 걱정은 마시오. 나는 그대가 행복하길 바랄 뿐이오."

겨우 울음을 참고 있던 강소화가 애정 어린 기완자의 말에 울음보를 터뜨리며 눈물을 쏟아내렸다. 기완자가 강소화의 손을 잡으며 말했다.

"그대가 이렇게 빨리 궁을 떠나리라 상상도 하지 못했소. 혼인을 경하드리오."

"황공하옵니다."

강소화가 처소를 떠나자, 기완자는 박불화를 보내 탈탈을 불렀다. 탈탈의 본심을 알고 싶었던 것이다.

"탈탈공, 그대가 황상께 소화 낭자와의 혼담을 청했다 들었소. 소화 낭자는 내게 친자매와 같은 여인이오. 소화 낭자 이외에 다른 여인을 곁에 두지 아니하겠다 약조하실 수 있겠소?"

탈탈이 무겁게 입을 열었다.

"이 몸이 어찌 귀비마마의 뜻을 어길 수 있겠사옵니까? 이 몸이 살아 있는 한 평생토록 소화 낭자만을 곁에 두겠사옵니다."

순간 탈탈은 애절한 눈빛으로 기완자를 바라보았다. 기완자는 탈탈이 강소화를 진심으로 사랑해 혼인하는 것이 아니라 마음을 다잡기 위해 혼인하는 것이라는 사실을 알 수 있었다. 탈탈이 시선을 거두지 않자 기완자는 고개를 돌려 탈탈의 시선을 외면했다. 기완자는 무슨 말을 할지 몰랐다. 한동안 이어진 정적을 깨고 기완자가 천천히 입을 열었다.

"탈탈공께서 어찌 내게 이토록 마음을 쓰시는지, 알다가도 모르겠소."

작심한 듯 결연한 표정을 지은 탈탈의 목소리가 심히 떨려왔다.

"이 탈탈은 귀비마마께 마음을 빼앗겼나이다. 귀비마마께서 사랑하시는 것은 이 탈탈도 사랑할 것이고, 미워하시는 것은 이 탈탈도 미워할 것이옵니다. 장부가 어찌 마음에 품은 여인의 가슴을 아프게 할 수 있겠나이까?"

탈탈이 마침내 기완자 앞에서 속내를 드러내고 만 것이다. 탈탈은 자신이 한 말로 인해 목숨을 잃을 수도 있었다. 탈탈이 목숨을 걸고 진심을 드러내자, 자신도 모르게 탄식을 토해낸 기완자는 말을 잇지 못했다.

"하오면 이만 물러가겠사옵니다."

탈탈이 자리를 떠나자, 기완자는 가슴이 복받쳐 눈물을 흘렸다. 목숨도 아끼지 않는 사내의 진심에 어찌 여인의 마음이 감격하지 않을 수 있으랴!

엘테무르의 신신당부

을해년(1335년)의 어느 늦여름, 기완자는 밤늦게까지 호롱불을 켠 채 고용보에게 원나라의 국정에 대해 듣고 있었다. 열 살의 어린 나이에 환관이 되어 30여 년째 여러 황제를 섬긴 고용보만큼 원나라의 국정을 꿰뚫고 있는 자는 없을 것이었다. 처음 입궁했을 때만 해도 자신을 공납으로 바친 고려 조정을 원망했던 고용보를 친고려파로 만든 사람은 수십 년간이나 태감 총관을 지낸 방신우였다. 경상도 상주 출신인 방신우는 개경의 내시로 있다 원나라에 곧남으로 바쳐졌지만 고려를 원나라에 합병시키려는 엘테무르의 계획을 목숨을 걸고 막은 충신으로, 고려에 대한 충성을 몸소 실천함으로

써 한때 고려를 원망했던 고용보를 감화시켰던 것이다.

그간 있었던 타나실리 오라비들의 횡포에 대한 이야기가 고용보의 입에서 나오자, 기완자는 미간을 찌푸리더니 의미심장한 표정을 지으며 말했다.

"황상께서 어사대를 장악하신다면, 누구도 황상의 뜻을 거역할 수 없을 것이오. 지금 좌승상 대감께서 병환 중이라 하니, 어사대부 당기세공을 좌승상에 임명하고 공석이 된 어사대부의 자리에 탈탈공을 임명하는 것이 어떻겠소?"

백관들을 감찰하고 탄핵하는 어사대는 그야말로 권력의 핵심이었다. 좌승상 사둔이 병중인 틈을 타서 엘테무르의 일가가 차지해왔던 어사대부의 자리에 탈탈을 임명해 황권을 강화시키려는 것이 기완자의 생각이었다. 그뿐만 아니라 경륜 있는 답리보다는 스물다섯의 젊디젊은 당기세를 좌승상에 임명하는 것이 상대하기가 수월할 것이다. 기완자의 의도를 눈치 챈 고용보가 감탄하며 말했다.

"귀비마마의 총명하심에 소인은 그저 탄복할 뿐이옵니다."

불현듯 기완자가 지난날을 회상하며 회한에 잠긴 얼굴로 말했다.

"입궁한 지도 벌써 1년 반이 되었구려. 내가 그간 별 탈 없이 지낼 수 있었던 것은 고총관 덕분이 아니겠소."

지난해 이 무렵 독만질아에게서 태감 총관의 자리를 물려받은 고용보는 마음을 다해 기완자를 섬겨왔다. 이러한 고용보 덕분에 기완자는 입궁한 지 1년 반의 짧은 시간에 원나라의 국정을 꿰뚫어볼 수 있게 된 것이다.

이때 문 밖에서 쿵쾅거리는 요란한 발걸음 소리가 들려오더니 박불화가 기별조차 없이 벌컥 문을 열고 들어왔다. 항상 예의를 지켜온 박불화였기에 기완자는 변고가 일어났음을 직감할 수 있었다.

"사둔 좌승상께서 방금 급사하셨다 하옵니다!"

박불화의 말에 기완자와 고용보 모두 놀라는 기색이 역력했다. 우유부단한 답리가 황후 일가의 수장이 된다면 당기세와 탑자해가 무슨 일을 꾸밀지 모르는 상황이었다. 특히 탑자해는 선황제 문종의 양자라는 신분을 내세워 황궁의 궁인들을 멋대로 데려간 전례가 있어 기완자를 더욱 불안하게 만들었던 것이다.

기완자가 근심이 가득한 얼굴로 고용보와 박불화를 번갈아 보며 다급히 말했다.

"고총관은 지금 완평현으로 가서 고려의 전왕께 황상의 편에 서겠다는 확약을 받고 오시오. 불화공은 황태후마마의 의중을 떠보고 오시오. 나는 황상을 뵙겠소."

고용보와 박불화가 밖으로 나가자마자 기완자도 처소를 나서 대내로 급히 걸어가고 있는데, 멀리서 토곤이 무리들을 거느리고 성큼성큼 걸어오고 있는 것이 보였다.

"황상!"

"기귀비!"

사둔의 급사 소식에 토곤도 다급히 기완자의 처소로 향하다 황궁의 마당에서 서로 마주치고 만 것이다. 토곤은 기완자를 보자 몹시 반가워하더니, 그녀의 손을 잡아 근처에 있는 별궁으로 이끌었다. 토곤이 먼저 입을 열었다.

"솔롱고, 좌승상 사둔이 방금 급사했다는 소식을 들었소? 내일 어전회의에서 사둔의 후임을 임명해야 하는데, 답리와 당기세 중 누구를 임명하는 것이 좋겠소?"

기완자가 미처 대답하기도 전에 토곤의 말이 이어졌다.

"황후의 오라비들이 반역을 일으키지는 않을는지……."

기완자가 생각을 정리하느라 잠시 머뭇거리다 입을 열었다.

"어사대부 당기세공을 좌승상에 봉하시고, 어사대부에 탈탈공을 봉하소서."

"당기세의 숙부인 답리를 좌승상에 임명하는 것이 순리가 아니겠소?"

기완자의 말이 이해가 되지 않는 듯 토곤은 고개를 갸우뚱하다 갑자기 손뼉을 치며 기뻐했다.

"노회한 답리보다는 당기세가 상대하기 수월할 터, 당기세를 좌승상에 봉하고 어사대부의 자리는 탈탈을 봉하면 되겠구려! 솔롱고, 참으로 기발한 생각이오!"

이 시각, 고려촌에서는 수천에 이르는 고려 민병의 군사 훈련이 거행되고 있었다. 맨 앞에서 창을 휘두르며 창술을 지도하는 사내는 다름 아닌 최영이었다. 물이 흐르듯 유연하게 창을 휘두르는 최영의 동작에 민병들은 감탄사를 연발하며 따라했다. 군사 훈련을 해도 좋다는 황제의 윤허가 내려진 이래 지난 1년간 밤마다 무예를 연마해온 고려촌의 민병들은 그간 갈고 닦은 실력을 뽐내는 듯 우레 같은 기합을 지르며 창을 휘둘렀다.

이때 멀리서 말발굽 소리가 들려오자 민병들은 약속이나 한 듯 창을 멈추었다. 외부인에게 전력을 노출하지 않기 위해 군사 훈련을 멈추었던 것이다. 최영이 창을 거두고 말발굽 소리가 들려오는 쪽을 바라보니, 고용보가 말을 달려오고 있었다.

"영공, 나를 전왕께 인도하여주시오!"

말에서 뛰어내린 고용보에게 최영이 손짓하며 말했다.

"따라오시오."

최영을 따라 충혜의 처소에 들어선 고용보가 최영에게 나가라 눈짓하자 충혜가 손을 내저으며 말했다.

"영공은 나의 심복이니 나에게 할 말이 있다면 하시오."

고용보가 최영을 힐끗 바라보더니 말문을 열었다.

"좌승상 사둔 대감이 급사했다 하옵니다. 좌승상 대감의 급사로 나라가 어수선할 듯한데, 예전에 전왕께서 황상의 편에 서겠다고 귀비마마께 약조하신 바가 있지 않사옵니까? 귀비마마께서는 전왕께서 확약을 해주시기 바라고 계시옵니다."

충혜가 껄껄 웃으며 말했다.

"하하하……. 무릇 군왕은 식언하지 않는 법이오. 나는 고려의 군왕이 될 몸이거늘 어찌 식언을 하겠소?"

"하오면, 전왕께서 확약하여주신 것으로 알겠사옵니다."

고용보의 말투는 평소보다 훨씬 공손했다. 기완자에게서 충혜를 황제의 편에 서도록 확약을 받으라는 명을 받은 고용보로서는 몸을 낮추지 않을 수 없었다.

고용보의 말을 듣던 최영은 순간 머리가 멍해졌다. 천하의 난봉꾼이라는 충혜에게 확약을 요청하다니, 기완자가 정말 그런 명을 내렸다고 믿을 수 없었다. 어느새 기완자가 이토록 변한 것이란 말인가! 최영이 알던 기완자라면 의롭지 않은 자와 손을 잡지 않으리라! 최영은 자신도 모르게 고개를 절레절레 흔들었다.

고용보가 나가자, 충혜가 의아한 얼굴로 최영을 바라보며 물었다.

"영공, 왜 그러시오?"

"아무것도 아니옵니다."

충혜는 최영의 어깨를 다독이며 말했다.

"걱정 마시오. 나와 탑자해는 호형호제하는 사이라 상황이 불리하면 탑자해에게 가면 그만이 아니겠소."

수년 전 엘테무르의 집에서 기거했던 충혜는 탑자해와 함께 거리를 돌아다니며 말썽을 일으켜 대도성 사람들에게 발피(부랑자)라는 비난을 받았다. 그때의 인연으로 한편으로는 황제의 편에 서서 완평현의 다루가치가 되고, 한편으로는 탑자해와 호형호제하는 사이로 지내며 양다리를 걸치고 있었던 것이다.

최영은 이처럼 지조 없는 충혜가 무척이나 못마땅했지만, 충혜의 호위군으로 들어올 때 충성을 갱세한 적이 있어 이제는 돌이킬 수 없었다.

"소신은 이만 가보겠나이다."

충혜의 처소 밖으로 나온 최영은 하늘을 우러러보며 길게 한숨을 내쉬었다.

'내가 난군을 만난 것일까! 아버님, 위태롭기 그지없는 기귀비를 남겨두고 차마 대도성을 떠날 수 없으니 이제 소자는 어찌해야 하옵니까?'

다음 날, 어전회의에서 당기세가 좌승상에 임명될 때만 해도 잠잠하던 조정은 탈탈이 어사대부에 임명되자 술렁이기 시작했다. 엘테무르 일파의 장군들이 반론을 제기한 것이다. 당기세의 심복인 호군(정4품의 무관 벼슬) 송윤시가 앞으로 나와 쩌렁쩌렁한 목소리로 말했다.

"이제 불과 스물둘의 나이 어린 탈탈공을 어사대부에 봉하신다면 문무백관들의 반발을 사 조정이 어지러워질 수 있사오니 부디 재고하여주옵소서!"

송윤시에 이어 중랑장(정5품의 무관 벼슬) 허상이 앞으로 나왔다.

"황후마마의 오라버니이신 당기세 대인께서 지난 수년간 어사대부를 잘 이끌어오셨으니, 당기세 대인의 아우이신 탑자해 대인께서 어사대부를 맡으시는 것이 마땅한 줄로 아옵니다."

토곤이 천천히 좌중을 둘러보며 말했다.

"어허, 짐이 신임하는 탈탈공이 나이가 어리다니, 짐은 탑자해공과 탈탈공이 동갑내기로 알고 있건만 경들은 모르시오?"

토곤의 말에 좌중이 쥐죽은 듯이 조용해졌다. 기실 탑자해는 선황제 문종의 양자라는 것과 황후의 오라버니라는 것 이외에 내세울 만한 것이 아무것도 없었다. 반면 탈탈은 문무 양과에서 급제한 수재인 데다 자타가 공인하는 몽골 최고의 명장이 아니던가!

좌중이 침묵을 지키고 있는 가운데, 원로대신 사아팔적이 앞으로 나왔다.

"소신의 소견으로는 탈탈공은 비록 나이는 어리지만 문무 양과에서 급제한 천하의 수재로 어사대부의 중책을 능히 감당할 수 있을 듯하옵니다. 바라옵건대, 황상의 뜻대로 하소서."

백안이 조정의 영수 우승상의 자리에 오른 이래 여러 원로대신을 자신의 편으로 끌어들였는데, 그중에 1명이 무종(토곤의 조부로 원나라 4대 황제, 재위 1307~1311년)의 심복 사아팔적이었다.

백안이 사아팔적의 말에 힘을 실어주기 위해 나섰다.

"소신의 조카가 맡은바 임무를 다하지 못한다면 소신은 마땅히 책임을 지고 우승상의 자리에서 물러나겠사옵니다."

그만큼 백안은 탈탈의 실력을 믿었던 것이다. 그제야 탈탈이 앞으로 나왔다.

"황상께서 재주가 부족한 소신을 어사대부의 중책을 맡기신 성은에 보답하기 위하여 소신의 목숨을 바칠 각오로 최선을 다하겠나이다."

토곤이 좌중을 보며 엄숙한 목소리로 말했다.

"탈탈공은 짐이 계림에 유배 중일 때 목숨을 걸고 짐을 지킨 만고의 충신이오. 하여 탈탈을 어사대부에 임명한 것이니 경들은 짐의 뜻에 따르시오"

탈탈을 어사대부에 임명한 토곤의 인사에 그동안 쌓여왔던 불만이 폭발한 당기세와 탑자해는 거사를 일으키기로 결의하기에 이르렀다. 권력의 핵심인 어사대부의 자리를 백안의 조카 탈탈에게 빼앗긴 엘테무르 일가로서는 도저히 묵과

할 수 없는 일이었다. 탑자해가 주먹을 불끈 쥐며 당기세에게 말했다.

"백안을 뇌두면 필시 화가 될 터, 탈탈과 함께 제거해야 하옵니다."

당기세가 비록 형이었지만, 문종의 양자인 탑자해는 황자의 신분이었기에 당기세는 동생인 탑자해를 오히려 형처럼 따르고 있었다. 당기세가 고개를 끄덕이며 말했다.

"그래, 이번 기회에 우리 가문을 거역하는 자들을 모두 뿌리를 뽑아버리자!"

탑자해가 눈빛을 번뜩이며 말했다.

"애송이 황제부터 폐위시켜야 하옵니다."

당기세가 고개를 절레절레 흔들었다.

"아직은 아니 된다. 황후마마께서 아직 자식도 낳지 못했거늘 어찌 그럴 수 있겠느냐? 백안과 탈탈만 제거하면 누구도 감히 우리 가문에 대적하지 못할 것이다."

"대동의 군벌 답실팔도로도 있지 않습니까? 애송이 황제가 우리를 대적하기 위해 답실팔도로의 군대를 불러온다면 어찌하시렵니까?"

수만의 병력을 휘하에 두고 있는 대동의 군벌 답실팔도로는 위협적인 존재가 아닐 수 없었다. 당기세가 괴로운 듯 미간을 찌푸리며 숙고하더니 마침내 고개를 끄덕였다.

"새 황제는 연첩고사를 내세우면 되겠느냐?"

"황태후마마를 우리 편으로 끌어들이기 위해서라도 마땅히 황태후마마의 친아들인 연첩고사를 황제에 내세워야 할 것이옵니다."

당기세가 다시 고개를 끄덕였다.

"그리하자구나. 지금 당장 숙부님께 우리의 결정을 전하마."

모든 것이 자신의 뜻대로 되어간다는 생각에 미소 짓던 탑자해는 문득 이전부터 마음에 품어왔던 기완자의 아리따운 자태가 떠오르자 허공을 바라보며 생각했다.

'기귀비, 탈탈이 없으면 누가 그대를 지켜주겠소? 언젠가는 애송이 황제는 폐위될 것이고, 내가 황제의 자리에 오를 터이니 그때는 나도 그대를 귀비에 봉하겠소.'

탑자해가 궁극적으로 노리는 것은 다름 아닌 황제의 자리였다. 일찍이 엘테무르가 문종에게 탑자해를 양자로 들여달라 청했던 이유도 여기에 있었다. 엘테무르가 자신의 딸 타나실리를 황후의 자리에 올린 것은 만약의 사태를 대비했던 것뿐이었다. 언젠가 엘테무르가 당기세에게 신신당부했다.

"아비가 선황제 문종께 네 동생을 양자로 받아들여달라 간청한 이유는 고작 황제의 양자라는 허울을 얻기 위함이 아니었느니라. 우리 대원제국은 바로 이 아비의 손에 좌지우지되고 있거늘 무엇이 아쉬워 목숨보다 귀중한 내 아들을 황제의 양자로 보냈겠느냐? 우리 가문이 원나라의 황제 자리를 만세토록 계승하는 것이 아비의 바람이다. 다만 만약을 대비하여 네 누이를 허수아비 황제의 황후로 삼은 것이 천추의 한이구나! 황후께서 아들을 낳기 전에는 거사를 일으키면 결단코 아니 되느니라. 이 아비의 뜻을 알겠느냐?"

아들을 황제의 자리에 올리려는 야욕으로 수많은 정적을 독살시킨 엘테무르가 피를 토하며 비명횡사한 것이야말로 인과응보가 아니고 무엇이겠는가! 부전자전이라 할까, 당기세와 탑자해는 권력에 눈이 멀어 타나실리가 아들을 낳기 전에는 거사를 일으키지 말라는 아버지의 뜻을 끝내 저버리고 만 것이었다. 맏이로서 누이동생을 염려한 탓에 거사를 망설여왔던 당기세를 설득하는 데 성공한 탑자해는 황제라도 된 듯 말했다.

"형님, 기귀비는 소제小弟가 거둘까 하옵니다."

당기세가 근심 어린 얼굴로 말했다.

"기귀비는 황제의 여인이거늘 어찌 넘보려 하는 게냐? 자칫 거사를 그르칠 수 있거늘……."

탑자해가 회심의 미소를 지으며 말했다.

"애송이 황제가 선황제의 핏줄이 아닌 투르크족 추장의 핏줄이라 공표한다면 귀비인들 어찌 자리를 유지할 수 있겠 사옵니까? 소제가 알아서 처리할 터이니 형님께서는 심려를 거두소서."

당기세는 한숨만 내쉴 뿐 말이 없었다.

칠흑같이 어두운 밤, 수천에 이르는 병력이 발소리를 죽인 채 황궁을 향해 돌진하고 있었다. 이들은 탑자해의 병사들로 탑자해가 선봉에 나서 황궁을 습격할 참이었던 것이다. 수만의 도성 수비군을 이끌고 황궁을 향해 오고 있는 답리가 총공세에 나서기 전에 황궁의 동문을 여는 것이 탑자해의 임무였던 것이다.

탑자해의 병사들이 사다리를 타고 궁벽을 오르려는 순간 사방이 횃불로 밝혀지더니 궁벽에서 화살이 쏟아졌다. 이미 엘테무르 일가가 일으킨 거사가 간파되었던 것이다.

"악!"

사방에서 비명 소리가 들려왔다. 이윽고 궁벽 위로 사내 하나가 올라와 검을 치켜들며 쩌렁쩌렁한 목소리로 외쳤다.

"역적 당기세의 무리들을 주살하라!"

탈탈에 이어 시위대장에 오른 찰한이었다. 조정의 두 영수 중 1명인 좌승상 당기세를 반역의 주동자로 여겨 '역적 당기세의 무리들을 주살하라'고 외쳤던 것이다.

황궁을 지키는 시위군의 활솜씨는 놀랄 만큼 뛰어났다. 황궁 시위군의 격렬한 저항에 부딪친 탑자해는 병력을 물리지 않을 수 없었다.

"퇴각!"

탑자해가 병력을 수습해 퇴각하고 있을 때, 답리가 수만의 병력을 이끌고 황궁에 이르렀다. 답리가 명을 이행하지 못한 탑자해를 꾸짖었다.

"어찌 나의 명을 어기고 퇴각했느냐? 대장군의 명은 지엄하다는 것을 모르느냐?"

탑자해는 억울하다는 듯이 고개를 저으며 검으로 궁벽을 가리켰다.

"숙부님! 거사가 탄로난 듯하옵니다. 궁벽을 보소서. 시위들이 이쪽으로 쇠뇌를 겨누고 있질 않사옵니까?"

탑자해의 말이 채 끝나기도 전에 여기저기서 '쉭쉭' 파공성이 울리며 쇠뇌가 쏟아졌다.

"악!"

순간 답리 주변의 병사들이 쇠뇌에 맞고 쓰러졌다. 황궁에서 시위들이 쏜 쇠뇌였다. 답리가 검을 뽑아들며 외쳤다.

"쇠뇌다! 방패를 들어 막아라!"

이때 쇠뇌 하나가 답리의 철갑옷을 맞고 팅겨나갔다.

"쟁!"

답리는 쇠뇌에 맞은 충격으로 하마터면 말에서 떨어질 뻔했다. 겨우 중심을 잡은 답리는 왠지 불길한 예감이 들었다.

'애송이 탈탈이 우리가 거사를 일으키리라 예상하고 철저히 대비한 모양이구나!'

기실 전날 어사대부에 오른 탈탈은 어사대 병사들을 풀어 엘테무르 일가의 동태를 철두철기하게 감시하고 있었던 것이다.

답리는 고심하지 않을 수 없었다. 대내를 곧장 들이치려면 동문으로 들어가야 했다. 서문은 황후전이 있는 흥성궁과 황태후전이 있는 융복궁과 연결되었지만, 거기서 대내로 가려면 황궁을 남북으로 가로지르는 호수 태액지의 다리 백옥석교를 건너야만 했다. 남문은 수만의 고려인들이 거주하는 완평현과 가까워 자칫 협공을 당할 우려가 있었다. 북문은 반원형 모양의 운하에 둘러싸여 있어 대군이 진입하기가 어려웠다.

답리가 숙고 끝에 탑자해에게 명을 내렸다.

"내 너에게 1만 기를 줄 터이니, 서문으로 진격하거라! 나는 동문으로 진격하겠다. 황후전에 진입하면 황후마마와 황태후마마께 도움을 청하거라. 안팎으로 대내를 공격한다면 능히 황궁을 점령할 수 있을 것이다!"

답리는 황후뿐만 아니라 황태후도 자신의 가문 편에 서리라 기대하고 있었다. 자신의 가문이 내세우려는 황제는 바로 황태후의 아들 연첩고사가 아닌가!

뒤늦게야 자신의 오라비들이 토곤이 선황제 명종의 친자가 아니라는 명분을 내세워 거사를 일으켰다는 소식을 들은 타나실리는 하늘이 무너지는 것 같았다.

"오라버니들이 내게 어찌 이럴 수 있는가! 황상이 선황제의 핏줄이 아니라면 나 또한 폐위당할 수밖에 없거늘 어찌……."

이번 거사에서 자신의 가문이 이기든, 토곤이 이기든, 타나실리는 폐서인을 면할 수 없을 것이었다. 타나실리는 자포자기해 털썩 주저앉고 말았다. 얼마간 시간이 지나서야 겨우 정신을 차린 타나실리는 문득 자신이 토곤의 편에 선다면 폐서인을 면할 수 있으리라는 생각이 들었다. 결심을 굳힌 타나실리는 황후전 총관 태감 홍대부카를 불러 명했다.

"황후전을 지키는 시위들을 황궁으로 보내 황상 폐하를 지키도록 하라!"

홍대부카는 자신의 귀를 의심했다. 타나실리의 가문이 일으킨 거사가 실패한다면 타나실리 역시 폐위당할 것이 분명했다. 홍대부카는 타나실리가 충격으로 판단력이 흐려진 줄 알고 고개를 갸우뚱하며 말했다.

"황후마마, 어찌 그런 하명을 하시옵니까……."

"오라버니들이 먼저 나를 버렸거늘 나더러 어찌하란 말이냐?"

홍대부카가 무릎을 꿇으며 말했다.

"황후마마, 부디 혈육을 믿으시옵소서……."

타나실리가 고개를 저었다.

"나를 이토록 비참하게 만든 오라버니들을 어찌 믿으란 말이냐? 차라리 황상께 내 목숨을 맡기는 것이 나을 것이다."

❀

이 시각, 대궐처럼 드넓은 백안의 집을 1만에 이르는 병사들이 포위해오고 있었다. 당기세가 친황제파의 핵심 세력인 백안과 탈탈을 제거하기 위해 병사들을 이끌고 온 것이다. 병사들이 백안의 집을 겹겹이 포위하자 당기세가 마침내 명을 내렸다.

"총공격! 식솔, 하인, 식객 가릴 것 없이 모두 죽여라!"

당기세의 명이 떨어지자 수천의 병사가 거의 일시에 백안의 집 담장을 넘어섰다. 백안의 집에만 무예에 능한 사병들이 1,000명이 넘었고, 다른 옹기라트 가문의 사병도 수천에 이르러 이들이 세력을 규합하기 전에 제압하기 위해 총공격에 나선 것이다.

호위 병사들을 뒤따라 백안의 집 마당에 들어선 당기세는 경악하지 않을 수 없었다. 사람은 하나도 보이지 않고, 마당 여기저기에 화약 가루가 뿌려져 있는 것이 아닌가!

"함정이다! 모두 퇴각하라!"

당기세의 외침이 끝나기도 전에 사방에서 불화살이 쏟아져내렸다. 순식간에 백안의 집이 화염에 휩싸였다.

이때 쩌렁쩌렁 울리는 사내의 외침이 들려왔다.

"역적 당기세를 주살하라!"

탈탈의 목소리였다. 당기세가 대규모의 병력을 움직였다는 정보를 입수한 탈탈은 변고가 일어났음을 확신하고 집안 사람들을 모두 대피시킨 후 화약 가루를 뿌리고 기다리고 있었다. 당기세는 스스로 당태종 이세민에 못지않은 천하의 지략가라고 자부해왔지만, 어쨌거나 그는 탈탈의 적수가 못 되었던 것이다.

이미 백안의 집 주변을 포위한 어사대의 병사들이 쉴 새 없이 화살비를 쏟아부었다. 활활 불타오르는 화마를 뚫고 가까스로 대문을 빠져나온 당기세의 병사들은 사방에서 날아오는 어사대의 화살에 맞고 쓰러지기 일쑤였고, 간신히 화살을 피해 도망친다 해도 길을 지키고 있던 어사대 병사들의 검을 피해갈 수 없었다. 1만에 이르는 당기세의 병사들이 수천에 불과한 어사대 병사들에게 압도되고 만 것이다.

호위군과 함께 겨우 불길에 휩싸인 대문을 뚫고 나온 당기세는 철갑옷을 입은 덕분에 쏟아지는 화살비를 뚫고 나갔지만 그것도 잠시, 어느새 탈탈이 당기세의 앞을 가로막고 있었다. 사방은 이미 어사대 병사들이 철통같이 에워싸고 있었다. 자포자기한 당기세가 괴성을 내지르며 탈탈을 덮쳤지만 순간 탈탈의 검이 당기세의 가슴을 찔렀다. 피를 흘리며 땅에 쓰러진 당기세는 뜨거운 눈물을 쏟으며 죽어갔다.

'나 당기세가 이렇게 허무하게 죽다니! 권력에 눈이 어두워 황후마마께서 아들을 낳기 전에는 거사를 일으키지 말라는 아버님의 뜻을 어겨 죽음을 자초했구나! 황후마마, 황후마마의 뜻을 저버린 소신의 불충을 용서하소서!'

한편, 완평현의 다루가치 충혜는 토곤이 선황제의 친자가 아니라는 명분으로 거사를 일으킨 엘테무르 일가에 맞서 싸우자는 최영의 거듭되는 간청에도 의병을 움직이지 않았다. 탑자해가 거사를 일으키기 전에 충혜에게 부하를 보내 왕위를 보장해주겠다고 회유했던 것이다. 그뿐만 아니라 황궁에 있는 고려 출신 궁인들을 개경으로 보내주겠다 약조했으니 천하의 난봉꾼인 충혜로서는 솔깃하지 않을 수 없었던 것이다. 충혜가 의병을 움직일 생각을 하지 않자 최영이 간곡한 어조로 말했다.

"전왕 전하, 입성론을 주장한 엘테무르의 아들 당기세가 원나라의 정권을 잡는다면 우리 고려의 앞날을 장담할 수 없을 것이옵니다. 부디 결단을 내리소서!"

충혜는 최영의 말에 한동안 생각에 잠겼다. 비록 탑자해가 고려의 왕위를 보장해주겠다고 약조했지만 곧이곧대로 믿을 수가 없었다.

"전왕 전하……."

충혜가 갈등을 일으키는 듯해 최영이 다시 간청하려는 찰나 위구르촌의 추장 계석손이 다급히 안으로 들어왔다.

"다루가치 대인, 당기세가 죽었다 하옵니다! 속히 거사에 나서소서!"

계석손은 대도에 있는 경주 김씨 가문의 여인을 아내로 맞은 후 고려를 자신의 조국처럼 여기는 친고려파로 엘테무르 일가에 반감을 가진 고려인들과 함께 거사에 나서기로 작정한 것이었다.

이때 수백 명의 고려인들이 충혜의 집으로 우르르 몰려왔다.

"전왕 전하! 저희들은 엘테무르 일가를 응징하기 위해 목숨을 바칠 각오가 되었사오니 속히 거사에 나서소서!"

상황이 이렇게 되자 충혜가 마침내 결단을 내렸다.

"영공! 내 그대를 완평현의 의병 대장에 임명하겠소! 가서 황상을 구원하시오!"

당기세가 죽었다는 소식을 들은 답리는 하늘을 우러러보며 탄식했다.

"어찌 이런 일이……."

아들이 없는 답리는 조카인 당기세를 친아들처럼 아껴왔기에 죽고만 싶은 심정이었다. 하지만 궁벽을 사이에 두고 황궁의 시위군과 치열한 공방전을 벌이는 중이라 슬퍼할 겨를도 없었다. 당기세의 전사 소식에 사기가 떨어진 병사들을 격려하기 위해 답리가 외쳤다.

"황궁만 장악하면 천하는 우리 것이다! 총력을 다해 공격해 좌승상의 원수를 갚자!"

답리의 말에 사기가 오른 병사들이 더욱 거세게 궁벽을 향해 돌진했다. 답리의 병사들이 질풍노도와 같은 총공세를 펼치자 찰한이 외쳤다.

"궁벽이 적들의 손에 넘어가면 황궁이 위태로워진다! 목숨을 바쳐 황상께 충성하라!"

2만에 이르는 답리의 병사들이 죽기 살기로 돌진하자 마침내 궁벽의 방어망이 무너지기 시작했다.

"와!"

수천이나 되는 답리의 병사들이 환호성을 지르며 궁벽을 넘기 시작했다. 제방이 터지듯 방어망이 뚫리자, 찰한은 눈물을 머금고 퇴각 명을 내릴 수밖에 없었다.

"퇴각! 대내로 퇴각하라!"

순식간에 굳게 닫혀 있던 동문이 열리자 답리의 병사들이 우레 같은 함성을 지르며 황궁 안으로 들어가기 시작했다.

병사들의 함성 소리가 점차 크게 들려오자, 토곤은 두려움에 떨며 탄식했다.

"아! 짐의 천운이 다했단 말인가!"

옆에 있던 기완자가 토곤의 손을 잡고 위로했다.

"황상, 아직 황궁은 시위군의 손에 있사옵고 조만간 탈탈공이 올 것이니, 심려치 마소서."

토곤은 탈탈의 이름을 듣자 갑자기 안색이 밝아졌다.

"그래, 탈탈공이 있지. 탈탈공이 오면 저 역도들을 능히 물리칠 수 있을 게야."

병기 부딪치는 소리가 점점 가까이 들려왔다. 고용보가 급히 안으로 들어와 눈물을 흘리며 아뢰었다.

“황상! 옥체를 피하소서! 역도들이 대내 앞마당에 이르렀나이다!”

토곤이 단호하게 말했다.

“아니 된다! 짐은 죽으면 죽었지 결코 대내를 떠날 수 없다! 이 나라의 지존인 짐이 어찌 대내를 떠날 수 있겠는가!”

“황상…….”

고용보가 기완자에게 설득해달라는 듯 눈짓을 하자 기완자는 고개를 끄덕였다.

“황상, 대내는 신첩이 지키겠나이다. 만약을 대비하여 잠시만 옥체를 피하소서.”

“어찌 짐만 떠날 수 있겠소? 솔롱고, 짐은 그대를 두고 결코 떠날 수 없소.”

기완자가 간곡히 말했다.

“황상께서 대내에 계신 것처럼 위장하기 위해서는 신첩이 있어야만 하옵니다. 부디, 통촉하옵소서!”

이때 박불화가 안으로 뛰어 들어왔다.

“황상, 속히 옥체를 피하소서! 조만간 역도들이 대내로 진입할 듯하옵니다!”

토곤이 차마 발걸음을 옮기지 못하자 기완자가 토곤의 손을 잡아끌며 말했다.

“황상께서 역도들에게 잡히시오면 사직이 위태로워지옵
니다. 속히 피하소서!”

토곤은 고용보의 손에 이끌려 는물을 흘리며 처소 밖으로
나갔다.

그제야 황궁의 남문에 이른 최영은 사태가 급박하게 돌아
가자 다짜고짜 사다리를 타고 궁벽을 넘어가며 외쳤다.

“모두 나를 따르시오!”

최영의 말에 5,000에 이르는 고려와 위구르의 의병들이
궁벽을 넘기 시작했다. 갑작스러운 병력의 출현에 치열한
백병전 중이던 답리의 병사들과 황궁 시위군이 순간 멈칫하
며 저들이 어느 편인지 살펴보았다.

궁벽을 넘은 의병들이 답리의 병사들을 향해 돌진하자 황
궁 시위군이 일제히 환호성을 질렀다. 방금 궁벽을 넘어선
수천의 무리들이 고려와 위구르의 의병임을 알아챈 답리가
대노해 외쳤다.

“고려와 위구르 놈들이 다 된 거사를 망치려 하는구나! 모
두 죽여라!”

최영이 질풍처럼 달리며 검을 휘두르자 순식간에 수십의 병사들이 쓰러졌다. 천지를 개벽시킬 듯한 최영의 용맹에 의병들의 사기가 하늘을 찔렀다. 의병들은 그야말로 파죽지세의 기세로 돌진해 답리의 병사들을 베어나갔다. 의병들이 용맹을 떨치자 황궁 시위군도 용기백배했다. 이렇게 되자 답리의 병사들은 의병들과 황궁 시위군에 협공당해 밀리기 시작했다. 승리를 목전에서 놓친 답리는 이성을 잃고 외쳤다.

"먼저 고려놈들을 죽여라!"

고려의 의병들을 향해 돌진하던 답리는 황궁을 향해 달려오던 최영과 마주쳤다. 비록 답리가 백전의 명장이었지만, 번개처럼 빠른 최영의 검을 막아내지 못했다. 답리는 최영이 휘두른 검에 맞고 힘없이 쓰러졌다.

"역적 답리가 죽었다!"

최영이 외치는 소리에 답리의 병사들은 싸울 용기를 잃고 줄행랑을 치기 시작했다. 대장이 죽었으니 더는 목숨을 걸고 싸울 명분이 없어졌던 것이다.

이때 텅 빈 황후전을 점령한 탑자해는 당기세와 답리가 죽었다는 소식을 듣고 너무나 놀라 검을 떨어뜨리고 말았다.

"오호라! 황제에 오르려는 나의 야욕으로 우리 가문이 패가망신하고 말았구나!"

바로 그때 척후병 하나가 탈탈이 병력을 이끌고 오고 있다고 보고했다. 당기세의 심복 허상이 남은 병력을 규합하여 격렬히 저항하는 바람에 탈탈이 이제야 당기세의 병력을 진압하고 이리로 오고 있었던 것이다. 한동안 어찌할 바를 모르던 탑자해는 불현듯 황후인 타나실리가 떠올랐다.

"황후마마가 아니면 누가 나를 구할 수 있겠는가!"

탑자해는 검을 내팽개치고 한달음에 황후전으로 달려가 타나실리에게 눈물을 흘리며 애원했다.

"황후마마, 오라비의 불충을 탓하지 마시고, 부디 살려주옵소서!"

타나실리가 날 선 목소리로 말했다.

"한마디 상의도 없이 멋대로 거사를 일으켜 일을 이 지경이 되도록 만든 사람이 누구입니까? 저 또한 폐서인이 될지 모르는 신세이거늘 어찌 오라버니를 구할 수 있겠습니까?"

탑자해가 타나실리의 손을 꼭 잡고 말했다.

"황후마마의 혈육은 이제 저 하나뿐이오니, 부디 저를 버리지 마옵소서!"

이때 홍대부카가 다급히 안으로 들어와 떨리는 목소리로 말했다.

"황후마마, 백안 대인이 병사들을 이끌고 이리로 오고 있사옵니다.”

홍대부카의 말에 몹시 당황한 타나실리는 문득 침대가 시야에 들어왔다. 탑자해를 숨길 곳은 침대 밑뿐이라는 생각이 든 것이다.

“오라버니, 침대 밑으로 들어가소서!”

탑자해가 목숨을 건 누이동생의 도움에 감격해 눈물을 흘리며 말했다.

“황후마마, 이 오라비가 죽어도 황후마마의 은정을 잊지 않겠나이다!”

타나실리가 손을 내저으며 재촉하자 탑자해는 재빨리 침대 밑으로 들어갔다.

잠시 후 백안이 병사들을 이끌고 처소로 들어왔다.

“황후마마, 역적 탑자해가 황후전으로 도망쳤다는 보고를 받았사온데, 혹시 이쪽으로 오지 않았사옵니까?”

타나실리는 떨리는 가슴을 진정시키며 냉정한 목소리로 대답했다.

“얼마 전에 내 오라비가 살려달라며 왔다가 내가 거절하자 그냥 도망가버렸소. 지금 쫓아가면 잡을 수 있을지 모르겠소. 꼭 잡아주시오. 나를 버린 오라비가 아니오? 이미 나는 오라비들과 인연을 끊었으니……”

　백안은 말없이 처소 안을 살펴보았다. 뭔가 낌새가 이상해서 세심히 살펴보니 침대가 떨리고 있는 듯했다. 침대 밑에 있는 탑자해가 공포에 질려 온몸을 부르르 떠니 침대가 살짝 떨렸던 것이다. 백안은 침대 밑에 누군가 숨어 있음을 직감할 수 있었다.

　"네 이놈, 어서 나오지 못할까?"

　백안이 외치는 소리에 타나실리가 하늘이 무너진 듯 절망에 빠져 털썩 주저앉고 말았다. 역적을 숨겨준 죄로 인해 폐서인이 될 것이 틀림없었다. 백안이 검으로 침대를 찌르자 탑자해가 깜짝 놀라 침대에서 나왔다.

　"저자를 포박하라!"

　백안의 병사들이 탑자해를 포박해 끌고 나가자, 타나실리는 절망의 눈물을 하염없이 흘렸다.

혼례식

처절한 피바람이 몰아쳤던 대도성이 서서히 안정을 되찾아 가고 있었다. 엘테무르가 권좌에 오른 지난 여덟 해 동안 원나라 조정은 하루도 잠잠할 날이 없었는데, 이제야 평화가 찾아온 것이다.

기완자는 말할 수 없이 기뻤다. 자신과 함께 대도로 끌려온 고려의 공녀들이 이제는 고향으로 돌아갈 수 있게 되었다. 황제가 권력을 되찾았으니 최영도 고향으로 돌아갈 수 있을 것 같아 무엇보다도 기뻤다.

그러던 어느 날, 타나실리가 유배된 동안주에서 실로 놀라운 소식이 전해왔다. 폐서인이 된 타나실리가 사약을 마시고 자결했다는 소식이다. 반역을 일으킨 오라비 탑자해를 처소에 숨겨준 죄로 폐서인이 된 타나실리에게 기완자는 깊은 연민을 느껴왔다. 한때 타나실리에게 심한 채찍질을 당했지만, 그 상처가 완전히 아문 지금에 와서 돌이켜보면 타나실리가 불쌍하다는 생각이 들었던 것이다. 타나실리는 진심으로 토곤을 사랑했다.

아직도 여전히 최영을 잊지도, 토곤에게 마음을 열지도 못한 자신에게 타나실리는 황후전을 떠나면서 간곡하게 부탁했다.

"기귀비, 황상을 잘 모시길 바라겠소. 내 몫까지 부탁하오. 약조하여줄 수 있겠소?"

기완자는 타나실리의 간곡한 부탁을 차마 거절할 수 없었다.

"약조하겠나이다."

그때 무한히 평온해 보이는 타나실리의 얼굴이 기완자의 가슴을 미어지게 만들었다. 얼마나 지고한 여인의 사랑인가! 기완자가 최영을 사랑하는 만큼 타나실리도 토곤을 사랑했던 것이 틀림없으리라. 토곤에 대한 타나실리의 진실한 사랑을 생각하면 생각할수록 가슴이 아려왔다.

기실 기완자는 토곤이 타나실리의 죄를 용서하기를 간절

히 바랐다. 언젠가 토곤이 타나실리의 진심을 깨달아 그녀를 사랑하게 될 수 있기를 간절히 기원했다. 토곤이 타나실리에게 마음이 기울어진다면 자신도 고향으로 돌아갈 수 있지 않을까. 이러한 미련이 기완자에게 남아 있었건만 타나실리의 죽음이 고향으로 돌아가는 희망을 일장춘몽으로 만들어버렸다.

기완자는 하늘을 우러러보며 탄식했다.

'아무리 잊으려 해도 잊을 수 없는 이 마음을 어찌하랴!'

이 시각, 타나실리의 자결 소식을 전해들은 토곤은 몹시 애통하게 통곡했다. 아버지를 죽인 원수의 딸이 아니라면 역적인 오라비를 숨긴 죄로 폐위하지는 않았을 것이다. 비록 토곤이 타나실리를 외면해왔지만 타나실리의 진심을 모르지는 않았다. 목석이 아니라면 그토록 간절했던 타나실리의 마음을 어찌 모를 수 있겠는가.

다음 날, 토곤은 국상을 선포했다. 타나실리의 장례는 황후의 예로 치러졌다. 국상이 끝난 후 토곤은 마음이 진정되자 기완자를 찾아와 실로 놀라운 말을 했다.

"솔롱고, 내 그대를 황후에 봉할 생각이오. 그대 이외에 누가 짐의 배필이 될 수 있겠소? 견우와 직녀처럼, 영원히 그대와 함께 이 나라의 황제와 황후가 되어 백성들의 칭송받는 것이 짐의 소망이오. 그대는 부디 짐의 소망을 외면하지 말아주시오."

언젠가는 고향으로 돌아가 여생을 보내는 것이 그녀의 마지막 남은 소망이건만 어찌 타국의 황후가 될 수 있으랴! 대원제국의 황후라는 자리는 기완자에게는 너무도 낯설었다. 기완자가 난처한 얼굴로 고개를 저었다.

"황상, 신첩은 고려인이온데 어찌 대원의 황후가 될 수 있겠나이까? 부디 뜻을 거두어주옵소서!"

토곤이 기완자의 손을 꼭 잡으며 말했다.

"짐이 사랑하는 여인은 오직 그대뿐이거늘 어찌 다른 여인을 황후에 봉할 수 있겠소? 부디 짐의 뜻을 외면하지 말아주오."

형언할 수 없이 간절한 눈빛으로 자신을 바라보는 토곤을 기완자는 차마 외면할 수 없었다. 기완자가 마침내 천천히 고개를 끄덕였다.

"폐하의 뜻을 따르겠나이다."

그해 겨울, 토곤이 어전회의에서 기완자를 황후에 봉하겠다고 천명하자 조정은 한바탕 소란이 일어났다. 몽골인이 대다수인 원나라 조정은 고려 공녀 출신의 여인을 국모로 받아들일 수가 없었던 것이다. 더욱이 조정의 영수인 우승상 백안이 앞장서 극렬히 반대하고 나섰기에 무슨 일이 있어도 기완자를 황후에 봉하려던 토곤도 한 발짝 물러설 수밖에 없었다. 결국 황후 책봉 문제는 겨울이 다가도록 결정이 나지 못했다.

정축년(1337년)의 어느 봄날, 황태후 보다시리가 토곤을 자신의 처소인 융복궁으로 불렀다.

"황후의 자리가 공석이 된 지 벌써 두 해가 되었건만, 어찌 여전히 아무 소식이 없는 게요?"

토곤은 숙모인 보다시리의 물음에 공손하게 대답했다.

"황태후마마께 심려를 끼쳐 송구하옵니다."

잔뜩 불만 섞인 보다시리의 말투에 토곤은 말을 아낄 수밖에 없었다. 보다시리가 천천히 운을 떼었다.

"내 들으니 황상이 기귀비를 황후에 올리겠다 천명했다 하던데, 그게 사실이오?"

토곤은 여태껏 한 번도 보다시리와 황후 간택 문제를 의논한 적이 없었다. 칭기즈칸이 몽골제국을 건국한 이래 대대로 황후를 배출한 옹기라트 가문의 보다시리가 고려 출신인 기완자를 황후에 책봉하는 것에 찬성할 리가 없지 않은가. 토곤은 보다시리의 의중을 살피다 조심스레 말했다.

"사실이옵니다."

"황상도 아시다시피 태조(칭기즈칸)께서 옹기라트 가문의 여인 이외엔 황후가 될 수 없다 유지를 남긴 지 벌써 100여 년이 지났거늘, 어찌 태조의 유지를 어기려 하시오?"

토곤이 침묵하자, 보다시리가 마침내 속내를 드러냈다.

"황상, 이제 황후 간택 문제는 이 숙모에게 맡기시는 것이 어떻겠소?"

보다시리는 얼마 전 백안의 양녀 백안홀도를 황후로 점지해놓은 상태였다. 토곤이 뭐라 말할까 생각하는데, 보다시리의 말이 이어졌다.

"기귀비를 생각하는 황상의 마음을 어찌 이 숙모가 모르겠소? 이 숙모에게 모든 것을 맡기시기 바라오."

토곤은 여전히 침묵을 지켰다.

"이 숙모는 황상을 아들처럼 여기고 있다오. 황상께서도 이 숙모를 어미로 여겨주시기를 바라겠소."

보다시리의 온정 어린 말에 토곤의 마음이 동요하기 시작했다. 어린 나이에 부모님을 여읜 토곤으로서는 숙모인 보다시리가 어머니 역할을 해주기를 바라는 마음이 없지 않아 있었다. 토곤이 마침내 고개를 끄덕였다.

"황태후마마의 뜻에 따르겠나이다."

달포가 지난 뒤, 황후의 자리에 오른 백안홀도는 백안이 자신의 가문에서 고르고 골라 뽑은 천하절색의 미인이었다. 하지만 이미 기완자에게 완전히 마음을 빼앗긴 토곤은 형식적으로 종종 백안홀도의 처소를 찾을 뿐 대부분의 시간을 기완자의 처소에서 보냈다. 이 사실을 알게 된 백안은 기완자에게 적개심을 품게 되었다. 기완자만 아니라면 자신의 양녀인 백안홀도가 토곤의 총애를 한 몸에 받을 수 있으리라 여긴 백안은 기완자를 제거할 방법을 궁리하느라 여념이 없었다.

그러던 어느 날, 백안은 실로 놀라운 법령을 만들어 공표했다. 그것은 바로 이민족의 무기 소지 금지령이었다. 몽골 제일주의 사상의 신봉자인 백안은 이 법령으로 이민족의 무장 봉기를 원천봉쇄해 몽골족의 지배력을 확고하게 할 뿐만 아니라 대도성 내에 있는 고려인들의 손을 묶어 기완자를 고립무원으로 만들 생각이었던 것이다.

이른 아침부터 방이 나붙자 완평현 전체가 술렁이기 시작했다. 대도성뿐만 아니라 모든 원나라 영토에서 몽골인 이외 이민족의 무기 소지 금지령이 내려졌던 것이다. 곳곳에서 분개하는 목소리가 들려왔다.

"엘테무르보다 더한 놈이 나왔구나!"

"이 따위를 법령이라 만들었단 말인가!"

"황후의 양아비라는 백안이 노망한 게야!"

이때 사내 하나가 삼삼오오 모인 사람들 틈바구니에서 근심이 가득한 얼굴로 방을 바라보고 있었다.

'귀비마마께 위험이 닥치고 있는 게 아닐까!'

사내는 어느새 스물둘의 어엿한 청년이 된 최영이었다. 비록 엘테무르 일가가 멸문당한 지 수년이 흘렀지만, 충혜의 호위군이 된 이상 허락 없이 대도를 떠날 수 없었던 것이다. 최영의 옆에 서 있던 유총이 탄식하듯 푸념 섞인 목소리로 중얼거렸다.

"올해는 누이와 함께 고향으로 돌아갈 수 있을 줄 알았건만……. 그나저나 내 누이는 어느 세월에 시집가려는지 대도를 떠날 생각을 아니하니……."

유총의 말에 최영은 마음이 한없이 무거웠다. 유총의 누이 유화와 가혼인을 맺은 최영으로서는 방년 스무 살로 혼기가 찬 유화에게 책임을 느끼지 않을 수 없었다. 최영이 미안한 듯한 표정을 지으며 말했다.

"나로 인해 그대 누이의 마음을 어렵게 하니 면목이 없소."

유총이 손을 내저으며 말했다.

"은공 탓이 아니질 않소이까? 내 누이가 이젠 마음을 돌려야 할 듯하오."

최영이 한숨을 내쉬다 갑자기 뭔가 생각난 듯 손뼉을 치며 말했다.

"내 보기엔 유겸공이 천하의 호걸인 듯하니 그대의 누이를 설득해보는 게 어떻겠소?"

순간 유총이 반색하며 최영의 손을 잡았다.

"유겸공이야말로 가히 내 누이의 배필이 될 수 있을 듯하오. 그래도 괜찮겠소?"

최영이 멋쩍은 표정을 지으며 말했다.

"공녀가 되는 걸 막기 위해 가혼인을 맺은 것인데, 어찌 내 의사를 물으시오?"

"은공의 뜻을 알겠소."

전유겸은 중국 송대 무숙왕 전유의 후손으로 문무를 겸비한

데다 인덕이 후덕해 완평현의 고려인들에게 존경을 받는 인물이었다. 유총은 한달음에 집으로 돌아가 유화에게 말했다.

"화야, 이제 너도 스물이 되었으니 시집을 가야 하지 않겠느냐?"

유화가 고개를 숙인 채 한숨을 내쉬었다.

"은공께서 소녀에게 마음을 열지 아니하시니……."

유총이 유화를 바라보며 말했다.

"허니, 이제는 다른 혼처를 찾아봐야 하지 않겠느냐?"

유화가 고개를 저었다.

"소녀의 목숨은 은공께서 구한 것이온데, 어찌 다른 혼처를 생각할 수 있겠나이까?"

유총이 잠시 망설이다 어렵사리 입을 열었다.

"실은 은공께서 너의 혼처로 유겸공을 추천하여……. 네 의향을 알고 싶구나……."

유화가 씁쓸한 미소를 지었다.

"은공께서 어찌 그런 말씀을 하셨는지 모르겠지만 유겸공은 최낭자가 마음에 둔 듯하옵니다."

유총이 의외라는 듯 두 눈을 크게 뜨고 물었다.

"네가 어찌 아느냐?"

유화가 오랜만에 밝게 미소 지으며 말했다.

"여인의 마음은 여인이 잘 아는 것이옵니다. 소녀가 최낭자와 자매처럼 친한데, 어찌 모를 수 있겠사옵니까?"

유화의 말에 유총의 마음이 한결 가벼워졌다. 최희 역시 공녀로 끌려가는 것을 막기 위해 유총과 가혼인을 맺고 있었던 것이다.

유총은 곧장 최영을 찾아갔다.

"은공, 내 누이가 말하기를 은공의 누이가 유겸공을 마음에 두고 있다 하더이다. 허니, 혼담을 청하는 것이 어떻겠소?"

유총의 말에 최영이 몹시 기뻐하며 말했다.

"이제야 내가 누이의 오라비 노릇을 할 수 있겠구려! 조만간 유겸공께 혼담을 청하겠소."

며칠 후 최영이 전유겸을 찾아갔다. 혼담을 꺼내기가 멋쩍어 잠시 침묵하는 최영에게 전유겸이 말문을 열었다.

"영공께서 내게 할 말이 있는 듯하구려."

"실은 유겸공께 혼담을 청하러 왔소."

"누구의 혼담을 말씀하시는 게요?"

난데없는 혼담에 의아해하는 전유겸에게 최영이 마침내 속내를 드러냈다.

"소생의 누이가 유겸공께 마음이 있다 하니, 유겸공께서 혼담을 받아주시면 더없이 고맙겠소."

전유겸이 호탕하게 웃으며 말했다.

"하하하……. 영공의 누이는 천하에 둘도 없는 참한 규수인데, 내 어찌 혼담을 마다하겠소."

최영과 전유겸은 같은 민족이 아니지만 피를 나눈 형제보다 정이 깊었다. 그들은 너무도 기쁜 나머지 서로 손을 맞잡은 채 눈물을 흘렸다.

그로부터 달포가 지난 늦은 봄, 전유겸의 집에서 최희와 전유겸의 혼례식이 치러지고 있었다. 혼례식에 찾아온 하례객들의 대다수가 기쁜 얼굴로 혼례 의식을 지켜보았지만, 유독 한 여인이 슬픈 얼굴로 우두커니 서 있다가 혼잣말로 중얼거렸다.

'신랑 신부가 한 쌍의 원앙처럼 참으로 잘 어울리는구나……. 영도령도 이처럼 잘 어울리는 규수를 만나면 좋으련만…….'

여인은 다름 아닌 기완자였다. 최영의 누이가 전유겸과 혼례식을 올린다는 소식을 전해듣고 일행들과 함께 찾아온 것이다. 기완자의 일행 중에는 기철, 기원, 기주, 기륜 네 오라비들뿐만 아니라 박불화까지 있었다.

혼례식은 고려의 혼례 의식으로 거행되고 있었다. 기완자는 혼례 의식을 지켜보던 중 시야에 최영이 들어오자 그리움의 감정이 복받쳐올라 연신 눈물을 흘렸다. 간신히 눈물을 그친 기완자는 화사한 혼례복을 곱게 차려입은 최희를 바라보았다.

고려 복식의 붉은 혼례복을 입은 최희가 너무도 부러웠다. 금혼령이 공표되었던 그날, 기완자는 붉은 혼례복을 입은 채 최영을 기다렸지만 최영은 끝내 오지 않았고, 결혼도감의 관원들이 들이닥쳐 공녀로 끌려오고 말았다. 그때의 회한과 아쉬움을 어찌 말로 표현할 수 있으랴!

기완자가 눈가에 맺힌 눈물을 닦기 위해 손수건을 꺼내는 찰나 그녀와 시선이 마주친 최영은 당황하지 않을 수 없었다. 귀비 신분의 기완자가 누이의 혼례식에 올 줄 상상조차 할 수 없었다. 한동안 어찌할 바를 몰라 하던 최영은 기완자에게 눈인사를 한 후 고개를 돌렸다. 얼굴을 마주 본들 서로 가슴만 아플 뿐이라는 사실을 최영은 잘 알고 있었다. 기완자는 최영의 마음을 눈치 챈 듯 박불화에게 눈짓을 하더니 일행들과 함께 자리를 떠났다.

기묘년(1339년)의 어느 늦가을, 흥성궁에서 우렁찬 아기의 울음소리가 들려왔다. 기완자가 황자를 낳은 것이다. 산고의 고통으로 잠시 의식을 잃었다가 정신을 차린 기완자는 아들임을 확인하자 연신 눈물을 흘렸다. 기완자는 말할 수 없이 기뻤다. 아들을 낳은 기쁨을 어찌 말로 형용할 수 있으랴! 기완자는 눈을 감은 채 회한에 잠겼다.

'나도 이제 어미가 되었으니 영도첨에 대한 마음을 접을 수 있을까!'

어미가 되었기 때문일까. 어쩐지 이젠 최영을 잊을 수 있을 거라는 생각이 들었다. 어미의 마음이란 자식을 위해서라면 무엇이든 할 수 있는 법인데, 하물며 이별한 사내를 잊을 수 없겠는가. 기완자가 마음을 다잡겠노라 다짐하며 애정 어린 눈으로 아기를 바라보고 있는데, 환관의 목소리가 들려왔다.

"황후마마께서 납시었나이다!"

기완자를 가장 먼저 찾아온 사람은 다름 아닌 백안홀도였다. 대내는 흥성궁에서 1,000보가량이나 떨어져 있어 아직 토곤에게 소식이 전해지지 않은 것이었다. 기완자에게 아기를 건네받은 백안홀도가 환한 미소를 지으며 말했다.

"우리 황자가 황상을 꼭 빼어 닮았구려!"

정말이지 백안홀도는 질투라고는 조금도 모르는 여인처럼 보였다. 황후의 자리에 오른 지 2년 반이 되도록 토곤이 대부분의 시간을 기완자와 함께 보내왔지만 백안홀도는 토곤에게도 기완자에게도 불평 한마디 한 적이 없었다. 기완자는 이러한 백안홀도에게 오히려 연민을 느꼈다.

'황후께서 비록 나를 원망하는 기색조차 없으나, 마음이 어찌 편할 리가 있겠는가! 황후께서 말씀은 아니하셔도 필시 남몰래 눈물을 흘리고 계실 게야.'

이때 밖에서 인기척 소리가 들려왔다.

"황상 폐하 납시었나이다!"

성큼 안으로 들어온 토곤이 아기를 안고 신기한 듯 감탄
사를 연발했다.

"오호라! 마침내 짐의 아들이 태어났구려! 솔롱고, 황후,
보시오! 짐을 꼭 빼어 닮지 않았소?"

토곤이 아기를 보이며 묻는 말에 기완자와 백안홀도가 거
의 동시에 대답했다.

"그러하나이다."

백안홀도는 토곤이 황후인 자신보다 기완자를 먼저 불렀
음에도 조금도 개의치 않았다. 이렇게 경사스러운 날에 사
소한 일에 마음을 쓸 백안홀도가 아니었다. 백안홀도는 마
냥 행복해하는 토곤을 보며 흡족한 미소를 지을 뿐이었다.
기완자는 백안홀도야말로 하늘이 자신을 보살펴주기 위해
내려준 국모라는 생각이 들었다.

'인애로우신 황후마마께서 나보다 먼저 황상을 만나셨더
라면 큰 총애를 받지 않으셨을까. 허나 이제 자식이 생겨 나
혼자 고향으로 돌아갈 수는 없으니 대도에서 생애를 마감하
는 것이 나의 운명이 아니겠는가!'

원나라 황실을 이을 황자가 탄생하자 대도성 전체가 축제 분위기에 휩싸였지만, 융복궁에서는 황태후와 백안이 불만에 찬 얼굴로 뭔가를 논의하고 있었다.

"미천한 고려 여인의 핏줄이 황위를 계승하는 일은 결코 있을 수 없는 일이옵니다!"

백안의 목소리가 격앙되어 있었다. 자신의 양녀인 백안홀도가 황후에 오른 지 2년 반이 되도록 소박맞고 있는 터라 기완자가 황자를 낳자 오히려 분기가 치솟았던 것이다. 기완자만 아니라면 오늘 태어난 황자는 백안홀도의 핏줄일지도 모르는 일이었다. 황후족인 옹기라트 가문의 황후가 한낱 공녀에 불과했던 기완자에게 황제의 총애를 빼앗기다니, 이는 굴러온 돌이 주인 행세를 하는 것이 아니고 무엇이겠는가. 이런 생각에 백안은 분기를 참을 수 없었다. 보다시리가 천천히 입을 열었다.

"이미 내 아들이 황태제의 자리에 있거늘 어찌 그런 일이 있을 수 있겠소?"

토곤이 황위에 오르기 전에 다음 황위는 보다시리의 아들 연첩고사에게 물려주겠다고 천명한 바 있었던 것이다.

"대원의 법도는 황상이 정하는 것이오니, 황상께서 황위 계승자를 변경하실 수도 있는 일이 아니옵니까?"

백안의 말을 들으니 보다시리는 불안해졌다.

"허면 어찌해야 좋겠소?"

보다시리를 불안하게 만들려는 것이 백안의 속셈이었다. 백안이 의미심장한 표정을 지으며 말했다.

"만약의 사태를 대비해야 하옵니다."

"좋은 방책이 있소?"

"황태후마마와 소신이 손을 잡으면 황상이라도 황위 계승자를 변경하실 수 없을 것이옵니다. 소신에게 황태후마마의 힘을 보태어주옵소서!"

보다시리는 황태후의 직속기관 휘정원을 자신의 휘하에 두어 황실의 재정을 한손에 쥐고 있었다. 이러한 보다시리의 지원을 받는다면 백안은 천군만마를 얻는 셈이었다. 보다시리가 잠시 숙고하더니 고개를 끄덕였다.

"어차피 우리는 한 가문이 아니오? 그리하겠소."

백안이 마음속으로 회심의 미소를 지었다. 기실 백안은 토곤을 폐위하고 연첩목아를 황위에 내세울 생각이었다. 권력이란 손에 넣으면 넣을수록 야심이 커지는 법, 백안은 엘테무르처럼 나라를 좌지우지하는 권신이 되고 싶었던 것이다.

이때부터 백안은 날개를 단 듯 강력한 권력을 휘둘렀다. 그도 그럴 것이, 차기 황위 계승자인 황태제의 어미 황태후와 손을 잡은 백안의 뜻을 누가 감히 거스르랴! 조정의 권력을 한손에 거머쥔 백안은 갈수록 안하무인이 되어갔다. 자신을 따르는 대신들을 집으로 불러 법령을 만든 후 토곤에게 결제를 강요하기가 일쑤였다. 그뿐만 아니라 몽골 제일주의자인 백안은 이민족을 탄압하는 법령을 끊임없이 만들었다.

몇 해 전 이민족의 무기 소지 금지령을 공표했던 백안은 이민족의 말 소유 금지령, 폐도령(칼 소유 금지령), 과거제도 폐지령, 몽골족만이 벼슬에 오를 수 있는 법령을 만들어 이민족을 철저히 탄압했다. 이로 인해 유능한 이민족 신료들이 관직에서 쫓겨났을 뿐만 아니라 전국 방방곡곡에서 반란이 일어나기 시작했다.

전국에 걸쳐 반란이 일어나자 백안은 실로 믿을 수 없는 법령을 공표하기에 이르렀다. 이, 왕, 장, 유, 조, 한족의 5대 성씨를 모두 처형하라는 법령을 공표했던 것이다. 이 터무니없는 법령은 대부분의 조정 대신들이 극렬히 반대해 시행되지 못했지만, 원나라의 대다수를 차지하는 한족들의 반란에 불을 지피는 격이 되고 말았다.

이 무렵 기완자는 산후후유증을 앓아 끼니마다 탕제를 복용하고 있었는데, 이날따라 탕제가 평소와 조금 다르게 느껴졌다. 어쩐지 께름칙한 느낌이 든 기완자는 멍하니 탕제를 바라보기만 했다. 기완자가 탕제를 마실 기미를 보이지 않자 박불화가 의아해 물었다.

"귀비마마, 어찌 탕제를 들지 아니하시나이까?"

기완자가 손으로 탕제를 가리키며 말했다.

"탕제가 평소와 조금 다른 듯하오."

박불화가 탕제를 살펴보니 아무 이상이 없는 듯하여 미소를 지으며 말했다.

"궁인이 은수저로 검수했사온데, 귀티마마께서 미심쩍어하시오니 소인이 들어보겠나이다."

박불화가 탕제를 한 모금 마시는 순간 갑자기 얼굴이 경련으로 일그러지더니 탕제를 토해냈다.

"독, 독이……."

박불화는 말을 마치지도 못한 채 정신을 잃고 쓰러졌다. 기완자가 대경실색하며 외쳤다.

"불화공! 정신 차리시오! 당장 어의를 부르거라!"

잠시 후 당도한 어의가 탕제를 살피더니 떨리는 목소리로 말했다.

"아, 아뢰옵기 황공하오나, 이 탕제에 짐독이 들어있사옵니다!"

짐이라는 새의 깃털에서 채취하는 짐독은 조금만 먹어도 목숨이 위태로운 맹독으로 무색무취한 데다 은수저로도 검출되지 않아 독을 검수하는 궁인이 미처 발견하지 못했던 것이다.

기완자는 분노로 두 손을 부르르 떨었다. 어찌 사람이 이토록 악할 수 있단 말인가! 기완자는 주먹을 불끈 쥐며 다짐했다.

'기필코 나를 죽이려 한 흉수를 색출하여 대가를 치르게 하리라!'

기완자는 즉시 약재방으로 가서 약재를 관리하는 궁인들을 불러 모아 엄숙한 목소리로 말했다.

"오늘 내 탕제에 짐독이 나왔다. 필시 너희들 중 흉수가 있을 터, 이실직고하면 살 것이로되 발뺌하다 죄가 드러난다면 목숨을 부지할 수 없을 뿐더러 가문 또한 멸문을 면치 못할 것이다! 누구냐? 어서 자복하라!"

기완자는 겁을 주어 스스로 실토하게 만들 생각이었던 것이다. 잠시간 정적이 흐르고 나서야 궁인 하나가 무릎을 꿇고 눈물을 흘리며 자복했다.

"짐독을 넣은 사람은 소녀이옵니다. 소녀를 죽여주시옵소서!"

기완자는 깜짝 놀라지 않을 수 없었다. 백안홀도의 직속인 황후전의 궁인이었다. 기완자는 이 일의 배후가 백안이라는 사실을 짐작할 수 있었다. 인품이 후덕한 백안홀도가 기완자를 독살하려 했을 리가 없지 않은가!

"네가 이 엄청난 일을 꾸미진 않았을 터, 누가 시켰느냐?"

궁인은 자칫 가문이 멸문당할까 두려워 순순히 실토했다.

"백안 대인께서 시켜서 한 일이옵니다……."

증좌를 확보한 기완자는 토곤이 찾아오자 눈물을 흘리며 말했다.

"황상! 오늘 신첩의 탕제에서 짐독이 나왔사온데 죄를 자복한 궁인이 백안공이 지시했다 실토했사옵니다……."

기완자는 서러움이 복받쳐 울음보를 터뜨렸다. 토곤이 분노로 주먹을 부르르 떨었다.

"우승상이란 자가 어찌 감히 이럴 수 있는가!"

토곤은 끓어오르는 분노를 참을 수 없어 자리를 박차고 나가 원로대신 사아팔적을 대내로 부르라 명을 내렸다.

“우승상 백안의 횡포가 날이 갈수록 심해져 더는 참을 수 없을 지경이오. 이를 어찌하면 좋겠소?”

사아팔적이 대답했다.

“지금 조정에는 백안을 따르는 신료들이 대부분이니 뜻있는 대신들을 규합하여 힘을 모은 후 거사를 일으키는 것이 상책일 듯하옵니다.”

토곤이 한숨을 내쉬었다.

“조정 대신들이 모두 백안을 따르니 누가 짐을 보필하겠소?”

사아팔적이 한동안의 숙고 끝에 입을 열었다.

“소신이 목숨을 걸고 대신들을 규합하겠나이다!”

토곤이 사아팔적의 손을 잡고 말했다.

“내 그대의 충정, 결단코 잊지 않겠소.”

사아팔적이 떠나자 기완자가 안으로 들어왔다. 기완자가 결연한 목소리로 말했다.

“황상, 탈탈공에게 모든 것을 맡기소서. 탈탈공이야말로 목숨을 바쳐 황상의 뜻을 받들 충신이옵니다.”

토곤이 고개를 갸우뚱했다.

“탈탈공은 백안의 조카이자 양자인데 과연 짐을 위해 양아비를 배신할 수 있겠소?”

탈탈이 자신을 결코 저버리지 않으리라 굳게 믿은 기완자가 확고한 목소리로 말했다.

"탈탈공은 누구보다 황상께 충성을 바쳐왔사오니, 부디 탈탈공을 믿으소서!"

토곤이 천천히 고개를 끄덕였다. 탈탈 이외에 누가 백안을 대적하겠는가. 결심을 굳힌 토곤은 사람을 보내 탈탈을 불렀다.

"탈탈공, 그대의 백부가 기귀비를 독살하려 했다. 이는 결코 용서할 수 없는 일이다!"

친아버지와도 같은 백부 백안이 자신의 목숨보다 소중한 기완자를 독살하려 했다니 탈탈은 충격으로 정신을 차릴 수 없었다. 겨우 마음을 진정시킨 탈탈이 떨리는 목소리로 말했다.

"백부님을 바른 길로 인도하지 못한 소신의 죄, 죽어 마땅하옵니다."

"그대가 정녕 충신이라면 백안을 체포하여 그 죄를 엄히 다스리라. 능히 할 수 있겠는가?"

한숨을 내쉬며 마음을 다잡은 탈탈이 무릎을 꿇고 말했다.

"마땅히 황상의 뜻을 받들어 대의멸친하겠나이다."

토곤이 탈탈에게 보검을 건네주며 엄숙하게 말했다.

"이 검으로 백안의 무리들을 모두 섬멸하라!"

"소신 목숨을 걸고 황상의 명을 받들겠나이다."

대내를 나선 탈탈은 하늘을 우러러 탄식했다.

"나를 키워준 백부님을 내 손으로 죽여야 하다니……."

탈탈에게 무예와 학문을 가르친 백안은 친아버지와 다를 바 없었다. 탈탈은 비통한 심정으로 하염없이 눈물을 흘렸다.

붉은 낙엽이 휘날리는 완평현의 들판에서 보격구 시합이 벌어지고 있었다. 백안이 만든 법령인 이민족의 말 소지 금지령으로 인해 말을 빼앗긴 고려인들과 위구르인들이 장시만든 채 발로 뛰어다니며 격구 시합을 벌이고 있었던 것이다.

최영과 유총이 이끄는 고려 격구단이 이민족 차별 법령으로 관직에서 파직당한 찰한과 단려 남매가 이끄는 위구르 격구단에게 30푼 대 45푼으로 뒤지고 있었다. 찰한과 단려 남매가 어찌나 호흡이 잘 맞는지 위구르 격구단의 반격에 역전을 허용한 것이지만 친선 시합이라 최영도 유총도 사력을 다하지 않은 탓도 컸다.

반격에 나선 최영이 상대의 구문을 향해 질풍처럼 공을 몰고 달려가고 있는데, 갑자기 어디선가 귀에 익은 목소리가 들려왔다.

"영공!"

박불화의 목소리였다. 순간 최영이 고개를 돌리다가 깜짝 놀라지 않을 수 없었다. 기완자가 박불화 옆에 우두커니 서 있는 것이 아닌가! 최영은 난데없이 나타난 기완자를 바라보며 멍하니 있다가 앞을 막아선 찰한에게 공을 빼앗기고 말았다. 찰한이 재빨리 공을 단려에게 코내자, 단려가 공을 힘껏 때려 구문 안으로 집어넣었다. 위구르 격구단이 고려 격구단을 이기고 만 것이다. 시합을 구경 중이던 위구르인들의 환호성이 터져나왔다.

최영은 패배에도 아랑곳하지 않고 기완자가 서 있는 쪽을 물끄러미 바라볼 뿐이었다. 멀리서 보아도 기완자의 안색이 몹시 창백해 최영은 가슴이 철렁했다. 기완자에게 변고라도 생긴 것은 아닌지 걱정이 되었다.

"영공, 그간 잘 지내셨소?"

실로 오랜만에 기완자가 건넨 말에 최영이 간신히 대답했다.

"소생은 잘 지내었사옵니다. 귀비마마께서도 강녕히 잘 지내셨사옵니까?"

기완자는 말없이 고개만 끄덕이고 운을 떼었다.

“영공에게 전할 말이 있어 왔소.”

최영의 처소에 들어온 기완자가 천천히 말문을 열었다.

“탈탈공이 조만간 거사를 일으킬 것이오. 그때 영공이 탈탈공을 도와주셨으면 고맙겠소.”

최영은 주저 없이 고개를 끄덕였다.

“귀비마마의 뜻이라면, 기꺼이 탈탈공을 돕겠사옵니다.”

“영공이 목숨을 걸고 나를 구한 것이 벌써 몇 번째인지 모르겠소. 영공의 은혜, 내 죽어서도 잊지 않을 것이오…….”

기완자는 최영에게 미안한 마음에 마침내 눈물방울을 떨어뜨리고 말았다.

“조만간 불화공이 연통을 줄 것이오. 이만 가보겠소.”

몹시 당황한 기완자는 급히 자리를 떠났다. 최영은 기완자의 눈물이 떨어진 자리를 한동안 바라보았다. 이렇게 가까이서 기완자를 본 것이 대체 몇 년 만이던가! 형언할 수 없이 그리웠던 기완자를 가까이서 본 감격에 최영은 눈물을 금할 수 없었다.

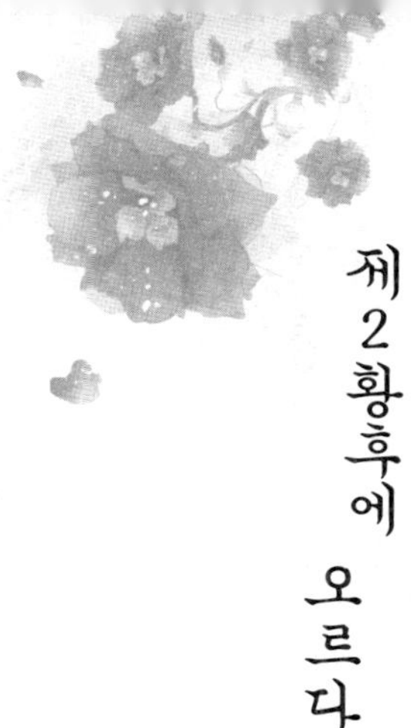

제2황후에 오르다

어느 화창한 봄날이었다.

"아버님, 오랜만에 이 아들과 사냥을 하지 않으시렵니까?"

느닷없이 탈탈이 자신을 아버님이라 부르며 사냥을 제안하자 백안이 활짝 웃으며 기뻐했다.

"아들이 사냥을 하자는데 아무렴 이 아비가 여부가 있겠느냐?"

그간 탈탈은 양부이자 백부인 백안을 백부라 불러왔다. 탈탈의 아버지 마찰아태가 비록 아들을 형 백안에게 양자로 주었지만 호칭은 그대로 유지하기를 원했기 때문이다. 탈탈은 생전 처음으로 백안을 아버지라 불렀던 것이다.

수개월간 백안과 탈탈은 양부자 지간임에도 관계가 멀어져 있었다. 그도 그럴 것이, 탈탈은 자신의 목숨보다 소중한 기완자를 독살하려 했으니 어찌 참을 수 있으랴! 그때 탈탈은 백안이 다시 기완자를 해치려 한다면 양부자의 인연을 끊겠다고 말했고 지금까지 서먹한 관계가 이어져왔던 것이다.

사냥 준비를 마친 탈탈과 백안은 하인들을 거느리고 옹기라트 가문의 근거지인 통주에 있는 사냥터로 향했다. 백안은 마냥 흐뭇한 미소를 지었지만, 탈탈의 얼굴에는 왠지 어두운 그늘이 드리워져 있었다. 백안이 문득 의아한 생각이 들어 탈탈에게 물었다.

"무슨 근심거리라도 있느냐?"

탈탈이 고개를 저었다.

"아니옵니다……."

탈탈은 백안을 추포하라는 토곤의 명을 이행하기 위해 거사 준비를 마친 상태였다. 그렇지만 오늘 탈탈이 사냥을 가자고 제안한 이유는 백안을 대도성 밖으로 유인한 후 거사를 일으키기 위함이었다.

이런 줄도 모르고 마냥 미소를 짓는 백안을 보자 탈탈은 가슴이 찢어질 듯 아팠다. 하지만 토곤이 이미 백안의 권력을 빼앗기로 결심한 터라 돌이킬 수 없는 일이었다. 통주의 사냥터에 이르자 탈탈이 백안에게 말했다.

"소자가 황후마마를 모시고 오겠사오니 아버님께서는 아무쪼록 기다려주소서."

비록 백안홀도와 탈탈이 양남매였지간, 친남매처럼 정분이 두터운 터라 백안은 미소를 지으며 고개를 끄덕였다.

"그래, 네가 황후마마를 이리로 모셔 오너라."

탈탈은 곧장 황궁에 당도해 먼저 토곤을 찾아갔다.

"지금 소신의 백부가 통주로 사냥을 떠나 거사를 일으킬까 하오니 옥체를 피하여주옵소서. 황궁 시위군을 동원하면 황상의 안위가 위태로워질까 우려되옵니다."

탈탈이 거사를 일으키면 토곤이 황궁 시위군을 보내 성벽을 장악하는 것을 도와주기로 했던 것이다.

토곤이 고개를 가로저으며 말했다.

"아니오. 짐이 친히 병력을 이끌고 그대를 응원할 생각이오."

대내를 나선 탈탈은 어사대 병사 수천 기를 이끌고 대도성 성벽에 올라 도성 수비대장 월로박아에게 병부를 보이며 큰소리로 외쳤다.

"황상께서 이 몸에게 성벽 수비대장을 맡으라는 명을 내리셨으니 병권을 내게 양도하시오!"

병부는 병권을 양도할 때 건네주는 신표로 백안의 심복인 월로박아는 갑자기 수천의 병력을 이끌고 나타난 탈탈을 의심스러운 눈길로 바라보며 외쳤다.

"우승상의 인장이 없이는 병권을 넘겨줄 수 없소이다!"

순간 탈탈이 검을 뽑아들어 겨누며 외쳤다.

"감히 황상의 명을 거역한다면 죽음을 면치 못할 것이오!"

월로박아도 검을 뽑아 들며 병사들에게 외쳤다.

"어사대부가 우승상을 배신한 것이 틀림없다! 어사대부를 체포……."

월로박아의 말이 끝나기도 전에 탈탈의 검이 월로박아의 가슴을 찔러왔다. 월로박아가 재빨리 검을 들어 막으려 했지만 전광석화처럼 빠른 탈탈의 검에 찔리고 말았다. 월로박아가 외마디 비명을 지르며 쓰러지자 탈탈이 피 묻은 검을 높이 들며 외쳤다.

"우승상 백안을 추포하라는 황상의 명이 내려졌다! 명에 따르면 죄를 묻지 아니할 것이라 황상께서 약조하셨으니, 모두 무기를 버리고 투항하라!"

월로박아의 병사들은 어안이 벙벙해졌다. 탈탈이 자신의

양부인 백안에게 반기를 들 줄 어찌 상상인들 할 수 있었으랴! 그것도 잠시, 월로박아의 병사들은 콱안에게 충성을 맹세한 자들로 투항하지 않고 결사항전했다.

대도성의 성벽 위에서 치열한 백병전이 벌어지고 있을 때, 수천의 무리들이 성벽을 향해 돌진해오고 있었다.

"돌격하라!"

이들은 최영이 이끄는 완평현의 고려 의병들로 성벽에 올라 월로박아의 병사들을 공격했다. 지난 일곱 해 동안 밤마다 최영에게 창검술을 배운 고려의 의병들은 그야말로 파죽지세로 월로박아의 병사들을 거침없이 베어갔다. 이들의 가세로 순식간에 전세가 탈탈 쪽으로 기울어지자 월로박아의 병사들이 무기를 버리고 투항하기 시작했다.

탈탈이 월로박아의 병사들을 완전히 제압했을 무렵 토곤이 황궁의 시위군을 이끌고 나타나 탈탈의 공을 치하했다.

"탈탈공! 그대가 이번에도 큰 공을 세웠구려! 과연 그대는 몽골 제일의 명장이오!"

마음이 들떠 있는 토곤에게 탈탈이 황급히 말했다.

"아뢰옵기 황공하오나 아직 거사가 끝난 것이 아니옵니다. 소신의 백부가 통주에 있는 수만의 병력을 이끌고 대도성으로 쳐들어온다면 거사의 성패를 예측하기 힘드오니 속히 성벽에 대포를 배치토록 명을 내리소서.”

　한편 탈탈이 거사를 일으켜 대도성을 장악했다는 소식을 들은 백안은 믿을 수 없다는 듯이 고개를 저으며 소리쳤다.
　“말도 안 된다! 내 아들이 나를 배신할 리가 없다! 내 눈으로 확인하기 전에는 믿을 수 없다!”
　대도성에서 거사를 일으킨 자가 탈탈이 아닌 다른 사람이라 굳게 믿은 백안은 통주에 있는 수만의 병력을 규합해 대도성으로 향했다.
　한 시진 만에 대도성에 당도한 백안이 성문 앞에서 큰소리로 외쳤다.
　“나는 우승상이다. 성문을 열어라!”
　때마침 성루 위에 있던 탈탈이 백안을 향해 외쳤다.
　“백부님의 병사들이 모두 투항했으니 목숨을 부지하려면 속히 투항하소서!”
　백안은 탈탈이 거사를 일으키기 위해 자신을 대도성 밖으로 유인했다는 생각에 화가 머리끝까지 치밀어 목에 핏대를 올리며 외쳤다.

"이 불효막심한 놈아! 그리도 부귀공명이 탐나 아비를 배신했단 말이냐? 지금이라도 늦지 않았으니 아비에게 투항하라!"

"소자는 단지 황상께 충성할 뿐이옵니다. 백부님이야말로 일신의 영달을 위해 국정을 농단하지 않으셨사옵니까?"

"네 이놈!"

백안은 너무도 화가 난 나머지 말을 잇지 못했다.

"내가 호랑이 새끼를 키웠구나!"

탄식하듯 중얼거린 백안은 다섯 장이나 되는 높다란 성벽과 폭이 열 장이나 되는 해자(적의 침입을 막기 위해 성벽 앞에 판 못)를 번갈아 바라보았다. 그야말로 대도성은 철옹성과도 같았다.

잠시 후 백안이 병사들에게 명을 내렸다.

"부교를 만들어 성벽을 공격하라!"

백안은 무력으로 대도성을 점령해 토곤을 폐위시키고 연첩고사를 옹립할 생각이었다. 백안이 이끄는 수만의 병력은 옹기라트 가문의 사병인 아스트 친위군에 엘테무르 일가의 사병인 킵차크 친위군을 병합한 몽골 최정예군이 아니던가.

백안의 병사들이 나무를 베어 부교를 만들고 있는데, '끼익' 하는 육중한 쇠바퀴 소리가 성벽 여기저기에서 요란하게 들려왔다. 순간 백안의 안색이 백지장처럼 창백해졌다.

"저 소리는……. 설마……."

대포의 쇠바퀴가 굴러가는 소리가 틀림없었다. 아니나 다를까, 잠시 후 육중한 대포가 성벽 곳곳에서 모습을 드러내자 백안의 병사들은 시간이 정지된 듯 동작을 멈춘 채 공포에 질린 눈으로 대포를 바라보았다.

"쾅! 쾅! 쾅!"

천지를 뒤흔드는 듯한 대포의 굉음 소리에 백안의 병사들은 혼비백산하고 말았다. 백안은 퇴각 명을 내릴 수밖에 없었다.

"퇴각!"

그동안 토곤은 백안을 제거하기 위해 막대한 황실의 재정을 써가며 몰래 대포를 만들어왔다. 무려 100여 문의 대포를 대도성 성벽 곳곳에 배치했으니 용감무쌍한 백안의 병사들일지라도 완전히 전의를 상실하지 않을 수 없었다.

대포의 사정거리 밖으로 퇴각한 백안의 병사들은 한나절이 지나도록 아무런 움직임이 없었다. 실로 엄청난 대포의 위력에 주눅이 든 백안은 병력을 이끌고 다시 성벽으로 진격할 엄두가 나지 않았던 것이다.

백안이 부하 장수들을 소집해 대도성의 성벽을 점령할 방책을 논의하고 있을 때 남쪽에서 봉화가 피어올랐다.

"남쪽에서 봉화가 피어오르고 있사옵니다!"

이사제가 탈탈의 거사에 호응해 고향인 섬서성에서 1만여 의병을 일으켜 대도성으로 향하고 있었던 것이다. 척후병에게 소식을 들은 백안이 이를 갈며 말했다.

"이사제 그놈이 감히 내게 반기를 들었단 말이냐?"

이사제뿐만 아니라 한때 백안의 지지세력이었던 답실팔도로도 백안이 국정을 농단했다며 규탄하는 성명을 공표한 후 병력을 이끌고 대도성으로 진격해오고 있었다.

"답실팔도로가 수만의 병력을 이끌고 대도성으로 오고 있다 하옵니다."

이사제에 이어 대동의 군벌 답실팔도로가 수만의 병력을 이끌고 대도성으로 향하고 있다는 보고에 백안은 자포자기하게 되었다.

"답실팔도로마저 나를 배신했구나!"

백안은 마침내 백기를 들고 항복하고 말았다. 이로써 강력한 군대로 태조(칭기즈칸)와 세조(쿠빌라이칸)의 영화를 재현하고자 했던 백안의 꿈은 물거품이 되어버렸다.

❀

백안이 항복했다는 소식에 토곤은 눈물을 흘렸다. 열넷의 어린 나이에 황위에 올라 여덟 해 만에 황권을 찾았다는 생각에 감격에 벅차 울먹이며 중얼거렸다.

"아바마마, 소자가 이제 황권을 되찾았사옵니다……."

토곤의 곁에 있던 기완자도 안도의 눈물을 흘렸다. 이번에도 목숨을 걸고 자신을 도운 최영에게 너무나 고맙고도 미안한 생각에 기완자는 연신 눈물을 흘렸다.

토곤이 한없이 정겨운 눈으로 기완자를 바라보며 말했다.

"솔롱고, 이제 짐이 약조를 지킬 때가 왔구려."

기완자가 의아한 얼굴로 토곤을 바라보았다.

"어떤 약조를 말하시옵니까?"

토곤이 기완자의 손을 꼭 잡으며 말했다.

"그대를 제2황후에 책봉할 참이오."

순간 기완자의 눈썹이 파르르 떨렸다. 수년 전만 해도 황후의 자리에 마음이 없었던 기완자였지만, 이제는 자신의 아들 아이유시리다라를 생각하지 않을 수 없었다. 언제부터인가 기완자는 자신의 아들을 황위에 올려야겠다는 야망에 사로잡혀 있었다.

기완자가 고개를 조아리며 감사의 인사를 올렸다.

"황상의 크신 은총에 성은이 망극하나이다."

토곤은 기완자가 체면치레 때문이라도 몇 차례 황후의 자리를 사양할 줄 알았는데, 이렇게 단번에 수락하자 의외라는 듯 미소를 지으며 말했다.

"그대가 이렇게 순순히 짐의 뜻을 따라주니 다른 사람 같소이다. 하하하……."

기완자는 고개를 숙인 채 수줍은 미스를 지을 뿐이었다. 그러한 기완자의 모습이 한없이 사랑스러워 보였다.

"다른 사람이든 같은 사람이든, 짐은 그대만을 사랑할 것이오."

토곤의 애정 어린 말이 어쩐지 오늘따라 마음에 진하게 와닿았다. 기완자는 자신의 변한 모습에 스스로 놀라 가늘게 떨리는 목소리로 말했다.

"신첩, 황상의 크신 총애에 감읍할 따름이옵니다."

자신의 처소로 돌아온 기완자는 강보에 싸인 아들 아이유시리다라를 바라보며 생각에 잠겼다.

'그래, 내가 생각해도 내가 아닌 다른 사람이 된 듯하구나! 이제 여인으로서의 삶은 끝나고 어미로서의 삶만이 남아 있을 뿐이다!'

회한에 잠긴 기완자는 마음이 서글퍼져 아이유시리다라를 안은 채 눈물을 흘렸다.

그로부터 2개월 후인 경진년(1340년) 4월, 마침내 제2황후에 책봉된 기황후는 실로 감개무량하지 않을 수 없었다. 한낱 미천한 공녀로 끌려왔던 그녀가 대원제국의 국모가 될 줄 어찌 상상인들 할 수 있었으랴!

곤위에 오른 기황후는 백안으로 인해 실각한 황태후의 직속 기관 휘정원을 황후의 직속 기관 자정원으로 개편해 황실의 재정을 관할했다. 바야흐로 천하의 권력이 기황후의 손에 넘어온 역사적인 순간이었다.

공민왕과 노국공주

신사년(1341년), 뙤약볕이 내리쬐는 한여름, 한 무리의 마차
행렬이 대도성의 거리를 가로지르고 있었다. 행렬의 중간에
화려한 비단으로 치장한 마차에는 어린 소년과 중년 부인이
타고 있었다. 열둘쯤 되었을까. 어린 소년이 고개를 내밀어
호기심 어린 얼굴로 마차 밖을 바라보며 순간 탄성을 내질
렀다.

"어마마마, 보소서. 거리에 온통 고려의 여인들뿐이옵니다."

소년은 충혜왕의 아우 왕기였다. 왕기의 모친인 명덕태후
가 마차 밖을 내다보자 놀라지 않을 수 없었다. 거리에 있는
여인들 대부분이 고려의 복색인 치마·저고리를 입고 있는 것

285

이 아닌가!

명덕태후는 믿을 수 없다는 듯 혼잣말로 중얼거렸다.

"어느새 이토록 많은 고려 여인이 대도성으로 왔단 말인가!"

배달민족 전통 복식인 치마저고리를 타민족 여인들이 입을 리가 없지 않은가! 호기심을 참지 못한 명덕태후가 마침내 마부에게 마차를 세우라 명했다.

"마차를 세우거라!"

마차에서 나온 명덕태후가 치마저고리를 입은 여인들에게 말을 걸었다.

"그대들은 모두 고려인인가?"

여인들은 명덕태후의 말을 못 알아들은 듯 몽골말로 '솔롱고?' 하고 묻더니 그냥 지나가버렸다. 솔롱고는 몽골말로 무지개라는 뜻으로 고려인을 지칭하기도 했다. 명덕태후는 이제야 치마저고리를 입은 여인들이 몽골 여인이라는 사실을 깨달았다.

"몽골 여인들이 어찌 치마저고리를 입고 있단 말인가?"

이때 한 떼의 군마가 다가오더니 푸른 관복을 입은 사내가 말을 몰고 나와 고개를 숙이며 인사했다.

"동지추밀원사 박불화가 고려의 태후마마와 강릉대군(왕

기)을 마중 나왔나이다."

황명의 출납과 황궁의 호위를 맡은 추밀원의 수장 동지추밀원사 박불화는 황실의 재정을 맡은 자정원사 고용보와 함께 기황후의 수족이나 다름없었다. 이처럼 권세 높은 박불화가 고개를 숙이자 명덕태후는 흡족한 얼굴로 말했다.

"이 삼복더위에 마중 나오다니. 수고가 많소."

"기황후마마의 명으로 마중 나온 것이옵니다. 마마를 이렇게 모시게 되어 광영이옵니다."

황궁으로 가는 길에도 치마저그리를 입은 여인이 많이 보였다. 명덕태후가 치마저고리를 입은 여인들을 가리키며 박불화에게 물었다.

"저들이 고려의 여인이 아닌 듯한데 어찌 치마저고리를 입고 있는지 아시오?"

박불화가 미소를 지으며 말했다.

"이곳 대도성의 여인들 사이에 고려의 복색이 유행하고 있기 때문이옵니다. 기황후마마께서 곤위에 오르신 이래 날이 갈수록 고려의 복색과 풍습이 크게 유행하고 있사옵니다."

명덕태후가 감탄하며 고개를 끄덕였다.

"아!"

이 무렵 대도성을 비롯한 원나라 전역에 걸쳐 고려의 복

색과 풍습이 유행했는데, 이를 고려양이라 한다. 이때의 생
활양식이 700여 년이 흐른 지금까지 몽골족 사이에 전해지
고 있는데, 이는 원나라 황제와 백성들의 사랑을 한 몸에 받
고 있던 기황후로 인한 것이었다.

명덕태후와 왕기를 맞이한 기황후는 친지라도 만난 듯 반
겼다.

"먼 길을 오시느라 수고가 많았습니다."

명덕태후가 왕기의 머리를 쓰다듬으며 말했다.

"내, 마마를 뵙고 인사 올리기 위해 이렇게 강릉대군과 함
께 찾아온 것입니다. 마마께 인사 올리거라."

"마마께 인사 올리나이다."

머리를 조아리며 기황후에게 인사를 올린 왕기의 눈빛이
초롱초롱 빛났다. 기황후는 왕기의 눈빛이 예사롭지 않다고
여기고 미소 지으며 말했다.

"어린 나이에 총기가 범상치 않은 듯합니다."

명덕태후는 왕기를 밖으로 내보낸 후 말문을 열었다.

"실은 강릉대군을 마마께 부탁드리고자 합니다. 어미 된
마음으로 자식을 만리길에 보내고 어찌 편할 수가 있겠습니
까? 아무쪼록 마마께서 잘 돌봐주시기 바랍니다."

명덕태후의 말에 기황후의 가슴이 뭉클해졌다. 공녀로 끌

려와 먼 타국에서 외로이 지낸 탓에 동병상련을 느꼈던 것이다.

"심려 마소서. 제가 친혈육처럼 잘 돌보겠습니다."

명덕태후가 감격해 기황후의 손을 꼭 잡으며 떨리는 목소리로 말했다.

"참으로 감사하기 이를 데 없습니다."

잠시 침묵이 흐른 후, 명덕태후가 말을 이었다.

"헌데, 어린 강릉대군을 호위할 무사를 구할 참인데 마마께서 소개시켜줄 사람이 있으신지요."

순간 기황후의 뇌리에 용맹무쌍한 최경이 떠올랐다.

"최영공을 아시는지요. 참으로 천하에 둘도 없는 무인입니다."

명덕태후가 기뻐 손뼉을 치며 말했다.

"선왕의 왕사인 최옹의 손자를 어찌 모르겠습니까?"

명덕태후가 떠나자 기황후가 씁쓸한 미소를 지었다.

'이렇게라도 영공을 대도성에 머무르게 하고 싶었던 것일까? 내가 공연한 일을 한 것은 아닌지……'

이때에 이르러 최영은 고려로 돌아갈 생각을 하고 있었다. 이제 타국의 황후가 된 여인을 마음에 담아둔들 무슨 소용이 있으랴만 대도성에 남아 있는 한, 마음을 좀처럼 다잡을 수 없을 것 같았다. 최영이 상념에 사로잡혀 있을 때, 최희가 안으로 들어왔다.

"명덕태후마마께서 강릉대군과 함께 오라버니를 찾아왔습니다."

최영은 실로 뜻밖이라 놀랐지만 정중하게 명덕태후와 강릉대군을 맞아들였다.

"마마와 대군께서 어찌 소인의 누추한 거처를 찾아오셨나이까?"

"영공, 그대에게 내 아들 강릉대군의 호위를 부탁하고자 하오."

최영은 선뜻 대답할 수 없었다. 이제 열두 살의 어린 강릉대군이 장성할 때까지 호위하려면 10여 년이 걸릴지도 모르는 일이었다. 최영이 대답하지 않고 머뭇거리자 어린 왕기가 최영의 손을 덥석 잡았다.

"영공, 내 그대의 명성을 익히 들어 알고 있소. 나의 무예

스승이 되어주시오. 그대의 조부도 내 증조부이신 충렬왕의 스승이 아니었소?"

열두 살의 어린 나이라고는 믿기지 않는 총명함에 최영은 감탄하지 않을 수 없었다. 잠시 생각에 잠긴 최영이 천천히 고개를 끄덕였다.

"마마와 대군의 뜻을 따르겠나이다."

단풍이 유난히도 아름답게 물든 가을이었다. 열네 살쯤 되어 보이는 소년이 자신의 키만큼이 긴 활을 들고 시위를 당길 찰나였다. 화살이나 제대로 쏠 수 있을까 하고 구경꾼들이 우려하는 가운데 소년이 날린 화살은 그대로 과녁 한복판에 명중했다.

운이라 생각하며 다음 화살을 기다리는 구경꾼들을 비웃기라도 하듯 소년이 날린 화살은 그야말로 백발백중이었다. 수십 차례나 날린 화살이 모두 과녁 한복판에 명중했던 것이다. 조일신이라는 자가 감탄하며 외쳤다.

"왕자 저하의 활솜씨는 신궁의 경지에 이르렀나이다!"

소년은 왕기였다. 최영에게 무예를 배운 지 어느새 2년이 지난 왕기는 날이 갈수록 무예가 출중해졌다.

"과찬이오. 말에서 쏘는 화살이 백발백중이라야 비로소 명궁이라 할 수 있을 터, 아직은 부족한 점이 많으니 지나친 과찬은 삼가주시오."

조일신이 껄껄 웃으며 말했다.

"신선이 아니라면 어찌 말에서 쏘는 화살이 백발백중일 수 있으오리까? 영공, 그렇지 않소?"

순간 사람들의 시선이 왕기의 곁에 있던 최영에게 향했다. 최영이 손을 저으며 말했다.

"소생 또한 명궁이 아니라 잘 모르겠소."

어언 스물여덟의 나이가 된 최영은 여전히 수려한 외모였다. 왕기가 미소를 지으며 말했다.

"영공, 너무 겸양치 마시오. 그대의 활솜씨는 입신의 경지에 이르렀다 해도 과언이 아닐 것이오."

말에서 쏴도 백발백중인 최영의 활솜씨를 본 왕기가 뭔가 말하려는 찰나 최영이 눈짓으로 왕기의 말을 막으며 말했다.

"청출어람이라더니 이젠 대군의 활솜씨가 소생보다 나은 것을요."

구경꾼들이 모두 떠나자, 최영이 왕기에게 말했다.

"무릇 호랑이는 자신의 발톱을 감추는 법이옵니다. 대군께서는 이를 유념하소서.”

왕기가 천천히 고개를 끄덕였다.

“내 생각이 짧았소. 실은 저들이 내가 어리다고 얕보기에 저들의 콧대를 꺾어주고 싶었을 뿐이오.”

“장부란 자신의 마음을 다스릴 줄 알아야 하는 법이옵니다…….”

최영은 문득 자신의 마음을 다스리지 못하는 현실이 떠올라 말끝이 흐려졌다. 바로 그 순간 어디선가 대단히 귀에 익은 목소리가 들려왔다.

“하여 영공은 그리도 마음을 잘 다스리는 것이오?”

기황후였다. 왕기를 찾아온 기황후가 최영이 아직도 자신을 잊지 못해 스물여덟이 되도록 혼인하지 않은 사실을 지적한 것이었다.

“영공, 그간 잘 지내셨소?”

“황후마마, 그간 강녕히 지내셨사옵니까?”

“내, 농으로 한 말이니 괘념치 마시오. 실은 황상께서 강릉대군과 사냥을 하고 싶다 하시어 온 것이오. 영공도 함께 가지 않겠소?”

“소생은 사냥을 좋아하지 않사옵니다.”

“알겠소.

기황후가 왕기를 데리고 떠나자, 최영은 하늘을 우러러 탄식했다.

'10년이면 강산도 변하거늘 내 마음은 어찌 이리도 변하지 않는 것일까!'

고려로 돌아가면 기황후를 잊을 수 있으련만 그마저도 왕기로 인해 불가한 일이 되고 만 것이었다.

기황후와 말을 나란히 한 채 황실 사냥터로 향하는 왕기는 떨리는 가슴을 진정시킬 수 없었다. 붉은 치마저고리를 입고 유유히 말을 모는 기황후는 눈부시게 아름다웠다. 선녀가 아닌 사람이 이토록 아름다울 수 있을까 하는 생각이 들 정도였다. 말없이 말을 몰던 기황후가 갑자기 왕기를 향해 고개를 돌렸다. 순간 기황후와 눈이 마주치자 왕기는 수줍어 자신도 모르게 고개를 숙였다.

"강릉대군, 황상께서 그대를 보고자 하시는 것은 새로운 고려왕을 정하기 위함이니 이를 유념하기 바라오."

이 당시 고려는 충혜왕의 학정으로 하루도 잠잠할 날이 없었다. 기황후의 큰 오라비 덕성부원군 기철이 충혜의 학정을 낱낱이 고하는 상소를 올려 충혜왕을 폐위하라 주청을 올렸고, 이를 받아들인 토곤은 충혜왕을 폐하고 충혜왕의 큰아들 왕흔과 충혜왕의 아우 왕기 중 1명을 고려왕에 책봉할 생각이었던 것이다.

왕기는 마음이 착잡했다. 아무리 충혜왕이 난군이라 한들 몽골의 황제가 자국의 왕을 폐위시키려는 작금의 상황이 왕기의 심기를 건드렸던 것이다.

왕기는 속내를 감춘 채 고개를 끄덕였다.

"명심하겠나이다."

기황후는 왕기를 친동생처럼 아끼고 있었다. 먼 타국 땅에서 외로움을 느끼는 동병상련 때문일까. 왕기에 대한 기황후의 마음은 각별했다.

어느새 황실의 사냥터에 이르렀다. 좌우로 시위군에 둘러싸인 토곤이 왕기에게 말을 건넸다.

"강릉대군, 어서 오시오."

왕기가 공손히 고개를 조아렸다.

"황상을 뵈오니 황공하나이다."

토곤의 곁에 있는 소녀가 순간 왕기의 시선을 끌었다. 소녀는 왕기와 같은 또래처럼 보였지만, 나이에 비해 성숙하고 갓 피어오르는 꽃봉오리처럼 아름다웠다. 토곤이 소녀를 눈으로 가리키며 말했다.

"짐이 친누이처럼 여기는 보탑실리 공주요."

토곤은 왕기와 보탑실리를 맺어줄 생각이었다. 이미 언질을 받은 보탑실리가 수줍은 미소를 지으며 왕기에게 인사했다.

"강릉대군, 이렇게 만나 참으로 반갑사옵니다."

"보탑실리 공주, 소생 또한 반갑소이다."

보탑실리는 왕기를 처음 보는 순간 마음을 빼앗기고 말았다. 선녀처럼 아리따운 보탑실리에게 왕기 역시 마음을 빼앗겼다. 이 보탑실리가 바로 노국공주로 공민왕과 노국공주의 운명적인 만남의 시작이었다.

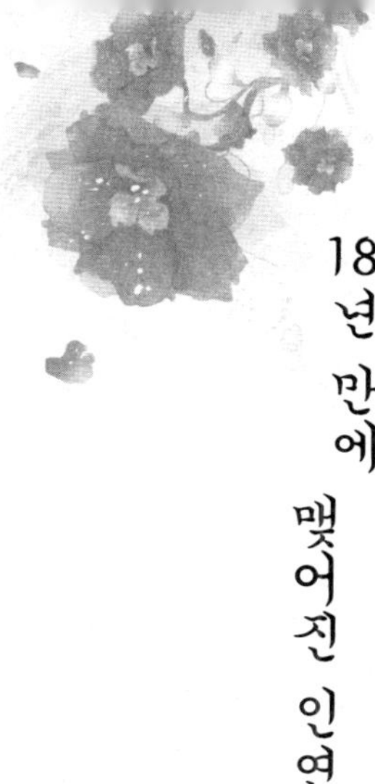

복사꽃이 흐드러지게 핀 봄날, 이목구비가 수려한 청년이 산수화를 그리느라 붓놀림에 심취해 있었다. 산수화에는 젊은 두 남녀가 말을 나란히 달리며 사냥하는 모습이 그려져 있었다. 산수화 속의 사내는 청년을 쏙 빼어 닮은 것이 자신을 그린 것이 틀림없었는데, 여인은 누구일까. 청년이 산수화 속의 여인을 넋 나간 듯 바라보며 혼잣말로 중얼거렸다.

"보탑실리, 그대는 더할 나위 없이 아름답구려! 내 진심을 그대에게 알릴 수조차 없는 이 고통을 그 누가 알겠소!"

청년은 어언 약관의 나이가 된 왕기로 그가 보탑실리를 사모한 지도 어느새 6년이란 세월이 흘렀다. 6년 전, 왕기는 보탑실리와의 혼담을 일언지하에 거절했다. 그녀와 혼인하기 싫어서가 아니라 혼인할 수 없었기 때문이다. 그의 어머니 명덕태후는 몽골 여인이라면 치를 떨 정도로 싫어했다.

열여섯의 꽃다운 나이에 충숙왕의 왕후에 오른 명덕태후는 몽골의 내정간섭으로 왕후에 오른 복국장공주, 조국장공주, 경화공주, 이 3명의 몽골 공주에게 왕후의 자리를 빼앗겼던 한 맺힌 과거를 지니고 있었다.

왕기는 이미 수차례나 명덕태후에게 보탑실리와의 혼인을 윤허해달라는 서찰을 보냈지만, 그때마다 명덕태후는 단호하게 거절했다.

왕기가 보탑실리 생각으로 상념에 잠겨 있을 때, 문 밖에서 시종의 목소리가 들려왔다.

"동지추밀원사 대감께서 오셨나이다!"

박불화가 온 것이었다.

"어서 모시거라."

자리에 앉은 박불화의 시야에 탁자 위의 산수화가 들어왔다. 순간 왕기는 아차 싶어 산수화를 치우려 했다. 보탑실리 생각에 정신을 팔고 있던 왕기가 박불화를 처소로 들이기 전에 산수화를 치우는 것을 깜빡 잊고 만 것이다.

산수화를 본 박불화가 연신 감탄사를 내뱉었다.

"오호! 참으로 아름다운 산수화요! 신선이 그린 그림 같구려!"

왕기의 서화 솜씨는 천하에 비할 데가 없을 정도였다. 신선이 그린 듯 정교한 산수화에 박불화는 시선을 뗄 수 없었다. 문득 박불화가 산수화 속의 여인을 가리키며 물었다.

"이는 보탑실리 공주가 아니오?"

왕기는 겸연쩍은 듯 얼굴을 붉히며 산수화를 집어들어 두루마리에 말며 말했다.

"예전에 보탑실리 공주와 사냥을 했던 기억이 떠올라 그린 것뿐이니 오해는 마시오."

박불화가 의아한 얼굴로 물었다.

"혹여 대군께서 보탑실리 공주께 마음이 있는 것이 아니오?"

왕기는 거짓말을 못하는 성격이라 속내를 드러내고 말았다.

"마음에 있다 한들 이미 끝난 혼담이니 더는 말하고 싶지 않소."

"소생이 보기에는 보탑실리 공주께서도 대군께 마음이 있는 듯하니 대군께서 마음이 있으시다면 소생이 나서 드리리다."

왕기가 잠시 망설이다가 한숨을 내쉬며 말했다.

"어마마마께서는 내가 고려 여인과 혼인하기만을 바라는데, 내 어찌 몽골 공주와 혼인할 수 있겠소?"

박불화가 미소를 지으며 말했다.

"우리 황후마마의 서찰 한 통이면 대군께서 보탑실리 공주를 맞이할 수 있을 것이오."

왕기의 마음에 한 가닥의 희망이 용솟음쳤다. 기황후가 주선한다면 보탑실리를 아내로 맞이할 수 있을까.

얼마 후, 왕기는 기황후의 부름을 받고 홍성궁을 찾아갔다. 처소에 이른 왕기는 깜짝 놀라지 않을 수 없었다. 보탑실리가 기황후와 함께 있는 것이 아닌가! 한동안 멍하니 있던 보탑실리가 일어나려 하자 기황후가 손을 들며 말했다.

"내 들으니, 강릉대군이 공주에게 전할 말이 있다 하더이다. 허니, 공주께서 강릉대군과 이야기를 좀 나누어보시오."

기황후가 자리를 떠나자 왕기와 보탑실리 단둘이 남게 되었다. 실로 뜻밖에 벌어진 일이라 왕기는 어리둥절했다. 긴 침묵이 흐른 후에야 보탑실리가 먼저 입을 열었다.

"강릉대군, 제게 하고 싶은 말씀이 무엇입니까?"

왕기는 보탑실리에게 자신의 진심을 알려주고 싶었다.

"일전에 혼담을 받아들이지 않은 것은 나의 뜻이 아니었소."

전형적인 몽골 미녀인 보탑실리는 6년 전 왕기에게 혼담을 거절당해 자존심이 몹시 상해 있었다. 하지만 왕기에게 말 못 할 사정이 있을지도 모른다는 생각이 들자 마음이 누그러졌다.

"허면 어찌 혼담을 거절한 것이오?"

순간 파르르 떨리는 보탑실리의 눈동자가 왕기의 시야에 들어왔다. 왕기는 보탑실리가 마음에 깊은 상처를 받았음을 알 수 있었다. 왕기가 한숨을 내쉬며 고개를 떨구었다.

"어마마마의 뜻이었소……. 어마마마께서는 고려에 시집온 몽골 공주의 명으로 반평생을 궁 밖에서 지내셨소……."

왕기는 반평생을 궁 밖에서 보낸 명덕태후를 생각하자 가슴이 미어져 더는 말을 잇지 못했다. 이러한 왕기를 보자 보탑실리는 감정이 복받쳐 눈물을 흘리기 시작했다.

"진작 말씀해주셨다면 좋았을 것을……."

보탑실리의 눈물에 왕기의 가슴이 찢어질 듯 아팠다. 한없이 사랑한 여인에게 상처를 주었다는 사실에 몹시도 가슴이 아팠던 것이다. 순간 왕기는 마음에 뜨거운 감정이 솟구쳐 보탑실리의 손을 덥석 잡았다. 보탑실리는 깜짝 놀라 왕기를 바라볼 뿐이었다. 왕기가 떨리는 목소리로 말했다.

"보탑실리 공주, 그대를 진심으로 사랑하오. 내 그대에게 청혼할 터이니 받아주시겠소?"

보탑실리가 울먹이며 물었다.

"허나 그대의 어머님께서 반대하실 터인데, 어찌 하시렵니까?"

"어떻게든 어마마마를 설득할 생각이오. 그대와 내가 지극한 정성으로 어마마마를 설득한다면 필시 어마마마께서도 마음을 돌리실 것이오."

왕기의 목소리는 확신에 차 있었다. 천하의 권력을 한손에 쥔 기황후가 주선한다면 어머니 명덕태후도 마음을 돌릴 수밖에 없으리라.

왕기가 연신 눈물을 흘리는 보탑실리를 바라보며 물었다.

"청혼을 받아주시겠소?"

보탑실리가 천천히 고개를 끄덕였다.

"내, 그대의 뜻을 따르리다."

그로부터 달포가 지난 뒤였다. 황궁의 후원에서 왕기와 보탑실리의 혼례식이 성대하게 치러지고 있었다. 고려 복색의 붉은 혼례복을 입은 보탑실리의 자태는 천상의 선녀처럼 눈부시게 아름다웠다.

이날 혼례식에 참석한 기황후는 붉은 혼례복을 입은 보탑실리의 모습에 연신 눈물을 흘렸다. 붉은 혼례복을 입은 채 결혼도감 관원들에게 끌려갔던 그날의 기억을 어찌 잊을 수 있으랴! 기황후는 토곤과 하례객들에게 눈물을 보이지 않으려 애써 참고 참았지만 그날의 아픈 기억이 떠오르자 끝내 눈물을 참을 수 없었다.

혼례식을 지켜보느라 정신이 없었던 토곤은 이제야 기황후의 눈물을 보고 귓속말로 속삭였다.

"왜 우시오? 황후께서 원하신다면 언제 우리도 한 번 고려 복색으로 혼례식을 치르리까? 혼례식을 한 번 더 한들 무슨 흠이 되겠소?"

토곤의 추측은 반만 맞는 셈이었다. 목숨보다 사랑했던 최영과 혼례식을 올리지 못했던 한을 그 무엇으로 대신할 수 있으랴! 하지만, 기황후는 토곤이 자신의 마음을 10분의 1이라도 이해하고 있다는 생각에 감격해 고개를 끄덕였다.

"황상께서 그리해주신다면 감읍하기 이를 데 없겠나이다."

기황후가 울먹이며 대답하자 토곤이 한숨을 내쉬며 탄식했다.

"아, 짐이 왜 진작 그 생각을 못했는지……."

기황후가 토곤에게 뭔가 말하려는 찰나였다. 멀리서 혼례식을 지켜보고 있는 최영이 시야에 들어오자 기황후의 눈시울이 붉어졌다.

"또 왜 그러시오? 원하는 것이 있으면 얼마든지 말해보시오. 황후께서 원하는 것이면 무엇이든 들어드리리다."

토곤의 말에 기황후의 가슴이 뭉클해졌다. 참으로 지고한 토곤의 한결같은 사랑에 기황후는 눈물을 흘리지 않을 수 없었다.

'황상의 마음이 이토록 지극하신데, 나는 어찌 지난 인연을 잊지 못하는 것일까!'

순간 기황후의 시야에 어언 열한 살이 된 아이유시리다라가 들어왔다. 총명하기 그지없는 아이유시리다라는 기황후의 유일한 행복이었다. 아이유시리다라가 아니었더라면 10여 년이라는 기나긴 세월을 어찌 보냈을까. 티 없이 맑고 순수한 아이유시리다라의 눈과 마주치자 기황후는 자신도 모르게 행복한 눈물을 흘렸다.

신묘년(1351년) 겨울, 왕기가 일행들을 거느리고 대도성의

제화문을 나섰다. 대도성에 볼모로 온 지 10년 만에 고려왕에 책봉되어 금의환향하고 있었던 것이다. 왕기를 따라 대도성을 나서는 보탑실리는 하염없이 눈물을 흘리고 있었다.

말을 나란히 탄 왕기와 보탑실리의 뒤를 장검을 찬 사내가 바짝 따라가고 있었다. 다름 아닌 최영이었다. 대도성을 나서는 최영이 힐끗힐끗 뒤를 돌아보았다. 대도성에 시집이 있는 누이 최희와 헤어질 생각을 하니 눈물이 앞을 가렸지만 이제는 떠나지 않을 수 없었다.

10리쯤 갔을까. 갑자기 뒤쪽에서 한 무리의 군마가 흙먼지를 일으키며 다가오고 있었다. 혹시 하는 마음에 최영이 검을 뽑아들었다. 멀리서 대단히 귀에 익은 독소리가 들려왔다.

"오라버니!"

최희가 남편 전유겸과 함께 나란히 말을 달리며 오고 있는 것이 아닌가!

"유겸공께서 어찌 여기까지 오셨소?"

전유겸이 함빡 미소를 지으며 말했다.

"우리도 영공을 따라가기로 했소. 이 몸은 최씨 집안의 데릴사위가 될까 하오. 괜찮겠소?"

최영은 너무도 기뻐 떨리는 곡소리로 말했다.

"유겸공께서 함께 가신다면 더없이 기쁠 뿐이오."

최영과 전유겸은 들뜬 마음으로 힘차게 말을 몰았다.

❅

왕기의 일행이 대도성을 떠났다는 소식에 기황후는 눈물을 금할 수 없었다. 왕기의 무예 스승인 최영도 필시 고려로 돌아갈 것이 틀림없으리라.

'영공이 이렇게 떠나고 나면 언제쯤 다시 볼 수 있을까!'

열셋의 어린 충정왕을 대신하여 왕기를 고려왕에 책봉한 것은 기황후의 선택이었다. 이 무렵 수십 차례에 걸쳐 거듭되는 왜구의 침입으로 고려는 전란과 다를 바 없는 혼란에 빠져 있었다. 적게는 수십 척에서 많게는 수백 척에 이르는 왜구는 해가 갈수록 규모가 커져 급기야 고려의 수도인 개경까지 침입해 약탈하기에 이르렀다. 그렇지만 철없는 충정왕은 정사는 어머니 희비 윤씨에게 맡기고 또래의 시동들과 노는 데 여념이 없었다. 이러한 보고를 들은 기황후는 토곤에게 충정왕을 폐하고 왕기를 고려왕에 책봉할 것을 주청올렸고 토곤이 이를 받아들였던 것이다. 대도성을 나선 최영을 다시는 볼 수 없을 것이라는 생각에 기황후는 하염없이 눈물을 흘렸다.

306
•

눈길에 행군이 지체되어 두 달 만에 개경에 당도한 왕기의 일행을 유총이 수백 명의 하인들을 거느리고 마중 나왔다. 두 해 전 아버지 유돈이 세상을 하직한 후 문화 유씨의 수장이 된 유총은 최영을 보자 미안한 표정을 지었다. 누이의 은인인 최영을 혼자 두고 온 것이 마음에 걸렸던 것이다.

기실 유총은 아버지 유돈의 3년상을 끝낸 지난 5월 대도성으로 다시 가려고 했지만, 유화가 따라나서려 하자 마음을 바꾸었던 것이다. 어느새 서른넷이 된 유화로 인해 유총은 피가 마르는 심정이었다. 3년상이 끝나고 누이의 혼처를 구하느라 유총은 여태껏 고향인 철원을 떠나지 못하고 있었던 것이다.

그날, 유총은 최영을 집으로 초청했다. 화려한 기와집이 끝없이 이어진 문화 유씨 집안의 대궐 같은 저택에 최영은 감탄하지 않을 수 없었다. 하지단 그것도 잠시, 견금여석이라는 아버지 최원직의 유지가 떠오르자 최영은 씁쓸한 미소를 지었다.

'마땅히 황금 보기를 돌같이 해야 할 것이다. 내 어찌 아버님의 유지를 어길 수 있겠는가!'

담소를 나누던 중에 최영은 문득 유화의 소식이 궁금해졌다.

"유공의 누이는 잘 지내시오?"

누이의 이야기가 나오자 유총이 한숨을 내쉬며 말했다.

"실은 아직 내 누이가 시집을 못 가, 그것이 걱정이오……."

최영이 누이의 마음을 받아준다면 얼마나 좋으랴! 기실 유총은 어떻게 해서든 유화와 최영을 맺어줄 생각이었지만, 혼담을 꺼내기가 조심스러웠다. 최영은 유총의 말에 마음이 무거워졌지만, 한편으로는 지난 수년간 한 번도 못 본 유화가 보고 싶어졌다. 수년 전 아버지 유돈이 병으로 쓰러졌다는 소식에 유화는 눈물을 흘리며 최영에게 작별인사를 하고 대도성을 떠났다. 그 후 언제부터인가 유화가 이따금 보고 싶어졌던 것이다.

최영의 마음을 눈치 챈 것일까. 고개를 숙인 채 침묵하던 최영에게 유총이 일어서며 말했다.

"그리고 보니, 누이를 자리에 청하는 것을 잊었소. 은공을 보면 누이가 기뻐할 것이오. 내 누이를 부르리다."

최영이 뭐라 말할 새도 없이 방문을 여는 순간 유총은 깜짝 놀라지 않을 수 없었다. 유화가 눈물을 글썽인 채 문 밖에 서 있는 것이 아닌가! 유총이 누이에게 다가가 귓속말로 속삭였다.

"방에 있다가 오너라."

사대부집 규수가 객실 근처에 있는 자체만으로도 체면이 손상될 수 있는 일이었다. 유화가 얼굴이 부끄러움으로 붉게 물든 채 자리를 떠나자 유총이 다시 객실로 들어가 최영에게 말했다.

"시녀를 보내 누이를 불렀으니 곧 올 것이오."

한 식경쯤 흘렀음에도 유화는 나타나지 않았다. 유총이 유화의 방으로 가보니 유화가 시녀들에게 둘러싸여 치장을 하고 있는 게 아닌가! 유화가 방에 돌아와 거울을 보니 얼굴에 분을 바른 것이 지워져 있었던 것이다. 유총이 유화를 재촉했다.

"은공은 바쁘신 분이거늘 무엇 하고 있느냐? 왕께서 부르시면 영공께서 떠나셔야 하는데 영공께 말이라도 해야 원이 풀릴 게 아니냐?"

왕궁의 호위를 맡은 최영은 왕기가 부르면 언제든 가야만 했다.

"조금만 기다리소서!"

얼마 후에야 유화가 일어나 유총을 따라나섰다.

유화가 유총을 따라 객실에 들어오자 최영의 눈이 휘둥그레졌다. 수년간 못 본 새, 유화는 훨씬 더 아름답게 보였다. 오래전부터 철원 고을의 천하절색이라 명성이 자자했던 유화가 한껏 치장했으니 어찌 아름답지 않으랴!

유총이 자리를 뜨자 둘은 서먹해져 어찌할 바를 몰랐다. 유화가 먼저 침묵을 깨고 말문을 열었다.

"은공께서는 그간 잘 지내셨는지요."

"덕분에 잘 지냈소."

"은공께서 무탈히 귀향하시기를 하늘에 기도했습니다……."

유화의 목소리가 심히 떨렸다.

이 무렵 원나라는 하남, 호북, 호주, 태주, 서주, 수주 등 전국에 걸쳐 일어난 홍건적의 난으로 혼란에 빠져 있었다. 유화는 최영이 귀향 중에 홍건적이라도 만날까 걱정되어 하늘에 기도를 해왔던 것이다.

3년상을 지내서인지 무척 수척해 보이는 유화의 얼굴이 최영은 무척 안쓰러웠다.

"유낭자, 안색이 좋지 않아 보이는구려. 보약이라도 드시는 것이 좋겠소."

"소녀의 병은 마음에 있는 것인데 보약이 무슨 소용이 있겠습니까?"

순간 유화가 최영을 애절한 눈빛으로 바라보았다. 최영을 사모해온 지 어느새 18년, 그간 얼마나 마음고생을 해왔던 가! 유화는 자신도 모르게 눈물을 흘렸다. 최영은 이러한 유화를 보자 마음이 뜨겁게 움직이기 시작했다. 최영이 떨리는 목소리로 말했다.

"유낭자의 병을 혹여 소생이 고칠 수 있다면 가르쳐주시 겠소?"

유화가 무슨 말인지 어안이 벙벙하다가 최영의 뜨거운 눈빛을 보고 그의 마음에 큰 변화가 생겼으리라 짐작하고 눈물을 흘리며 말했다.

"은공께서 소녀를 받아주신다면 당장 병이 나을 듯합니다."

최영이 고개를 끄덕였다.

"유낭자의 병을 고치는 일이라면 무엇이든 하겠소. 유낭자를 위해서라면 목숨도 아깝지 않을 것이오."

그토록 간절했던 소망이 왜 이제야 이루어진 것일까! 아버지 유돈이 세상을 떠나기 전에 혼인을 했다면 참으로 좋았으련만……. 유화는 기쁘기도 하고 슬프기도 해 하염없이 눈물을 흘렸다.

조일신의 난

한 해가 끝날 무렵 왕기가 스물둘의 나이로 보위에 오르니 이가 고려 공민왕이다. 이듬해 2월 초하루 법령을 공표한 공민왕은 대죄(반역죄, 불효죄, 살인죄 등의 중죄) 이외의 죄를 지은 죄인을 모두 방면하는 동시에 대대적인 개혁을 선언했다.

무신정권의 최우가 설치했던 권력 기관 정방을 폐지해 친정 체제를 구축한 공민왕은 권세가들이 불법으로 빼앗은 토지를 원주인에게 돌려주는 토지 개혁법과 억울하게 노비가 된 백성들을 면천시키는 노비 면천제를 시행해 백성들의 큰 지지를 얻었다. 하지만 대도에서 10여 년간이나 공민왕을 수종했던 조일신이 일당을 만들어 전횡을 자행해 공민왕의 개혁은 시작부터 좌초될 위기에 빠-지고 말았다.

　그해 가을, 기황후는 개경에서 둘째 오라버니 기원이 조일신 일당에게 살해당했다는 실로 놀랍고도 슬픈 소식을 전해 들었다. 기실 조일신은 권력을 독점하기 위해 기황후의 뒷배로 세도를 부리던 기철 형제를 모두 죽이려고 자객을 보냈는데 기원 이외의 삼형제는 구사일생으로 살아남았던 것이다. 기철 형제를 살해하는 데 실패한 조일신은 공민왕에게 기원을 죽인 것을 추궁당할까봐 거사를 일으켜 왕궁의 호위를 맡은 판밀직사사 최덕림을 죽이고 공민왕을 협박해 자신의 일당을 조정의 요직에 임명시켜 정권을 탈취했다.

　기황후는 탄식하며 통곡했다.

　"아! 어찌 이런 일이……. 기원 오라버니……."

　어릴 적부터 오라비들과 정분이 유달리 두터웠던 기황후는 슬픔과 분노로 주먹을 부르르 떨며 다짐했다.

　"내 기필코 기원 오라버니를 해친 조일신 일당을 섬멸하리라!"

　순간 기황후는 최영이 뇌리에 스쳤다.

'영공이라면 조일신 일당을 능히 섬멸할 수 있을 것이다!'

기황후는 서찰을 쓴 후 박불화를 불러 말했다.

"불화공, 내 그대에게 정예 기병 3,000기를 주겠소. 당장 고려로 가서 내 오라버니를 죽인 흉수들을 하나도 남김없이 추포해오도록 하시오."

불과 3,000기로 고려의 병권을 쥐고 있는 조일신 일당을 추포할 수 있을까. 박불화가 고개를 갸우뚱하며 입을 열려는 찰나 기황후의 말이 이어졌다.

"공이 고려에 가기 전에 영공에게 사람을 보내 이 서찰을 전하도록 하시오."

서찰을 받은 박불화는 그제야 고개를 끄덕였다.

"황후마마의 명대로 거행토록 하겠나이다."

그로부터 보름 뒤였다. 삿갓을 깊이 눌러쓴 사내가 개경의 남문으로 들어섰다. 성문을 지키는 문지기가 호패(신분을 증명하는 패)를 보여줄 것을 요구하자 사내가 명패(임금이 신하를 부를 때 보내는 패)를 들어 보여주었다. 명패에는 '우달치 최영'이라 쓰여 있었다. 사내는 다름 아닌 최영이었던 것이다.

수개월 전 우달치(고려 후기에 설치된 몽골식 군관)에 임명되었던 최영은 해안에 침략한 왜구를 섬멸하기 위해 합포에 있던 중 공민왕에게서 조일신의 난을 진압하라는 밀명을 받고 돌아온 것이었다.

"주상의 밀명을 수행 중이니 나를 본 사실을 누구에게도 알리면 아니 되네."

최영은 문지기에게 밀지의 겉봉투를 보여주었다.

'과인이 우달치에게 밀지를 내렸으니 관원들은 모두 우달치의 명에 복종하라.'

문지기가 길을 비켜주자 최영은 곧장 최원의 집을 찾아갔다. 20여 년 전 공녀로 끌려가던 기완자를 구하기 위한 거사에 동참했던 최원은 그의 형 최유가 공민왕의 인사에 불만을 품고 원나라로 가서 벼슬길에 오른 것과는 달리, 공민왕에게 충성해 밀직부사의 자리에 있었다. 최영은 이러한 최원과 손잡고 거사를 일으킬 작정이었다.

최영이 공민왕의 밀지를 보여주자 최원이 고개를 끄덕이며 말했다.

"내, 그렇지 않아도 군부판서 안우와 거사를 일으킬 참이었소. 내 들으니 조일신이 주상을 검으로 겁박해 병권을 장악했다 하더이다. 이자의 만행을 보고도 가만히 있다면 어찌 신하라 할 수 있겠소? 당장 거사를 일으킵시다!"

최영이 고개를 저으며 말했다.

"어쨌거나 조일신의 손에 병권이 있소. 자칫 섣부르게 거사를 일으킨다면 우리 병사들의 피를 보는 것이 불가피할 터, 때를 기다려야 하오."

"조일신 휘하의 병력이 수만에 이르거늘, 그게 가능하겠소?"

"기황후마마께서 내게 밀지를 보내주셨소."

최영은 기황후의 인장이 찍힌 서찰을 최원에게 보여주었다.

'조만간 사신단을 보낼 터이니 그때 거사를 일으켜 조일신의 일당을 처단하시오.'

얼마 후, 박불화가 이끄는 원나라 사신단이 압록강을 넘어서자 조일신은 심복 부하 고충절에게 병력 2만 기를 줘 원나라 사신단을 마중 나가도록 했다. 기병 3,000기가 호위하는 원나라 사신단이 대포를 가져왔다는 소문이 있어 조일신은 휘하의 병력 3만 중 2만을 국경선 근처로 보내는 모험을 감수했던 것이다.

고충절이 박불화에게 인사했다.

"먼 길을 오시느라 수고하셨소."

박불화가 냉랭한 목소리로 말했다.

"그대도 알다시피 기원공의 죽음으로 황후마마의 상심이 크시오. 마땅히 고려의 조정이 기원공을 해친 무리들을 처단해야 할 것이오."

이때 박불화의 시야에 수레 하나가 들어왔다. 고충절이 수레에 있는 나무상자 하나를 가리키며 말했다.

"여기에 기원공을 죽인 흉수의 목이 있소이다. 허니, 황후마마께 잘 말씀드려주시오."

조일신은 기원을 죽인 책임을 회피하기 위해 죄 없는 부하의 목을 베어 기황후를 달랠 생각이었던 것이다.

박불화는 무참하기 짝이 없는 조일신의 처사에 치를 떨었다.

'권력이 무엇이기에 우리 황후마마 오라버니의 목숨을 빼앗아가고, 부하의 목숨마저 이리도 무참하게 빼앗는단 말인가!'

한때 친원파였던 조일신이 기철 형제를 죽이려 했던 것은 권력을 독차지하기 위함이었다. 대도에서 10여 년이나 공민왕을 수종했던 공으로 삼사의 으뜸 자리인 판삼사사에 오른 조일신은 여기에 만족하지 않고 병권을 장악해 권력을 독차지하기 위해 거사를 일으켰던 것이다.

그 사이 최영은 최원, 안유와 함께 휘하 병력 3,000기를 이끌고 개경의 남문으로 향하고 있었다. 개경의 남문에 이르자 안유가 최영에게 물었다.

"개경의 성벽은 견고한 데다, 저들은 1만이고 우리는 수천이니 병력을 더 모아야 하지 않겠소?"

개경을 지키는 조일신의 병사가 1만이나 되었지만 최영은 승리를 자신했다.

"3,000이면 충분하니 심려치 마시오."

병사들이 진격 준비를 마치자 최영이 성문 앞으로 다가가 공민왕의 밀지를 펼치며 외쳤다.

"듣거라! 주상께서 역적 조일신의 일당을 주살하라는 밀지를 내리셨으니 어서 성문을 열고 주상의 명을 받들라!"

최영이 펼친 공민왕의 밀지에는 이렇게 써 있었다.

'역적 조일신의 일당을 모두 주살하라. 역적 진압에 공을 세우는 자는 큰 상을 내리겠노라.'

최영은 밀지를 화살 끝에 매어 성루로 쏘았다. 성루에 있던 성문 수비대장 정윤수는 화살 끝에 있는 밀지를 펼쳐보자 마음이 흔들렸다.

'최영은 천하의 용장이거늘 내가 어찌 당할 수 있겠는가! 차라리 최영과 함께 조일신의 무리들을 주살하여 공을 세우자.'

이 당시 최영은 왜구 토벌에 나서 전투마다 천지를 개벽시킬 듯한 용맹으로 왜구를 격파해 천하에 명성을 떨치고 있었다. 이러한 최영이 어찌 두렵지 않을 수 있으랴!

결심을 굳힌 정윤수가 백기를 들며 외쳤다.

"성문을 열어라!"

이 무렵 조일신은 자신의 집에서 고충절의 전령을 기다리며 술잔을 비우고 있었다. 이때 조일신의 일당 중 하나인 정을보가 뛰어 들어왔다.

"우정승, 큰일 났소이다! 우달치 최영이 방금 남문으로 병력을 이끌고 들어왔다 하오! 남문 수비대장 정윤수가 싸우지도 않고 성문을 열고 최영의 편에 가담했다 하는데 어찌하면 좋겠소?"

조일신은 술기운에 정신을 못 차리고 큰소리를 쳤다.

"이 나라의 병권이 내 손에 있거늘 감히 내게 반기를 드는 자는 모두 죽여버리겠다!"

정을보가 답답해 가슴을 치며 말했다.

"최영이 이미 성 안으로 들어왔는데, 호랑이 같은 최영을 누가 당하겠소?"

이 말에 조일신은 정신이 번쩍 들었다.

"최영이 성 안으로 들어왔다고……."

이제야 제정신이 든 조일신은 맨발로 뛰쳐나가 말에 올랐다.

"사신단을 마중 나간 병력을 모두 귀환시켜 개경을 사수토록 하시오!"

이 한마디를 남긴 조일신은 그대로 줄행랑을 쳐버렸다.

조일신이 미친 듯이 말을 몰아 대문으로 달려가는데 바로 대문 쪽에서 병사들의 함성소리가 들리는 것이 아닌가! 당황한 조일신이 말머리를 돌리려는 찰나였다.

"일신공, 대세는 이미 기울었소! 어서 항복하시오!"

어느새 최영이 말을 몰고 집 안으로 들어와 있었다. 조일신이 도망칠 틈이 있나 주위를 살피는데 최영의 외침이 이어졌다.

"항복하면 주상께서 그대 가족들을 긍휼히 여기실 터, 어서 항복하시오!"

공민왕은 대도에 있을 당시 자신의 수족 같던 조일신과

친혈육처럼 정분이 두터웠다. 이러한 이유로 공민왕이 조일신을 주살하라는 명을 내렸지만 최영은 차마 그를 벨 수 없었던 것이다.

이미 최영의 병사들이 조일신의 집을 겹겹이 에워싸고 있었다. 최영이 눈짓하자 병사들이 달려들어 조일신을 말에서 끌어내렸다. 두 손을 포박당한 조일신이 최영을 노려보더니 갑자기 앙천대소했다.

"하하하……. 곧 나의 병사 2만이 개경으로 돌아올 터, 그 땐 네놈의 목이 열 개라도 살 수 없을 것이다!"

최영이 조일신을 보며 꾸짖었다.

"일신공, 그대는 참으로 어리석구려! 정녕 피를 보아야 하겠소?"

이때였다. 어사대부 김첨수가 말을 끌아 집 안으로 들어오더니 검을 뽑아 바로 조일신의 목을 내려치는 것이 아닌가! 숨 돌릴 겨를도 없이 김첨수가 다급히 외쳤다.

"지금 조일신의 잔당 고충절이 2만의 병력을 이끌고 개경으로 오고 있으니, 영공 그대가 도성의 병력을 규합하여 진압하라는 주상의 명이 내려졌소이다!"

최영이 개경 안에 있는 모든 병력을 규합하니 1만 3천이었다. 조일신의 잔당이 다시 반란을 일으킬 것에 대비해 최영은 3천 병력만 남기고 나머지 1만 병력을 이끌고 떠났다.

❀

한편 고충절은 개경에서 변란이 생겼다는 소식을 듣고 급히 병사들을 이끌고 오다가 조일신이 죽었다는 보고에 깜짝 놀라 어찌할 바를 몰랐다.

'일신공이 죽었는데, 이제 나는 어찌해야 한단 말인가!'

이때 척후병 하나가 쏜살처럼 말을 달려왔다.

"우달치 최영이 1만가량의 병력을 이끌고 이쪽으로 오고 있사옵니다!"

고충절은 최영이라는 말에 등골이 오싹했다. 고충절은 비록 자신의 병력이 최영보다 두 배나 많았지만 도저히 이길 자신이 없었다.

'천하의 최영을 내가 어찌 당할 수 있겠는가! 항복하면 목숨이라도 건질 수 있을까? 가족들의 목숨이라도 살릴 수 있다면 천만다행이련만……'

조일신을 따라 거사를 일으킨 것이 천추의 한이었다. 한때의 잘못된 생각으로 목숨은 고사하고 가문마저 멸문지화의 위기에 처했다는 생각에 죽고만 싶은 심정이었다. 바로 그때 척후병 하나가 손으로 앞을 가리키며 외쳤다.

"저기를 보소서!"

멀리서 뿌연 흙먼지가 일어나더니 어느새 최영이 병력을 이끌고 코앞에 나타났다. 최영이 쩌렁쩌렁한 목소리로 외쳤다.

"조일신의 일당이 진압되었다! 항복하면 모든 죄를 불문에 부칠 것이라는 주상의 말씀이 있었다! 무기를 버리고 항복하라!"

고충절이 미처 최영의 말에 대꾸하기도 전에 병사들이 무기를 버리고 앞다투어 항복하기 시작했다. 천하무적이라는 최영이 몹시 두렵기도 했고, 조일신의 전횡에 염증을 느껴왔던 병사들은 주저 없이 항복을 선택했던 것이다.

이로써 최영은 그야말로 피 한 방울 흘리지 않고 조일신의 난을 진압할 수 있었다.

고
우
성
의

싸
움

계사년(1353년) 어느 한여름, 기황후가 더위를 식히려고 태액지太液池의 다리 백옥석교를 거닐고 있었다. 황궁을 남북으로 가로지르는 태액지는 언제 봐도 한 폭의 그림처럼 아름다웠다. 물결이 철렁일 때마다 보석이 빛나듯 푸른빛을 발산하는 정경은 그야말로 무아지경에 빠지게 만들었다.

기황후가 태액지를 지그시 바라보고 있을 때 태자궁의 후원에서 '챙, 챙' 하고 검날이 부딪치는 소리가 들려왔다. 기황후가 태자궁의 후원으로 발걸음을 옮기니 얼마 전 황태자에 책봉된 아이유시리다라가 누군가와 검을 맞부딪치고 있었다. 누굴까 하고 가만히 바라보니, 길게 땋은 머리에 댕기를 단 것이 여인이 아닌가!

기황후가 검술 대련을 중지시키려는 순간 여인의 검이 아이유시리다라의 가슴을 향했다. 아이유시리다라가 재빨리 검을 들어 막았지만, 기황후는 대경실색하여 소리를 질렀다.

"그만!"

기황후가 외치는 소리에 아이유시리다라와 여인이 깜짝 놀라 검을 거두었다.

"어마마마!"

"황후마마!"

아이유시리다라와 검술을 겨룬 여인은 겁설(황궁의 호위를 맡은 관직) 단려의 여식 왕보화였다.

모전여전이라 할까. 위구르족 출신으로는 처음으로 대장군에 오른 찰한의 누이인 단려는 빼어난 검술로 명성을 떨쳐 겁설의 자리에 올랐고, 단려의 여식 왕보화와 아들 왕보 역시 검술이 빼어났다.

눈을 휘둥그렇게 뜨고 자신을 바라보는 기황후에게 아이유시리다라가 옷 속에 입은 연환갑(연철로 만든 갑옷)을 보이며 말했다.

"소자, 연환갑을 입고 있었나이다."

순간 기황후의 시선이 왕보화에게 향하자 아이유시리다

라가 말했다.

"소자가 보화 소저에게 청하여 검술을 대련하고 있었나
이다."

무거운 정적이 흘렀다. 기황후는 냉랭한 시선으로 무릎을
꿇은 채 고개를 숙인 왕보화를 바라볼 뿐이었다. 올해로 열
넷인 왕보화는 나이에 비해 성숙하고 미색이 출중한지라 아
이유시리다라가 마음을 빼앗길까봐 걱정되었다.

한동안 왕보화를 물끄러미 바라보던 기황후가 마침내 입
을 열었다.

"내, 너에게 할 말이 있으니 따라오너라."

왕보화를 처소로 데려온 기황후는 붓을 들어 서찰을 쓸
뿐 아무 말이 없었다. 서찰을 다 쓴 후에야 기황후가 입을 열
었다.

"이 서찰을 네 외숙모에게 전하거라."

왕보화의 외숙모는 기황후와 함께 공녀로 끌려왔던 김아
지로 왕보화의 외숙부 찰한을 사모해 시집을 갔다. 서찰을
받은 왕보화의 손이 떨렸다. 왠지 불길한 예감이 들었다.

황궁을 나선 왕보화가 찰한의 집으로 가서 김아지에게 서
찰을 전하니 김아지가 서찰을 읽다가 갑자기 눈물을 흘리기
시작했다. 왕보화가 의아해 물었다.

"외숙모님, 어찌 우시는 것입니까?"

김아지가 길게 한숨을 내쉬며 말했다.

"너와는 상관없는 일이니 마음 쓰지 말거라."

다음 날 왕보화는 아버지 왕보충에게 실로 놀라운 말을 듣게 되었다.

"이 아비가 하남성의 다루가치로 발령이 났다. 곧 대도를 떠날 터이니 떠날 차비를 하거라."

불길했던 예감이 맞아떨어진 것이었다. 왕보화가 눈물을 흘리며 말했다.

"아버님, 실은 소녀, 황태자 전하를 사모하고 있사옵니다. 소녀 어찌해야 하옵니까?"

왕보충이 말할 수 없이 안타까운 눈빛으로 딸을 바라보며 말했다.

"잊어야 하느니라. 기황후마마께서 이미 마음에 두신 황태자 전하의 배필이 있으니……."

한족인 왕보충은 위구르족인 단려와 혼인하기까지 숱한 반대에 부딪쳐야만 했다. 우여곡절 끝에 기황후에게 이들의 사연을 들은 토곤의 명으로 혼인할 수 있었다. 자신의 딸만은 평탄한 혼인을 하기를 간절히 바랐건만……. 왕보충은 눈물을 흘리는 딸을 보니 가슴이 찢어질 듯 아팠지만 어찌

할 도리가 없었다.

그로부터 며칠 후 아이유시리다라가 이른 아침부터 기황후를 찾아왔다.

"어마마마, 보화 소저가 대도를 떠났다 하더이다. 대체 어찌 된 일이옵니까?"

아이유시리다라의 목소리가 가늘게 떨렸다. 간신히 눈물을 참고 있었던 것이다. 기황후가 아이유시리다라를 찬찬히 바라보며 말했다.

"그 이유는 네가 잘 알 터, 구태여 말하고 싶지 아니하구나."

기황후는 아이유시리다라가 하루라도 빨리 왕보화를 잊기를 바랄 뿐이었다. 무거운 침묵이 흐른 후 아이유시리다라가 울먹이는 목소리로 말했다.

"보화 소저에게 무슨 죄가 있어 가족과 함께 하남으로 보내셨나이까? 소자가 보화 소저를 불러 검술 대련을 한 것이니 죄가 있다면 차라리 소자에게 죄를 물으소서."

기황후는 말할 수 없이 가슴이 아팠다. 아들을 위해서라면 무엇이든 할 수 있는 것이 어미의 마음이건만 어쩌다가 아들의 마음에 큰 상처를 준 것일까. 기황후는 눈물이 쏟아지려는 것을 애써 참으며 말했다.

"너도 알다시피 권겸의 여식이 이미 황태자비로 간택되었거늘 이제 와서 어찌 돌이킬 수 있겠느냐?”

작년에 권겸의 여식이 황태자비에 간택되었을 때 왕보화는 불과 열셋의 어린 나이였다. 그때만 해도 그녀에게 이토록 마음을 빼앗길 줄 어찌 상상이나 할 스 있었으랴! 이렇게 된 것이 운명이라는 생각에 아이유시리다라가 눈물을 글썽이며 말했다.

“소자, 어마마마의 뜻을 모르는 바 아니오나, 다만 보화 소저를 가끔이라도 볼 수 있다면 여한이 없겠나이다.”

기황후는 마음속으로 크게 탄식했다. 진정으로 사모하는 사람을 곁에 둘 수 없는 모자의 처지가 어찌 이리도 비슷하단 말인가.

기황후가 아이유시리다라의 손을 잡으며 말했다.

“황태자, 보화 소저를 진심으로 사랑한다면 하루 속히 잊어야 하느니라. 어미의 뜻을 알겠느냐?”

그때 아이유시리다라가 뭔가를 깨달은 듯 천천히 고개를 끄덕였다.

“어마마마의 말씀이 지극히 옳사옵니다. 소자, 어마마마의 뜻을 따르겠나이다.”

이 무렵 한족 출신으로 소금장수였던 장사성이 아우 장사의, 장사덕, 장사신과 함께 고향인 태주에서 난을 일으켜 고우와 육합을 비롯한 수십 여 성을 점령했다. 장사성이 점령한 고우는 대운하가 관통하는 곳으로, 고우를 회복하지 못한다면 대운하가 마비되어 원나라는 극도의 혼란에 빠질 것이 틀림없었다.

사태가 급박해지자 원나라 우승상 탈탈이 20만 대군을 이끌고 원정길에 나섰다. 탈탈이 장사성의 거점 고우로 진격하고 있을 때 전령 하나가 말을 몰아 달려왔다.

"서주가 홍건적의 손에 넘어갔다 하옵니다!"

서주는 대운하의 요충지이자 지리적으로도 남북을 연결하는 교통 요지라 탈탈이 명을 내렸다.

"고우 탈환은 잠시 미루고 서주로 간다!"

탈탈이 20만 대군을 이끌고 서주성으로 향하고 있다는 소식을 들은 홍건적의 양대 두목 팽대와 조균용은 무려 30만 대군을 서주성에 집결시켰다. 서주성은 좌우가 대운하와 황하에 둘러싸인 천연요새인 데다 30만 대군이 집결해 성벽을 지키니 철옹성과도 같았다. 탈탈의 20만 대군이 서주성에 이르러 진을 치자 30만의 홍건적이 일제히 함성을 질렀다.

"홍건군 만세!"

실로 엄청난 함성소리에 원나라 병사들이 움찔했지만, 탈탈은 껄껄 웃으며 말했다.

"하하하……. 빈 수레가 요란하다더니 목소리 하나는 크구나! 깃발을 가져오라!"

원나라의 깃발은 황색기였다. 탈탈은 황색기를 열 조각으로 찢더니 부장들에게 나누어주며 말했다.

"저들이 홍건군이라면 우리는 황건군이다! 모두 깃발 한 조각씩 머리에 두르라! 하늘이 우리를 지켜줄 것이다!"

붉은색은 귀신을 물리치고 재앙을 막는 색으로 홍건적이 붉은 두건을 쓴 이유가 여기에 있었다. 반면에 황색은 행운을 상징하는 색으로 탈탈이 황색기 조각을 병사들의 머리에 매게 한 것은 사기를 진작시키기 위함이었다. 병사들이 전투태세를 갖추자 탈탈이 검을 들며 외쳤다.

"발포 준비!"

육중한 대포가 모습을 드러내자 홍건적들은 아연실색하지 않을 수 없었다.

"쾅! 쾅! 쾅!"

대포가 천지를 진동시킬 듯 굉음을 내며 발사되자 한순간에 성벽 여기저기가 무너져내렸다.

"총공격!"

탈탈의 명이 떨어지자 20만 원군이 질풍노도 같은 기세로 성벽을 향해 돌진했다. 홍건적이 대포에 혼비백산한 틈을 타 성벽을 점령하는 것이 탈탈의 작전이었다. 당시 대포는 한 번 쏘고 나면 포탄을 재장착할 때까지 시간이 걸려 홍건적들이 이 사실을 알았다면 이토록 공포에 질리지는 않았을 것이다.

선봉에 선 원군 수천이 성벽 높이의 운제(사다리가 달려 있는 전차)와 구름사다리를 타고 단숨에 성벽에 올라 치열한 백병전을 벌였다. 그 사이 탈탈도 성벽에 올라 용맹을 떨치며 100여 명의 홍건적을 베었다.

치열한 공방전 끝에 원군이 성벽을 장악하자 30만에 달하는 홍건적은 속절없이 무너지기 시작했다. 무시무시한 대포의 위력에 처음부터 홍건적은 기가 꺾였고, 원군이 성벽을 점령하자 승부는 끝난 것이나 다름없었다. 패색이 짙어지자 홍건적의 양대 두목 팽대와 조균용은 병력을 수습해 서주성을 빠져나갔다. 서주성을 손에 넣은 탈탈은 20만 대군을 이끌고 장사성의 근거지 고우로 향했다.

❁

이듬해 갑오년(1354년) 봄, 최영은 한 살배기 아들 담을 안고 아내 유화와 담소를 나누고 있었다.

"우리 담이 아비보다 어미를 쏙 빼닮은 듯하오. 한 살배기 얼굴이 이리도 수려한 것이 어여쁜 어미를 둔 덕분이 아니겠소?"

'어여쁜' 이라는 말에 유화가 수줍은 미소를 지으며 말했다.

"서방님께서는 농도 잘하시옵니다. 본래 아들은 아비를 닮는 법이 아니옵니까?"

"농이 아니오. 내, 여태껏 부인보다 아름다운 여인을 본 적이 없소이다."

유화가 살포시 웃으며 말했다.

"농이 지나치시옵니다. 미색을 논하자면 작금의 국모이신 노국공주와 기황후마마가 있지 않사옵니까?"

최영이 유화를 물끄러미 바라보며 말했다.

"그야 다른 사람들의 생각이지, 내 생각은 아니질 않소?"

자신의 미모를 극찬하는 남편의 말에 유화가 행복에 겨워 눈물을 흘렸다.

"부인, 어찌 우시오?"

“정말 행복해서 우는 것이옵니다. 서방님께서 소첩을 그리도 어여쁘게 봐주시오니 감읍할 따름이옵니다…….”

최영이 유화의 손을 꼭 잡으며 회한에 찬 목소리로 말했다.

“이렇게 아름다운 부인을 미처 몰랐으니 참으로 안타까울 뿐이오.”

유화가 울먹이며 말했다.

“소첩, 더할 나위 없이 행복하오니 지난날은 말씀하지 마옵소서.”

순간 최영의 눈시울이 붉어졌다. 하나의 인연이 떠나면 새로운 인연이 찾아온다고 누가 말했던가. 바야흐로 최영은 일생에 가장 행복한 순간을 맞고 있었다.

이 무렵 고우에서는 1년째 원군과 장사성군의 공성전이 이어지고 있었다. 고우성은 성벽이 높고 견고한 난공불락의 요새인 데다 장사성군이 격렬히 저항했기에 원군의 총공세에도 좀처럼 함락되지 않았다.

그러던 어느 날, 최영은 공민왕의 부름을 받았다. 공민왕이 근심 가득한 얼굴로 말했다.

"영공, 원에서 우리 고려에 응원군을 청했소. 원의 재상 탈탈이 사신을 보내 무려 10만의 대군을 파병하라 했는데, 어찌하면 좋겠소?"

순간 최영이 흥분해 자신도 모르게 언성을 높였다.

"가당치 아니한 일이옵니다. 무릇 나라의 안위는 스스로 지켜야 하는 법, 어찌 우리 백성들이 타국 땅에서 피를 흘릴 수 있겠나이까?"

최영이 아무리 기황후를 생각한들 타국의 난에 자국 백성들의 피를 흘리게 할 수는 없는 일이었다.

"어찌하면 좋겠소?"

최영은 문득 수만에 이르는 대도의 고려인들이 뇌리를 스쳤다. 그들이 얼마나 고국으로 돌아오고 싶어했던가!

"소신에게 좋은 방책이 있나이다."

"무엇이오?"

"대도의 고려인들로 응원군을 구성하여 차후에 우리 고려에 귀환시키는 것이 어떻겠사옵니까?"

공민왕이 무릎을 치며 기뻐했다.

"그게 좋겠소."

지난 수년간 원나라에 여러 차례 사신을 보내 대도의 고려인들을 귀환시켜줄 것을 요청해왔으나 원나라 조정의 반

대로 번번히 무산되었는데 이제 그 뜻을 이룰 때가 다가온
것이다.

❀

최영이 기병 5,000기를 이끌고 대도성에 이른 것은 8월 중
순(음력 가을)이었다. 도성 병력 2,000명에 여기저기서 징집한
3,000명을 더해 겨우 머릿수를 맞춘 병력이었다. 최영이 찾
아간 토곤의 옆에는 여전히 아름다운 기황후가 앉아 있었
다. 기황후가 시야에 들어오는 순간, 최영은 심경이 복잡해
졌다.

"고려의 호군 최영이 황제 폐하를 알현하나이다."

최영의 인사를 받자 토곤이 불만 섞인 목소리로 물었다.

"짐이 고려에 응원군 10만을 요청했거늘 5,000이면 너무
적은 것이 아닌가?"

"아뢰옵기 황공하오나, 지금 고려는 밖으로 왜구가 온 나
라 산천에서 노략질을 일삼고 안으로는 도적 떼들이 들끓고
민심은 어지러워, 대군을 파병할 수가 없사옵니다. 하여 대
도의 고려인들로 응원군을 결성하려 하니, 부디 윤허하여주
옵소서."

기황후가 토곤에게 눈짓했다. 자신이 나서겠다는 뜻이었다. 토곤이 고개를 끄덕이자 기황후가 말했다.

"무기는 충분히 준비했소?"

"아뢰옵기 황공하오나, 소신이 데리고 온 병사들의 무기만 준비했을 뿐 대도의 고려인들이 쓸 무기는 준비하지 못했사옵니다."

기황후가 토곤에게 말했다.

"일전에 완평현의 고려인들이 엘테무르 일가의 난을 진압하는 데 큰 공을 세운 바 있고, 또한 권신 백안을 추포하는 데 큰 공을 세운 바 있사오니 완평현의 고려인들에게 무기를 내어주어 공을 세우도록 하옵소서."

기황후는 완평현의 고려인들을 귀환시키려는 최영의 의도를 이미 짐작하고 있었다. 같은 고려인으로서 자국의 백성을 귀환시키고 싶은 심정을 어찌 모를 리가 있겠는가. 기황후의 말에 토곤이 고개를 끄덕였다.

"황후의 뜻대로 하시오."

總 2만 3천의 고려군은 출정한 지 두 달여 만에 그야말로 파죽지세로 장사성이 점령했던 30여 개 성들 중 고우성 이외에 모든 성을 수복해 원나라 조정에 돌려주었다. 대장 최영이 선봉에서 천지를 개벽시킬 듯한 용맹을 떨치자 고려군은 용기백배해 싸울 때마다 대승을 거두는 기염을 토했던 것이다.

고려군이 고우성에 당도할 무렵 탈탈의 20만 대군은 고립무원이 된 고우성을 겹겹이 포위하고 있었다. 고려군이 당도하자 탈탈이 최영을 마중 나왔다.

"영공, 내 그대의 명성 익히 들었소. 좋은 방책이 있다면 말해주시오."

최영이 담담한 목소리로 말했다.

"고우성은 난공불락의 요새인데 용맹하게 싸우는 것 이외에 무슨 전략이 있겠소?"

기실 최영은 불세출의 지장이자 용장이었지만 원나라 장수에게 계책을 알려줄 수는 없는 일이었다. 탈탈이 쓴웃음을 지으며 말했다.

"이길 자신이 있는 모양이구려. 허면 고려군이 먼저 선봉에 나서는 것이 어떻겠소? 다음에는 우리 원군이 선봉에 서겠소."

최영이 고개를 끄덕였다.

"좋소. 우리 고려가 먼저 선봉에 서리다."

전투 개시를 알리는 고각이 울리자 2만여 고려군이 질풍노도 같은 기세로 고우성을 향해 돌진하기 시작했다. 최영이 제일 먼저 성벽에 올라 순식간에 100여 명의 장사성군을 베며 성문을 향해 돌진하자 2만여 고려군도 용전분투하며 최영의 뒤를 따랐다.

"모두 장군을 따르자!"

실로 무시무시한 기세로 돌진해오는 고려군에 성문을 지키는 장사성군의 방어망이 힘없이 무너졌다. 고려군이 하늘을 뒤덮을 듯한 용맹을 떨치자 탈탈은 넋을 잃은 듯 바라보다가 성문이 열리자 검을 뽑아들었다.

탈탈이 총공격 명을 내리려는 찰나 누군가 탈탈의 말고삐를 잡았다.

"우승상, 명을 내리지 마시오!"

부사령관 이사제가 손을 저으며 공격하지 말라는 신호를 보냈다. 탈탈은 이사제의 의도를 짐작할 수 있었다. 고려군과 장사성군이 치열한 혈전을 벌이면 원군은 어부지리를 얻을 수 있으리라. 이사제가 탈탈의 귀에다 속삭였다.

"오늘 고려군과 장사성군이 혈전을 벌이면 내일 아군이 손쉽게 고우성을 점령할 수 있을 것이오."

탈탈이 결정을 내리지 못하자 이사제의 말이 이어졌다.

"우리 원군이 지난 1년 반 동안 고우성에서 공성전을 벌이며 희생을 치러왔거늘 풋내기 고려 장수에게 공을 빼앗길 수 없는 일이 아니오?"

그때 장사성군에 포위된 최영이 순식간에 10여 명을 베고 포위망을 뚫어버렸다. 그 동작이 어찌나 강맹하고 날렵한지 감탄을 금할 수 없었다. 탈탈은 문득 20여 년 전 무리들을 이끌고 사신단을 기습한 복면의 사내가 떠올랐다. 상상조차 할 수 없는 강맹한 검법으로 두 합 만에 자신의 검을 두 동강 냈던 사내가 혹시 최영이 아닐까! 최영이 휘두른 검에 장사성군의 검이 두 동강 나는 순간 탈탈이 외쳤다.

"그자다!"

최영의 힘은 실로 엄청났다. 20여 년 전, 검술을 겨루었을 때 분명히 자신이 우위였는데 지금에야 최영이 실력을 감춘 것임을 깨달았다.

'감히 나를 속이다니!'

얼마 후 고려군이 퇴각하기 시작했다. 원군이 공격에 나설 기미가 보이지 않자 최영이 퇴각을 결정한 것이다. 본진으로 돌아온 최영은 분노에 찬 발걸음으로 탈탈의 막사를 찾아갔다.

"우리 고려군이 목숨을 걸고 싸워 성문을 열었거늘 어찌 공격에 나서지 않으신 게요?"

순간 탈탈이 검을 뽑자 수십의 원나라 장수들이 동시에 검을 뽑아들었다. 이에 최영도 검을 뽑아들었다.

"대체 무엇 하는 것이오?"

탈탈이 검으로 최영을 겨누며 호통쳤다.

"나는 대원제국의 우승상이다. 감히 항거하지 마라!"

수십 명의 장수를 혼자 당해낼 수는 없는 일이었다. 최영이 검을 검집에 집어넣자 탈탈이 말했다.

"검을 이리로 던져라!"

최영이 순순히 검을 던지자 탈탈이 검을 겨눈 채 외쳤다.

"모두 물러가라."

단둘이 남게 되자, 탈탈이 분노에 찬 목소리로 말문을 열었다.

"그동안 나를 잘도 속였구나.'

"그게 대체 무슨 소리요?"

"20여 년 전, 네가 복면한 무리들을 이끌고 대원의 사신단을 습격한 줄 내가 모를 줄 아느냐?"

평생 단 한 번도 식언을 한 적이 없는 최영이지만 지금은 사실대로 말할 수 없었다.

"우승상께서 무슨 말씀을 하시는지 모르겠소이다."

탈탈이 코웃음을 치며 말했다.

"시치미를 떼도 소용없다. 네가 방금 대원제국의 우승상인 내게 검을 겨누었으니 그 죄 하나만으로 너를 가둘 수 있다. 여봐라! 저자를 옥에 가두라!"

최영이 옥에 갇혔다는 소식을 전해들은 기황후는 안절부절못하며 발을 동동 굴렀다.

"탈탈공이 어찌……."

고려군이 떠난 뒤, 원군은 장사성군에게 고전을 면치 못했다. 강한 적과 싸우면 강해지는 법, 최영의 고려군과 혈전을 벌인 후로 장사성군은 예전보다 훨씬 강해졌다. 원군이 장사성군에 고전하는 사이 홍건적이 대운하의 요충지 서주를 기습 점령했다.

탈탈이 막사에서 장수들과 작전을 논의하고 있을 때 토곤이 보낸 사자가 당도했다. 탈탈은 불길한 느낌이 들었다. 사자가 엄숙한 얼굴로 말했다.

"탈탈공은 황상의 교지를 받으시오."

무릎을 꿇은 채 교지를 펼쳐든 탈탈의 안색이 백지장처럼 창백해졌다.

'탈탈공 그대가 대군을 거느리고 원정에 나선 지도 어언 1년 6개월이 지났거늘 아무 공도 세우지 못하고 병사들만 고단하게 만들었다. 기껏 서주성을 탈환했을 뿐인데 그마저도 다시 역도들에게 빼앗겼으니 어찌 사령관의 본분을 다했다 할 수 있겠는가? 짐은 그대가 본분을 다하지 못한 책임을 물어 사령관직에서 파직하고 회안으로 유배를 보내노라.'

탈탈이 파직되었다는 사실이 알려지자 원군의 진영이 술렁였다. 유배령을 받은 탈탈이 함거에 오르자 병사들이 크게 동요하기 시작했다. 바로 그때 장사성군이 성벽을 타고 내려와 원군을 향해 돌진해왔다. 원군의 오랜 포위로 굶주렸던 장사성군이 죽기 살기로 덮쳐오자 원군의 진영은 한순간에 무너지고 말았다. 결국 20만 원군 중 대부분이 죽거나 항복하는 궤멸에 가까운 참패를 당했다. 장사성과 홍건적을 진압하기 위해 원정에 나섰던 20만 원군이 궤멸되자 원나라는 돌이킬 수 없는 쇠락의 길로 접어들게 되었다.

이 시각 고려 복색의 사내가 미친 듯이 말을 몰아 고려군 진영으로 내달리고 있었다. 사내가 고려군 진영에 다다를 무렵 그를 본 병사들이 우르르 몰려왔다.

"장군!"

사내는 다름 아닌 최영이었다. 탈탈이 파직된 후 방면된 최영이 미처 원군의 진영을 떠나기도 전에 장사성군이 기습해오는 바람에 단기필마로 달려온 것이었다. 최영이 돌아왔다는 소식에 유탁과 염제신이 마중 나왔다. 최영이 다급히 말했다.

"원군이 장사성군에게 참패했소. 고립무원이 되기 전에 속히 이곳을 떠나야 하오."

고려군이 원정길에서 정복한 30여 개의 성들이 다시 장사성의 손에 들어간다면 적국의 한가운데에 있는 셈이 되는 것이다. 대장인 최영의 명이 떨어지자 고려군은 급히 진영을 떠났다.

병신년(1356년) 여름, 기황후가 사당에서 제를 지내고 있었다. 기황후는 묵도를 하던 중 눈물을 흘렸다.

"탈탈공, 부디 이승에서 못다 누린 금실지락을 저승에서는 꼭 누리시기 바라오."

그토록 기황후를 사모했던 탈탈이 세상을 떠난 지도 1년이 지났다. 탈탈은 죽는 순간 부인 강소화에게 이렇게 말했다.

"부인, 황후마마께 충성을 다하시오. 나의 몫까지 충성하여 주기를 부탁드리오. 무릇 충신은 죽어서도 군주를 생각하는 법이오. 내 비록 충신은 못 되나, 충신의 선례를 따라 국모이신 황후마마께 저승에서도 충성을 바치고자 하니 부디 나의 뜻을 따라주시오."

강소화는 애통하게 눈물을 흘리며 말했다.

"상공, 상공께서 떠나시면 소첩은 누구를 의지하란 말입니까? 부디 소첩의 곁을 떠나지 마옵소서."

탈탈이 힘겹게 손을 들어 강소화의 손을 꼭 잡으며 말했다.

"부인, 참으로 미안하오. 지난 20여 년을 황상과 황후마마께 한마음으로 충성해왔건만, 일생동안 아쉬운 점이 있다면 부인에게 소홀했던 것이오. 이렇게 자식도 없이 이승을 떠나야 하니 더욱 아쉽구려. 부인……. 사랑하오……. 부인을 처음부터 사랑한 것은 아니었소만 이제 부인을 세상의 어느 누구보다 사랑한다고 말할 수 있소. 부인……. 나를 용서해 주시겠소?"

그토록 간절했던 기황후에 대한 탈탈의 연모는 말년에 이르러 충성으로 승화되었다. 강소화의 지순한 사랑에 탈탈의 마음이 움직였던 것이다. 강소화가 울먹이며 말했다.

"용서라니요……. 상공께서 소첩의 진심을 아시는데, 무슨 여한이 있겠나이까?"

강소화의 말에 탈탈이 행복한 미소를 지으며 눈을 감았다. 원나라의 기둥이자 만고의 충신 탈탈은 이렇게 세상을 떠났다.

기황후가 눈물을 닦고 있을 때, 박불화가 안으로 들어왔다. 박불화의 눈시울이 붉어져 있었다. 몹시도 어두운 박불화의 표정이 기황후를 불길한 예감에 휩싸이게 만들었다.

"불화공, 표정이 어둡구려. 무슨 변고라도 생긴 것이오?"

박불화가 눈물을 쏟으며 말했다.

"황후마마, 매우 좋지 않은 소식이 있으니, 부디 마음을 다잡으소서……."

박불화가 말을 잇지 못하자 기황후가 답답한 듯 가슴을 치며 재촉했다.

"대체 무슨 일이오?"

"황후마마의 가문이……. 멸문지화를……."

박불화는 더는 말을 잇지 못하고 통곡하기 시작했다. 실로 청천벽력 같은 일이었다. 기황후가 충격으로 비틀거리다 겨우 정신을 차리고 물었다.

"어머님은요? 어머님은 무사하시답니까?"

박불화는 말없이 눈물만 흘릴 뿐이었다.

"설마 저들이 어머니까지……."

박불화가 고개를 끄덕이자 마침내 기황후가 통곡하기 시작했다.

"내 어머님을, 연로하신 내 어머님을, 대체 누가……."

"누구요? 흉수가 누구인지 말해보시오! 내 어머님을 해친 자들을 결단코 가만히 두지 않을 것이오!"

"부원군(기철) 대감이 고려왕의 부름을 받고 입궐했다 화를 당한 것으로 보아 고려왕이 직접 지시한 일인 듯하옵니다."

"뭐라? 왕기가……."

기황후는 할 말을 잃었다. 10여 년을 혈육처럼 보살펴준 왕기가 자신의 가문을 멸문시켰다니 믿을 수 없는 일이었다.

기황후는 가까스로 정신을 차려 서찰을 쓰고 나서 박불화에게 건네주며 말했다.

"지금 즉시 고려로 사신을 보내 내 서찰을 왕기에게 전해주시오."

그로부터 두 달여 후, 고려에서 보낸 문익점이 기황후를 알현했다.

"황후마마의 가문에 생긴 변고는 덕성부원군과 그의 형제들이 흉역한 무리들과 결탁하여 반역을 꾀하다 벌어진 일이옵니다. 그때의 정황을 설명드리자면 덕성부원군이 황후마마의 조서를 위조하여 군신들을 모두 죽이려 한 역모가 탄

로 난바, 임금께서 처단한 것이오니 아무쪼록 양해하여주옵
소서. 황후마마의 어머님께서 돌아가신 일은 난을 진압하는
과정에서 실로 뜻하지 않게 생긴 일로 임금께서도 몹시 통
분히 여기는 바이오니, 부디 노여움을 푸시고 예전과 같은
은총을 베푸시기를 간절히 청하나이다."

기황후의 입에서 탄식이 흘러나왔다.

"아……."

오라버니 기철이 반역을 도모했다니! 문익점의 말이 사실
이라면 공민왕에게 책임을 물을 수도 없지 않은가! 기황후
는 말없이 눈물만 흘릴 뿐이었다. 10여 년 전, 기황후는 고려
조정에 조서를 보내 '자신의 일가 사람이 국법을 어기면 엄
벌에 처하라' 는 뜻을 전한 적이 있었다. 하지만 기철이 반역
을 꾸몄으니 누구를 원망할 수 있으랴! 오라비들을 바른 길
로 인도하지 못한 것이 천추의 한이었다.

기황후가 길게 한숨을 내쉬며 말했다.

"내 오라비들이 역모를 꾸민 것이 정녕 사실이라면 어찌
고려왕을 탓할 수 있겠소? 이만 물러가보시오."

그 당시 원나라는 갈수록 거세지는 홍건적의 난으로 고려
를 칠 여력이 없었다. 더욱이 오라비들이 반란을 꾀하다 가
문이 멸문당한 것이라면 공민왕을 폐위시킬 명분도 없으니

기황후는 울분을 삼키며 참을 수밖에 없었던 것이다.

✿

해가 갈수록 홍건적의 난이 기세를 떨쳐 급기야 무술년(1358년)에는 원나라 제2의 도성인 상도가 유복통이 이끄는 홍건적에게 점령되고 말았다. 이어 유복통이 30만 대군을 이끌고 대도성으로 진격해오자 토곤은 천도를 고려하기 시작했다.

"홍건적이 곧 대도에 당도할 터, 아무래도 카라코룸(화림)으로 천도해야 될 듯싶소."

기황후가 단호하게 말했다.

"황상, 결단코 대도를 떠나서는 아니 되옵니다! 나라의 사직을 지키려면 목숨을 걸고 대도를 사수해야 하옵니다!"

"탈탈공이 살아 있다면 좋으련만……."

푸념하는 듯한 토곤의 말에 기황후는 자신도 모르게 한숨을 내쉬었다. 탈탈의 부재가 이토록 치명적일 줄이야! 문득 기황후의 뇌리에 찰한과 단려 남매가 떠올랐다. 두 남매 모두 지략과 용맹을 겸비하지 않았던가!

"황상, 하남의 군벌 찰한공을 대장군으로 임명하소서. 찰한공은 지략과 용맹을 겸비한 장수일 뿐만 아니라 그의 누이 단려 역시 지략과 무예가 뛰어나니, 그들이라면 능히 홍건적을 물리칠 수 있을 것이옵니다.”

순간 토곤이 손뼉을 치며 기뻐했다.

“황후의 말이 옳소. 찰한공이라면 능히 이 난국을 해결할 수 있을 것이오!”

얼마 후 30만의 홍건적을 이끌고 대도성에 이른 유복통은 병력을 모아 대도성 방어에 나선 찰한과 마주쳤다. 찰한이 유복통을 향해 외쳤다.

“도적 떼들이 감히 천자가 계신 도성을 넘보느냐? 지금이라도 순순히 항복한다면 목숨을 부지할 수 있을 터이니 모두 무기를 버리고 항복하라!”

유복통이 찰한의 병력을 눈대중으로 헤아려보니 10만도 안 되어 보였다. 유복통은 원군의 병력이 자신의 병력보다 훨씬 적은 것을 보자 껄껄 웃으며 말했다.

“우리 홍건군이 연전연승하여 대도성에 이르렀거늘, 무엇을 믿고 큰소리냐? 너야말로 목숨이 아깝거든 항복하거라!”

공격을 명하는 고각이 울리자 연전연승으로 사기가 오른 홍건적은 질풍노도 같은 기세로 원군을 향해 돌진하기 시작했다. 찰한이 검을 치켜들며 외쳤다.

"발포 준비!"

"쾅! 쾅! 쾅!"

천지를 진동시키는 굉음과 함께 찰한이 수천 기를 이끌고 질풍처럼 말을 몰아 적진 한가운데로 돌진했다. 찰한이 용맹을 떨치며 순식간에 수십의 홍건적을 베자 원군은 사기가 크게 올랐다. 이어 찰한의 조카인 왕보보와 왕보화 남매 역시 수십의 홍건적을 베며 용맹을 떨치자 원군의 사기가 더욱 크게 올라 홍건적이 밀리기 시작했다.

"쾅! 쾅! 쾅!"

그 사이 원군이 대포를 재장착해 일시에 포격하니 홍건적의 진영이 무너지기 시작했다.

"퇴각하라!"

유복통은 승세가 기울어졌음을 깨닫고 병력을 이끌고 퇴각했지만 찰한의 누이 단려가 이미 2만의 병력을 이끌고 퇴로를 가로막고 있었다.

"돌파하라!"

바로 그 순간이었다. 방패 부대가 물러서자 대포가 모습을 드러냈다.

"쾅! 쾅! 쾅!"

피할 새도 없이 대포가 굉음을 내며 진영의 한복판에 떨어지니 홍건적 진영이 한순간에 붕괴되고 말았다. 앞뒤로 대포의 포격을 당한 홍건적은 싸을 엄두도 내지 못하고 사방으로 뿔뿔이 흩어져버렸다. 원군의 완벽한 승리였다.

※

이후 찰한이 대대적인 토벌에 나서 싸울 때마다 홍건적을 대파하자, 이듬해 기해년(1359년) 겨울 홍건적은 진로를 바꿔 고려를 침략해 한때 서경을 점령했지만 최영, 이방실, 안우가 이끄는 고려군에 패퇴했다.

2년 후 신축년(1361년) 겨울 홍건적은 무려 20만 대군을 이끌고 쳐들어와 개경을 함락시켰다. 이듬해 임인년(1362년) 정월, 정세운을 총병관으로 하여 최영, 이성계, 이방실, 김득배, 안우, 안우경의 활약으로 홍건적은 20만 중 10만가량을 잃는 참패를 당한 후 퇴각했다.

홍건적이 압록강을 건너 물러가자 고려는 안정을 찾아가는 듯했으나, 그것도 잠시, 전임 총병관 김용이 안우, 이방실, 김득배에게 거짓 밀명을 내려 정세운을 참살한 후 안우, 이방실, 김득배에게 죄를 뒤집어씌워 참살하자 민심이 크게 어지러워졌다.

그해 가을 홍건적의 대부분이 원나라에 항복하기에 이르렀지만 찰한은 자신에게 항복했던 홍건적 장수 왕사성에게 암살당하고 찰한의 조카 왕보보가 사령관에 올랐다.

❀

계묘년(1363년)의 봄, 이때에 이르러 홍건적의 난이 평정되어 기황후가 모처럼 평안한 마음으로 잠행을 다니는데 어디선가 귀에 익은 목소리가 들려왔다.

"황후마마!"

고개를 돌리는 순간, 기황후는 귀신을 본 듯 깜짝 놀라 탄성을 지르고 말았다.

"아!"

죽은 줄로만 알았던 기철의 넷째 아들 기새가 아닌가! 그제야 기황후의 신분을 알아본 백성들이 무릎을 꿇었다. 기새도 무릎을 꿇고 기황후에게 절했다.

"황후마마……."

"네가 살아 있었구나!"

기황후는 조카의 두 손을 잡고 감격에 겨워 눈물을 흘렸다.

그날 기황후는 기새에게 실로 놀라운 말을 들었다.

"아버님께서는 반역을 도모한 일이 없나이다! 고려왕이 무고한 아버님을 궁으로 불러 참살한 후 날조한 것이옵니다! 부디 원수를 갚아주옵소서!"

누구의 말을 믿어야 하는가! 무거운 침묵이 흐른 후 기황후가 흥분한 목소리로 물었다.

"그게 정녕 사실이란 말이냐?"

"틀림없는 사실이옵니다. 소질이 어찌 황후마마께 거짓을 아뢰겠나이까?"

기황후가 주먹을 불끈 쥐며 말했다.

"사실이라면 결코 고려왕을 가만히 두지 않겠다!"

다음 날 기새는 공민왕의 숙부인 덕흥군, 최유와 함께 기황후의 처소를 찾아왔다. 덕흥군이 먼저 말문을 열었다.

"소신의 조카인 왕기는 의심이 많아 그간 죄 없는 신하들을 죽인 것이 한두 번이 아니었사옵니다. 지난해 고려왕이 홍건적의 난을 평정한 공을 세운 이방실, 안우, 김득배 등을 죽인 것도 의심 때문이 아니겠사옵니까. 소신이 헤아리건대 왕기가 간사한 자들의 말만 듣고 덕성부원군을 의심하여 참살한 것이 분명하옵니다."

덕흥군은 젊은 시절 출가해 수십 년간이나 명성을 쌓아온 터라 기황후는 그의 말을 믿지 않을 수 없었다.

최유가 말했다.

"덕성 부원군께서는 누구보다 나라를 생각하시는 충신이었사옵니다. 그런 분이 어찌 반란을 획책할 수 있겠나이까? 모든 것은 고려왕이 꾸민 일이 틀림없사옵니다."

이 무렵 덕흥군은 고려의 왕이 될 뜻을 품고 기철과 친분이 두터웠던 최유와 손을 잡았다. 이러한 덕흥군과 최유의 말을 듣자 기황후는 공민왕이 죄 없는 오라비들을 의심해 참살한 것이라 믿기에 이르렀다. 계속되는 기새의 부추김에 마침내 기황후는 공민왕을 폐위하고 충숙왕의 아우 덕흥군을 새로운 고려왕에 책봉한다는 조서를 발표했다.

이로 인해 고려의 조정이 크게 술렁였다. 친원파인 기철의 일당이 숙청되었지만 고려에는 여전히 원나라를 따르는 신하들이 많아 기황후의 조서대로 공민왕을 폐위하려는 신하들이 나올지 모르는 형국이 되고 말았다.

깊은 밤, 행궁(왕의 임시 거처)인 흥왕사에 수백의 복면한 무리들이 침입해 호위 병사들을 죽이고 공민왕의 처소로 향했다. 복면 사내 하나가 처소에 들어가 잠들어 있던 공민왕을

찌르고 달아났다. 순간 노국공주가 비명을 질렀다.

"아악!"

복면한 무리들은 신속하게 흥왕사의 담을 넘어 어디론가 사라졌다. 복면한 사내 하나가 흥왕사의 대문 바로 앞에 서 있는 사내에게 무릎을 꿇었다.

"주군, 거사가 성공했나이다!"

사내는 공민왕이 철석같이 신임하는 깅용이었다. 김용이 회심의 미소를 지으며 말했다.

"수고했다. 일이 수습될 때까지 거처에서 조용히 지내거라."

복면한 무리들은 김용이 몰래 키운 사병으로 공민왕을 암살하라는 김용의 명을 받고 거사를 일으켰던 것이다.

바로 그때였다. 멀리서 한 떼의 군마가 쏜살처럼 이쪽으로 달려오고 있는 것이 아닌가! 김용이 나직이 말했다.

"어서 도망쳐라!"

복면한 사내가 달아나자 장수 하나가 말에서 뛰어내렸다.

"영공!"

다름 아닌 최영이었다. 김용은 거사가 탄로 났음을 직감할 수 있었다.

"용공께서 여긴 어인 일이오?"

최영이 눈빛을 번뜩이며 묻자 김용이 애써 침착하게 대답했다.

"복면한 무리들이 행궁의 담을 넘는 것을 보고 추격할 참이었소. 이 몸은 이만 가보겠소."

김용이 자리를 뜨려 하자 최영이 말했다.

"그럴 필요 없소. 병사들이 이미 소달산을 겹겹이 포위하고 있으니 개미새끼 한 마리 빠져나갈 수 없을 것이오. 전하께서 무사하신지 함께 가봅시다."

김용은 등에 식은땀이 흘렀다. 비록 공민왕을 죽이는 데는 성공했지만 거사가 탄로 난다면 목숨을 부지할 수 없을 것이었다.

홍왕사에 들어가는 순간 김용은 소스라치게 놀라지 않을 수 없었다. 공민왕이 노국공주와 함께 이쪽으로 걸어오고 있는 것이 아닌가! 기실 복면한 사내가 죽인 사람은 공민왕 대신 침대에 누워 있었던 환관 안도적이었던 것이다. 최영이 무릎을 꿇으며 말했다.

"전하! 전하의 신변을 위험에 빠뜨린 소신의 불충을 용서하여주옵소서!"

공민왕이 최영의 손을 잡으며 말했다.

"아니오. 영공이 여기에 없다면 역적의 무리들이 다시 짐의 목숨을 노릴 터 영공이 짐의 목숨을 구한 것이나 다름없소."

김용도 무릎을 꿇으며 말했다.

"전하를 지키지 못한 소신을 죽여주시옵소서!"

기실 최영은 불과 수백 명의 병사들만 이끌고 홍왕사 주변을 순찰 중이었지만 김용에게 거짓말을 한 것이었다. 김용의 사병은 하나같이 일기당천의 용사들이라 최영의 병력이 수백에 불과한 사실을 안다면 공민왕은 물론 최영까지 죽이려 할지 모르는 일이었다. 최영은 김용이 거사를 일으킨 흉수임을 이미 확신하고 있었다. 김용이 홍왕사 대문 앞에서 복면한 사내와 함께 있는 것을 멀리서 목격했던 것이다.

얼마 후 수천의 병사들이 당도하자 그제야 최영이 추상같은 명을 내렸다.

"용공을 포박하라!"

공민왕이 의아해 물었다.

"영공, 대체 어찌된 일이오?"

"용공이 복면한 사내와 함께 있는 것을 소신이 목격했나이다."

"전하! 모함이옵니다. 영공! 어찌 나를 모함하시는 게요?"

최영은 한숨만 쉴 뿐 말이 없었다. 공민왕은 도저히 김용이 자신을 암살하려 했다는 사실을 믿을 수 없었다. 공민왕이 대도성에 있을 때부터 24년간이나 자신을 섬겨온 자가 아닌가!

다음 날 어사대 병사들이 김용의 집을 수색하니 최유가 보낸 서찰이 발견되었다. 공민왕을 암살하면 우정승의 자리를 준다는 내용이었다.

수개월 후 김용은 저잣거리에서 처형당했다.

갑진년(1364년) 정월, 한 떼의 군마가 황색기를 휘날리며 꽁꽁 얼어붙은 압록강을 건넜다. 맨 앞렬에서 병사들을 지휘하는 여인이 강 주위에 복병이 있는지 살피고 강 건너 편에 있는 병사들에게 깃발을 들어 신호를 보냈다. 강 건너 편 군대가 강을 건너오자 여인은 황금 갑주의 사내에게 무릎을 꿇었다.

"황태자 전하, 아직 고려군이 당도하지 않은 듯하옵니다."

황금 갑주의 사내는 아이유시리다라였다. 아이유시리다라가 고개를 끄덕이며 말했다.

"보화 낭자, 수고하셨소."

여인은 한때 아이유시리다라를 사모했던 왕보화였다. 올해로 스물다섯인 왕보화는 10여 년 전보다 훨씬 아름다워져 있었다. 아이유시리다라는 꽃다운 나이에 전쟁터에 나온 왕보화를 안쓰럽게 바라보며 말했다.

"보화 낭자, 그대는 하남으로 돌아가는 것이 어떻겠소?"

"소녀, 신명을 바쳐 황태자 전하를 보필하고자 하옵니다. 부디 윤허하여주소서."

왕보화는 이번 고려 원정이 대단히 험난하다는 사실을 잘 알고 있었다. 고려의 대장은 불세출의 명장 최영일 터 아이유시리다라의 안위가 걱정되지 않을 수 없었다. 2만에 이르는 원군이 의주성에 이르자 아이유시리다라가 장수들을 소집해 작전을 지시했다.

"7전 7패의 전술을 쓸 것이니, 제장들은 고려군과 정면으로 싸우지 말고 유격전으로 유인토록 하시오."

❊

한편 공민왕은 홍건적의 침입 때 용맹을 떨친 안우경을 찬성사(정2품의 무관 벼슬)에 임명했다. 안우경이 2만의 도성 수비 병력을 이끌고 개성을 나설 무렵 노국공주가 급히 공민왕을 찾아왔다.

"어찌 최영공을 보내지 않으시옵니까?"

노국공주는 이해할 수 없다는 표정이었다. 공민왕이 천천히 입을 열었다.

"공주께서 모르시는 말씀이오. 영공은 한때 기황후와 혼약을 맺은 적이 있소. 그런 그에게 어찌 병권을 맡길 수 있겠소?"

노국공주가 답답하다는 듯 한숨을 내쉬며 말했다.

"최영공은 만고의 충신인데 그를 믿지 못하면 누구를 믿을 수 있겠나이까? 지금이라도 최영공을 찬성사에 임명하여 병권을 맡기소서."

김용의 반역으로 의심이 많아진 공민왕은 끝내 노국공주의 말을 듣지 않았다. 의주성에 당도한 안우경은 성을 포위한 원군의 진영을 살피더니 곧장 명을 내렸다.

"공격하라!"

용맹하기로 둘째가라면 서러울 안우경이 적군을 눈앞에 두고 망설일 이유가 없었다. 고려군의 공격을 받은 원군은 급히 퇴각하기 시작했다. 안우경은 전속력으로 말을 달려 원군을 추격했다. 그야말로 원나라 황태자를 사로잡는 큰 공을 세울 절호의 기회가 아닐 수 없었다.

고려군이 숲길로 도망치는 원군을 맹렬히 추격하고 있을 때 갑자기 천지를 진동시킬 듯한 굉음이 울렸다.

"쾅! 쾅! 쾅!"

40여 문의 대포가 일제히 발포되니, 실로 엄청난 대포 소리에 혼비백산한 고려군 진영은 순식간어 붕괴되고 말았다.

"퇴각!"

안우경이 병력을 수습하여 퇴각하는뎌 한 떼의 군마가 앞을 가로막더니 여인 하나가 검을 치켜들고 쏜살같이 말을 달려나왔다.

"패장 안우경은 목을 내놓거라!"

왕보화였다. 안우경이 대노해 외쳤다.

"하룻강아지 범 무서운 줄 모르는구나!"

안우경이 왕보화에게 검을 휘두르려는 찰나였다. 대단히 아리따운 왕보화의 얼굴이 안우경의 시야에 들어왔다. 안우경이 멈칫하자 왕보화의 검이 안우경의 말을 찔렀다. 말에서 떨어진 안우경은 재빨리 검을 들어 왕보화의 검을 막았다. 왕보화의 검은 번개처럼 빠르고 날카로웠다. 안우경이 연신 날카롭게 날아오는 왕보화의 검을 간신히 막고 있을 때 병마도사 홍선이 달려와 왕보화를 공격했다. '챙' 하고 두 검이 맞부딪치는 순간, 홍선이 외쳤다.

"찬성사, 여기는 내가 맡겠소. 공은 속히 여기를 떠나시오!"

사방에서 원군이 안우경을 에워싸 포위망을 좁혀오고 있

었다. 안우경은 죽기 살기로 돌진해 간신히 포위망을 뚫고 나
갔지만 이미 고려군은 궤멸에 가까운 참패를 당하고 말았다.

고려군이 궤멸당했다는 소식에 공민왕이 고개를 떨구며
탄식했다.

"모든 것이 과인이 영공을 믿지 못한 탓이로다!"

공민왕은 마침내 최영을 총병관에 임명해 나라의 병권을
맡겼다.

한편 의주성을 함락시킨 원군은 여세를 몰아 선주, 함주,
화주를 차례로 함락시킨 후 북방의 교통 요충지인 정주로
향했다. 최영이 급히 1만 병력을 이끌고 정주에 다다랐을 때
는 원군은 이미 수주에 당도해 진을 치고 있었다. 최영은 적
진을 살핀 후 곧장 장수들에게 명을 내렸다.

"곧 공격에 나설 터이니, 속히 채비하시오!"

체찰사 나형준이 난감한 얼굴로 말했다.

"적군이 아군보다 두 배나 많은 데다 대포를 앞세워 기세
가 하늘을 찌를 듯한데, 일단 수비에 치중하고 병력을 좀더
모은 후에 공격에 나서는 것이 좋지 않겠소?"

대부분의 장수들이 나형준의 의견에 찬성했다.

"그게 좋겠소."

바로 그때였다.

"아니 될 말이오! 아군이 수비에 치중하는 것은 저들의 기세만 올려줄 뿐, 당장 공격하여야 하오!"

이성계였다. 올해로 서른인 이성계는 신궁이라 불릴 정도로 활솜씨가 빼어난 천하의 용장이었다. 최영이 좌중을 둘러보며 고개를 끄덕였다.

"성계공의 말이 지극히 옳소. 우리가 공격을 주저한다면 적군이 대포를 앞세워 먼저 공격할지 모르오. 우리가 먼저 공격하는 것이 상책이니 속히 전투 채비를 갖추시오!"

공격 태세가 갖추어지자 최영이 이성계에게 말했다.

"내가 선봉에서 방패 부대로 엄호할 터이니 성계공은 기병을 이끌고 대포의 포수들을 섬멸하시오."

이성계가 결의에 찬 목소리로 말했다.

"총병관의 명을 따르겠나이다!"

최영이 검을 들어 명을 내리려는 순간 하늘을 우러러보며 탄식했다.

'기황후마마, 이럴 수밖에 없는 소생을 부디 용서하여주소서!'

기황후의 아들에게 칼을 겨누어야만 하는 자신의 처지가 최영의 가슴을 옥죄었다. 잠시 머뭇거리던 최영이 마침내 명을 내렸다.

"공격!"

최영이 선봉에서 방패 부대를 이끌고 공격에 나서자 고려군이 일제히 원군의 진영을 향해 돌진했다.

"쾅! 쾅! 쾅!"

대포가 굉음을 내며 고려군의 진영 한복판에 떨어졌지만 대장 최영이 선봉에서 용맹을 떨치자 고려군은 사기가 올라 거침없이 돌진했다. 대포 소리가 잦아들자 이성계가 기병 1,000기를 이끌고 질풍노도 같은 기세로 원군의 대포를 향해 돌진했다. 이성계가 쏘는 화살마다 포병을 적중시켰다.

"악!"

40여 명의 포병 중 20여 명이 이성계와 그의 의아우 이지란의 화살에 맞아 쓰러졌다. 대포 부대의 코앞에 당도한 이성계는 그야말로 전광석화처럼 돌진했다. 이때 왕보화가 이성계의 앞을 가로막았다. '챙' 하고 검날이 부딪치는 순간 왕보화는 충격으로 하마터면 검을 떨어뜨릴 뻔했다. 비록 왕보화의 검술이 빼어나다 해도 천하의 용장 이성계를 당할 수는 없었다. 하지만 왕보화는 사력을 다해 버티었다. 포병들이 모두 죽는다면 승부는 끝난 것이나 다름없으리라. 대포 없이 어찌 불세출의 명장 최영을 이길 수 있으랴!

왕보화가 혼신을 다해 이성계를 막고 있을 때 최영이 쏜 살처럼 말을 달려와 20여 명의 포병들을 차례차례로 베어 쓰러뜨렸다. 포병 부대가 궤멸당하고 만 것이다.

"중앙을 공격하라!"

최영은 거침없이 검을 휘두르며 원군의 중앙을 향해 돌진했다. 최영이 검을 휘두를 때마다 원군은 추풍낙엽처럼 쓰러졌다. 순식간에 100여 명의 원군을 베어 쓰러뜨린 최영은 어느새 아이유시리다라 코앞까지 다가왔다. 패전을 직감한 아이유시리다라가 마침내 퇴각 명을 내렸다.

"퇴각하라!"

"추격하라!"

고려군은 그야말로 파죽지세로 압록강까지 원군을 추격했다. 압록강에 이른 원군은 행군을 멈출 수밖에 없었다. 때는 이미 봄이라 얼음이 흔적도 없이 녹아버리고 만 것이다.

진퇴양난에 빠진 원군은 배수진을 칠 수밖에 없었다. 배수진을 친 원군이 격렬하게 저항했으나 이미 승세는 기울어 전사자만 늘어났다. 그 사이 왕보화가 간신히 나룻배 하나를 구해 아이유시리다라를 태웠다. 왕보화가 배에 오를 생각을 하지 않자 아이유시리다라가 다급히 손짓했다.

"보화 낭자도 어서 타시오!"

왕보화가 고개를 저었다.

"소녀는 남아서 적군과 싸우겠나이다. 황태자께서는 아무쪼록 옥체 무탈히 보존하옵소서."

아이유시리다라가 눈물을 글썽이며 절규했다.

"아니 되오! 보화 낭자를 두고 떠날 수 없소! 이건 명이오! 배에 타시오!"

왕보화가 연신 고개를 저으며 말했다.

"명에 따를 수 없는 소녀를 부디 용서하옵소서."

어느새 나룻배는 육지에서 멀어져가고 있었다.

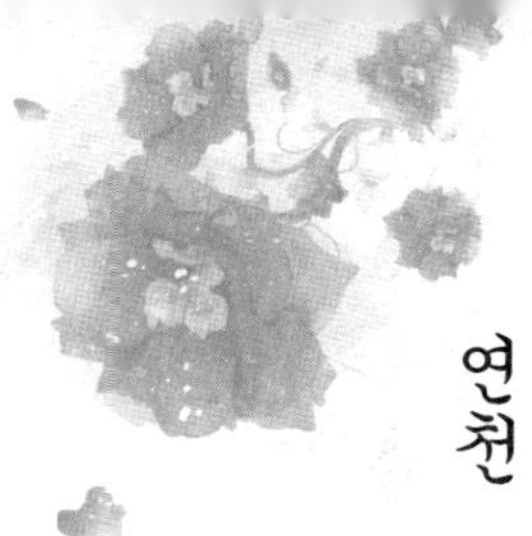

아이유시리다라가 직접 나선 고려 원정이 실패로 돌아간 이래 기황후는 실의에 빠져 눈물로 하루하루를 보내고 있었다.

그러던 어느 날, 마음이 갑갑해 후원으로 산책을 나갔는데 태액지에 거대한 배 한 척이 유유히 떠다니고 있었다. 길이가 120척(약 30미터)이나 되는 용선의 뱃머리에는 거대한 용머리가 살아 있는 용처럼 입을 벌리고 있었다. 황제가 배 안에서 무엇을 하고 있을까. 미심쩍은 생각이 든 기황후가 박불화를 불러 말했다.

"배를 준비하시오. 지금 황상을 알현해야겠소."

"황후마마……. 어찌……."

기황후가 뜻을 굽히지 않자 박불화는 어쩔 수 없이 환관들에게 나룻배 한 척을 태액지에 띄우도록 명했다. 용선에 오른 기황후는 미색이 빼어난 궁인들에 둘러싸인 토곤을 보았다. 궁인들과 연회를 벌이고 있는 토곤을 보는 순간 기황후는 불같은 질투심이 치솟아올랐다.

"황상……."

기황후는 말을 잇지 못했다. 견우와 직녀처럼 영원히 함께하자 입버릇처럼 말했던 토곤이 아니던가! 기황후는 서러워 눈물이 흘렀다. 그제야 토곤이 궁인들을 물리고 기황후에게 말했다.

"황후, 울지 마시오. 짐이 진심으로 사랑하는 여인은 오직 그대뿐이오. 다만, 요사이 마음이 울적하여 연회를 연 것뿐이오."

기황후에게 토곤의 말은 진심이 아니라 변명처럼 들렸다. 기황후는 말없이 배를 떠났다. 공녀로 끌려와 입궁한 이래 이처럼 슬픈 날은 없었다. 여인으로서 삶이 완전히 끝났다는 생각에 기황후는 눈물을 멈출 수 없었다.

마음을 진정시킨 기황후는 박불화를 불러 고려 정벌 실패에 대한 대책을 논의했다. 고려 원정 실패 이후 조정은 많은 변화가 생겼다. 아이유시리다라가 몽골 여인의 핏줄이 아니

라는 이유로 정후인 백안홀도의 아들 탈고사를 보위에 올려
야 한다는 대신들이 등장한 것이다. 그 중심에는 귀족 출신
인 태위 노적사가 있었다. 노적사는 라마승을 궁에 들여 토
곤에게 방중술을 배우도록 부추겼고, 이로 인해 토곤은 여
색에 빠지고 말았다.

노적사가 황제의 자리는 순수 몽골 혈통만이 이을 수 있
다고 주장하며 아이유시리다라의 폐위를 거론하자 기황후
는 노적사를 따르는 무리들에게 적개심을 품게 되었다. 토
곤의 총애를 잃은 탓에 이성도 잃은 것일까. 그간 자신을 적
대시했던 무리들에게도 관용을 베풀었던 기황후는 점점 냉
혹한 여인이 되어갔다.

이 무렵 홍건적 출신인 주원장이 오나라를 건국해 자신을
오왕이라 칭했다. 그렇지만 토곤은 날마다 배 위에서 연회
를 열어 정사를 돌보지 않았으니 기황후는 피가 마르는 듯
했다. 수없이 정사를 바로잡으라 간청해도 토곤이 받아들이
지 않자 기황후는 실로 놀라운 생각을 하기 시작했다.

'계속되는 황상의 실정으로 나라가 어지러우니 백성들에

게 신망이 두터운 황태자를 보위에 올려야 하지 않겠는가.'

10여 년째 계속되어온 홍건적의 난으로 나라가 도탄에 빠졌지만 토곤은 이에 아랑곳하지 않고 여색에 빠져 흥청망청 국고를 탕진해 백성들의 원성을 사고 있었다. 반면에 아이유시리다라는 백성들에게 큰 신망을 받고 있었다.

'나라가 풍전등화의 위기에 있는데 어찌 이리도 정신을 못 차리시나이까? 모든 것이 황상께서 자초한 일이니 신첩을 탓하지 마소서!'

토곤의 실정이 계속되자 마침내 결심을 굳힌 기황후가 박불화를 불러 말했다.

"황상의 실정으로 나라가 어지러워진 지 오래이니 이제 황태자가 보위에 오를 때가 된 듯하오. 대신들의 의견을 모아 황태자를 보위에 올리도록 힘써주시오."

박불화는 너무도 놀란 나머지 말문이 막혔다.

"황후마마……."

"어찌 그리 놀라는 것이오? 지금 나라가 지극히 어지러우니 백성들의 신망을 얻고 있는 황태자가 보위에 올라야 민심이 안정될 것이오. 예부터 민심이 천심이라 했소. 황상께서 민심을 잃으셨으니 사직을 지키려면 어쩔 수 없는 일이 아니겠소?"

박불화는 기황후의 뜻을 거역할 수 없었다.

"황후마마의 뜻에 따르겠나이다."

✼

그로부터 달포가 지난 뒤였다. 아이유시리다라가 주관한 어전회의에서 박불화의 사주를 받은 좌승상 합마가 앞으로 나와 좌중을 둘러보며 말했다.

"홍건적의 난으로 나라가 어지러운 이때, 백성들의 신망이 두터운 황태자께서 보위에 올라야 이 난국을 수습할 수 있을 것이오. 옛적에 당고조께서 당태종에게 선양하여 당나라를 번성시켰던 선례와 같이 황상께서 보위를 선양하시도록 주청을 올리는 것이 어떻겠소?"

순간 좌중이 술렁였다. 기황후를 따르는 신하들은 이미 황태자를 보위에 내세우기로 결의한 상태였지만 다른 신하들은 상상조차 할 수 없었던 사안인 만큼 한바탕 소란이 일어났다. 우승상 태평이 홍분하여 소리를 질렀다.

"황상께서 아직 정정하시거늘 선양이라니, 가당치 않은 소리요."

노적사를 따르는 대신들이 태평의 말에 동조하자 박불화

373

가 나섰다.

"예부터 민심은 천심이라 했소. 실로 안타깝게도 황상께서 실정을 거듭하시어 이 나라가 풍전등화의 위기에 처해 있으니 이를 수습하기 위해서는 백성들의 신망을 얻고 계신 황태자 전하를 보위에 올리는 것이 마땅하지 않겠소?"

박불화의 말에 좌중이 잠잠해졌다. 박불화의 말이 곧 기황후의 뜻이라는 사실을 대신들은 알고 있었다. 기황후가 제2황후에 오른 지도 어언 스물다섯 해, 그간 박불화는 기황후의 수족이나 다름없었다.

좌중이 쥐죽은 듯 조용해진 가운데, 노적사가 발끈해 말했다.

"신하된 도리로 어찌 황상께 선양을 주청 드릴 수 있단 말이오?"

노적사와 태평의 말에 동조하는 신하들이 하나둘씩 늘자 어전회의는 아무 결론 없이 끝나고 말았다.

다음 날 이 소식을 들은 토곤은 대노해 합마를 파직한 후 어전회의에 나와 공표했다.

"짐이 아직 멀쩡히 살아 있거늘 감히 선양을 논하는 자가 있다면 역적죄로 다스리겠노라!"

이때부터 조정은 황제를 따르는 황제파와 황태자를 따르

는 황태자파로 나누어졌다. 하지만 이미 조정의 실권은 황
태자에게 있는 터, 기황후는 자신의 심복 삭사감을 좌승상
에 임명한 후 태평을 처소로 불러 설득했다.

"우승상, 그대의 충정심을 내 어찌 모르겠소? 허나, 모든
것이 나라의 사직을 지키기 위해 불가피한 결정이니 내 뜻
을 따라주기 바라오."

"소신은 황상의 뜻을 받기 전에는 황후마마의 뜻을 따를
수 없사오니 통촉하여주옵소서."

토곤이 스스로 선양한다면 모르되 선양을 강요할 수는 없
다는 뜻이었다. 기황후는 자신의 뜻을 거절한 태평을 파직
시킨 데 이어 노적사도 파직시켰다. 파직에 앙심을 품은 노
적사는 친황제파인 대동의 군벌 패라첩목아에게 가서 반란
을 부추겼다.

"기황후를 따르는 무리들이 황상께 선양을 강요하여 보위
에서 끌어내리려 하는데, 어찌 수수방관하시오? 마땅히 거
병을 일으켜 나라를 바로잡아야 할 것이오."

패라첩목아가 울분을 토하며 말했다.

"황상께서 엄연히 계신데 선양을 논하는 대신들은 역적이
나 다름없소! 내 당장 대도로 가서 역적들을 모두 쓸어버리
고 말겠소!"

이날따라 날씨가 몹시 무더워 기황후는 더위를 식히기 위해 궁인들에게 부채질을 시키는데, 갑자기 박불화가 문을 열어젖히고 뛰어 들어왔다.

"황후마마, 대동의 군벌 패라첩목아가 10만 대군을 거느리고 이곳 대도로 오고 있다 하옵니다!"

박불화의 얼굴은 백지장처럼 창백했다. 지방의 군벌이 대군을 몰고 도성으로 진격해오다니 참으로 놀랍고도 기막힌 일이 아닐 수 없었다. 기황후가 다급히 명을 내렸다.

"속히 대장군 왕보보에게 파발을 넣어 대도를 구원토록 하시오! 또한 속히 도성의 병력을 집결시켜 철통처럼 방어토록 하시오!"

패라첩목아의 근거지 대동이 대도에서 불과 800리 떨어진 반면에 왕보보의 근거지 태원은 2,000리나 떨어져 있어 구원군이 오려면 시간이 걸렸다. 도성 수비병 3만을 성벽에 집결시킨 아이유시리다라는 대포를 성벽 위에 배치해 방어망을 구축했다.

며칠 후 대도성에 당도한 패라첩목아의 10만 대군은 성벽을 포위한 채 밤이 오기만을 기다렸다. 칠흑처럼 어두운 밤이 되자 패라첩목아의 10만 대군이 일제히 공격에 나섰다.

"쾅! 쾅! 쾅!"

도성 수비병이 대포를 쏘며 응전했지만 물밀듯이 밀려오는 패라첩목아의 대군을 막지 못했다. 그도 그럴 것이, 패라첩목아는 왕보보와 어깨를 나란히 하는 천하의 명장으로 아직 아이유시리다라가 상대하기에는 역부족이었던 것이다.

전세가 패라첩목아에게 유리하게 전개되자 황제파 신하들이 거사를 일으켜 성문을 열었다.

"결사항전하라!"

아이유시리다라가 목청껏 외치며 항전을 독려했지만 순식간에 성벽의 대부분이 패라첩목아군에게 점령당하고 말았다.

바로 그때, 박불화가 아이유시리다라에게 달려왔다.

"황태자 전하, 속히 대도를 떠나 왕보보 장군에게 구원을 요청하라는 황후마마의 명이 나려졌나이다! 어서 대도를 떠나소서!"

아이유시리다라는 고개를 절레절레 저었다.

"내 어찌 어마마마를 두고 떠날 수 있겠소? 불화공께서 속히 어마마마를 모시고 나오시오! 어마마마께서 떠나지 않으신다면 나 또한 떠나지 않겠소."

박불화가 다급히 아이유시리다라의 손을 잡아끌며 말했다.

"황태자 전하마저 역도들의 손에 잡힌다면 누가 황후마마를 구하겠사옵니까? 어서 떠나소서!"

이때 사방에서 패라첩목아의 병사들이 외치는 함성 소리가 들려왔다. 아이유시리다라는 어쩔 수 없이 말에 뛰어오른 후 박불화에게 말했다.

"부디 어마마마를 잘 보필해주시오!"

이 말을 남기고 아이유시리다라는 호위병을 이끌고 성문을 나섰다.

한편 대도성을 완전히 장악한 패라첩목아는 곧장 병사들을 이끌고 기황후의 처소로 들이닥쳤다. 기황후가 위엄 어린 목소리로 패라첩목아를 꾸짖었다.

"무엄하다! 여기가 어디라고 감히 병사들을 들이는 게냐?

썩 물러나지 못할까?”

어언 50을 바라보는 나이에도 기황후의 얼굴은 여전히 예전의 아름다움을 고이 간직하고 있었다. 예상보다 훨씬 젊어 보이는 기황후의 모습에 잠시 주춤하던 패라첩목아가 언성을 높여 말했다.

“모든 것이 마마께서 자초하신 일이옵니다. 지존이신 황상께 선양을 강요하여 나라를 이 지경으로 만든 것이 마마가 아니옵니까?”

이때였다.

“그것은 나의 뜻일 뿐 황후마마와는 상관없는 일이오!”

어느새 박불화가 처소로 들어와 기황후의 앞에 섰다. 패라첩목아가 검을 뽑아 겨누며 호통쳤다.

“박불화 네 이놈! 네놈이 마마의 뒷배로 국정을 농단한 지 스물다섯 해가 되었거늘 그것도 모자라 황상의 자리를 좌지우지하려는 게냐? 내 반드시 네놈의 죄에 대해 응분의 대가를 치르게 하리라! 끌고 가라!”

“무엄하다! 불화공을 놓지 못하겠느냐!”

기황후가 박불화를 끌고 나가는 병사들에게 서릿발 같은 호통을 쳤지만 그 누구도 들은 척조차 하지 않았다. 잠시 정적이 흐른 후 패라첩목아가 기황후에게 말했다.

"애초부터 이 홍성궁은 마마의 처소가 아니었으니 별궁으로 거처를 옮기시지요."

기황후가 뭐라 말하기도 전에 패라첩목아의 명이 떨어졌다.

"마마를 별궁으로 모시거라!"

별궁에 유폐된 기황후는 하염없이 눈물만 흘렸다.

'불화공, 그대를 지키지 못한 나를 용서해주시오!'

원나라의 도성 대도를 무력으로 점령한 패라첩목아는 우승상에 올라 박불화, 삭사감, 합마 등 친황태자파 대신들을 멋대로 살해하는 전횡을 자행했다. 이로 인해 조정은 하루도 잠잠할 날이 없었다.

이듬해 을사년(1365년) 여름, 마침내 왕보보가 거병을 일으켜 패라첩목아의 죄목을 공표했다.

"패라첩목아는 신하로서의 본분을 망각하고 거병을 일으켜 무력으로 황상께서 계시는 도성을 점령했으니, 이는 역적이나 다름없는 반역죄다! 그뿐만 아니라 국모이신 기황후 마마를 별궁에 유폐시키는 만행을 저질렀으니 신하로서 어찌 이를 좌시할 수 있겠는가! 이제 내가 황태자 전하를 보필하여 거병을 일으켰으니 대신들과 백성들 모두 분연히 일어나 역적 패라첩목아와 그를 따르는 무리들을 하나도 남김없이 섬멸하자!"

이에 전국 각지에서 황태자를 지지하는 군벌들이 왕보보의 거병에 호응해 무려 30만 대군이 태원에 집결했다.

왕보보가 아이유시리다라와 함께 30만 대군을 거느리고 대도성에 이르러 총공격에 나서자 이번어는 친황태자파 신하들이 거사를 일으켜 성문을 열었다. 승세가 왕보보에게 기울자 패라첩목아는 부하 장수에게 살해당하고 말았다.

"어마마마를 지키지 못한 소자의 불충을 용서하소서!"

1년 만에 아이유시리다라와 재회한 기황후는 감격에 겨워 눈물을 흘렸다.

"이렇게 황태자를 다시 보니 참으로 기쁘기 한량없구나……."

그해 겨울, 제1황후인 백안홀도가 세상을 떠나자 마침내 기황후가 제1황후에 올랐다.

❀

그로부터 3년이 흐른 무신년(1368년) 가을, 수십만의 병력이 천지를 진동시킬 듯한 말발굽 소리를 내며 통주에 이르렀다. 서달이 이끄는 명의 수십만 대군이 대도에서 불과 100여 리 떨어진 통주마저 손에 넣은 것이다.

"뭐라? 명의 수십만 대군이 통주에 이르렀다고?"

토곤은 자신의 귀를 의심하지 않을 수 없었다. 토곤이 절규하듯 소리쳤다.

"명군이 통주에 이르도록 왕보보 장군과 이사제 장군은 대체 지금껏 무엇을 했단 말이냐?"

기실 하남성의 군벌 왕보보와 섬서성의 군벌 이사제는 지난해 봄부터 여태껏 1년 반이 다 되도록 싸우고 있었다. 한때 찰한과 함께 홍건적의 난을 진압해 명성을 떨쳤던 이사제는 내심 자신이 대장군에 오르리라 기대했는데 왕보보가 대장군에 오르자 거사를 일으켜 왕보보를 죽이려는 계획을 꾸몄다. 이 사실을 알게 된 왕보보는 크게 격분해 거병을 일으켜 이사제를 죽이려 하니 명군이 통주에 이르도록 서로 죽기 살기로 싸우고 있었던 것이다.

이때 기황후가 다급히 토곤을 찾아왔다. 발만 동동 구르며 어찌할 바를 몰라 하는 토곤에게 기황후가 말했다.

"황상, 고려에 응원군을 청하소서!"

"수년 전에 우리 원이 군대를 내어 고려를 쳤는데, 고려가 응원군을 보내겠소?"

"지금은 그 방법밖에 없는 듯하옵니다."

천하의 명장 최영이 1만 병력만 이끌고 와도 대도성의 3만 병력과 힘을 합치면 승산이 있다는 것이 기황후의 생각이었다. 대도성은 성벽이 높고 견고하며 해자는 폭이 넓고 깊어 철옹성과도 같은 요새였다. 여기에 최영이 합세해 싸운다면 수십만의 대군이라도 충분히 승산이 있으리라.

기황후는 그토록 용맹무쌍하던 최영을 떠올리며 간절히 기원했다.

'영공, 부디 응원군을 이끌고 대도성을 구원해주시오!'

솔솔 부는 바람결에 낙엽이 스러지고 있었다. 흰 삼베옷을 입은 중년 사내가 바람에 스러져가는 낙엽을 보더니 탄식을 내뱉었다.

"사람의 일생이란 바람결에 허무하게 떨어지는 낙엽과 무엇이 다르랴!"

50쯤 되었을까. 중년 사내는 강화도에서 유배 중인 최영이었다. 3년 전 노국공주가 세상을 떠난 후 공민왕은 파계승 신돈에게 정사를 맡기고 자신은 노국공주의 넋을 위로하기에 여념이 없었다. 신돈의 일당에게 모함을 받아 강화도로 유배령을 받은 최영은 마음이 허망하기 짝이 없었다.

‘임금께서 간신들을 가까이 하시고 충신들을 멀리 하시니, 이 나라가 어찌 될까!’

이때 멀리서 말발굽 소리가 들리더니 점점 이쪽으로 다가오고 있었다. 잠시 후 조민수가 집 안으로 들어왔다. 조민수는 최영이 친혈육처럼 아끼는 용맹한 장수였다.

“영공, 지금 막 원에서 사신이 와 응원군을 청했다 하옵니다. 벌써 명의 수십 만 대군이 원의 도성 대도에서 100여 리 떨어진 통주를 점령했다 하니 조만간 대도도 명의 수중에 떨어질 듯하옵니다.”

조민수의 말에 최영이 날카롭게 소리쳤다.

“원이 망하게 놔두어서는 아니 되네!”

순간 최영이 다급히 조민수의 말에 뛰어올랐다. 조민수가 깜짝 놀라 외쳤다.

“영공, 아니 되오! 유배지를 이탈하면 죄를 면치 못할 것이옵니다!”

최영은 결의에 찬 얼굴로 말했다.

“내 이미 살 만큼 살았네. 어찌 이 위급한 상황에서 목숨을 아끼겠는가.”

최영은 뒤도 돌아보지 않고 그대로 말을 내달렸다.

개경의 왕궁에 당도한 최영은 곧장 공민왕의 처소를 찾아
갔다.

"노국공주, 그대가 참으로 그립소. 한 번만, 단 한 번만이
라도 그대를 볼 수 있다면 여한이 없을 것이오."

공민왕은 노국공주 영정 앞에서 눈물을 흘리며 술을 들이
켜고 있었다. 이때였다.

"최영공이 주상께 알현을 청하나이다."

환관 만생의 목소리였다. 공민왕이 고개를 들어 만생을
쳐다보더니 간신히 정신을 차리고 말했다.

"허면 영공이 유배지를 떠났단 말인가? 어허……."

혀를 끌끌 차던 공민왕이 한숨을 내쉬며 말했다.

"영공이 급한 일이 있는 모양이군. 들라 하게."

삼베옷을 입고 나타난 최영을 보자 공민왕은 어이가 없다
는 듯 너털웃음을 웃으며 물었다.

"하하하……. 영공이 어지간히 급한 일이 있는 모양이오.
대체 무슨 일이오?"

"주상, 원이 멸망토록 놔두면 아니 되옵니다. 청컨대, 원
에 응원군을 파병하소서. 1만 병력만 내어주시면 소장의 목

숨을 바쳐 싸우겠나이다."

공민왕이 냉랭한 목소리로 말했다.

"수년 전 원이 대군을 이끌고 우리 고려를 침략했거늘 대체 무엇 때문에 응원군을 보낸단 말이오?"

"우리 고려를 위해서이옵니다. 태조께서 나라를 건국하신 이래 지금처럼 천하가 어지러운 때는 없었사옵니다. 비록 남방의 명이 강하지만 북방의 원이 멸망하지 않으면 아국의 방패막이가 될 수 있을 터, 이야말로 옛 고구려의 영토를 되찾을 절호의 기회가 아니겠사옵니까?"

최영의 말에 공민왕이 한동안 숙고하더니 천천히 고개를 끄덕였다.

"영공의 말이 옳은 듯하구려. 내, 영공의 말대로 1만 기를 내어줄 터이니, 그대가 원정에 나서 원을 구원토록 하시오."

최영이 도성의 병력 1만 기를 인솔해 성문을 나서려는 찰나 누군가 교지를 들어 보이며 최영의 앞을 가로막았다.

"영공, 멈추시오! 출병을 중지하라는 주상의 명이 내려졌소이다!"

이성계였다. 최영이 어리둥절한 얼굴로 물었다.

"주상께서 출병을 윤허하신 것이 얼마 되지 않으셨는데, 어찌 그런 명이 내려졌단 말이오?"

“주상의 깊으신 뜻을 소생이 어찌 알겠소? 영공께는 송구하오나 일단 병부를 소생에게 넘겨주시오.”

최영은 말할 수 없이 탄식하며 이성계에게 병부를 건넬 수밖에 없었다.

‘기황후마마, 소생은 차마 왕명을 거역할 수 없나이다. 기황후마마를 지켜드릴 수 없는 소생을 용서하소서!’

❀

달포가 지나도록 고려에서 아무런 소식이 없었다. 그뿐만 아니라 왕보보와 이사제 역시 아무런 소식이 없었다.

마침내 토곤이 크게 탄식하며 명을 내렸다.

“대도를 떠나 상도로 천도할 것이다. 속히 떠날 채비를 하라.”

토곤의 말이 채 끝나기도 전에 기황후가 절규하듯 외쳤다.

“황상, 결단코 아니 되옵니다! 대도가 무너지면 중원이 모두 무너질 터, 무슨 일이 있어도 대도를 사수해야 하옵니다!”

토곤이 고개를 가로저었다.

“적군은 수십만이고 아군은 수만에 불과한데, 어찌 승리를 바랄 수 있겠소? 훗날을 기약하려면 퇴각하는 수밖에 없소.”

"대도성은 난공불락의 요새가 아니옵니까? 어찌 싸우지도 아니하고 사직을 버리려 하시나이까?"

"사직을 버리려는 것이 아니라 지키려는 것이오. 싸워 이길 승산이 없거늘 무엇을 기대하고 싸우겠소?"

"신첩에게 1만 기만 주소서. 신첩, 목숨을 걸고 대도를 사수하겠나이다."

"황후를 위험에 빠뜨릴 수는 없는 일, 절대 아니 되오."

비록 기황후가 황위를 황태자에게 선양할 것을 모의했지만 토곤은 여전히 기황후를 아끼는 마음이 남아 있었다. 기황후는 땅에 엎드려 간곡히 청했다.

"신첩에게 대도는 생명줄이나 다름없나이다. 황상께서 정녕 신첩을 생각하신다면 부디 신첩에게 대도를 사수토록 윤허하여주소서!"

토곤이 끝내 자신의 청을 받아들이지 않자 기황후는 땅에 엎드린 채 하염없이 눈물을 흘렸다.

무신년(1368년) 8월(음력 가을), 마침내 서달이 이끄는 명군이 대도성을 함락시켰다. 1271년, 쿠빌라이 칸이 대도를 도읍으로 정한 지 97년 만의 일이었다. 도읍을 잃은 원나라는 그 여파로 중원의 땅을 모두 잃고, 결국 그들의 고향이라 할 수 있는 몽골 초원으로 쫓겨나게 되었던 것이다.

누가 한 많은 여인의 세월을 시샘했던가. 몽골의 황량한 초원에서 환갑의 나이를 넘긴 기황후는 죽음의 문턱에 이르러 황제가 된 아이유시리다라에게 당부했다.

"어미가 죽거든 고려의 연천에 묻어주시오. 어미에게 연천은 말할 수 없이 뜻깊은 곳이라오. 그리해주시겠소?"

연천은 기황후가 최영을 처음 만난 곳이었다. 그곳에 자신의 영원한 안식처를 마련하는 것이 기황후의 마지막 소원이었다. 아이유시리다라가 눈물을 쏟으며 고개를 끄덕였다.

"소자가 어찌 어마마마의 뜻을 어길 수 있겠나이까?"

기황후는 죽어서라도 고향 땅에 돌아갈 것을 생각하니 감격에 겨워 뜨거운 눈물을 흘렸다.

"이제 어미는 편안히 눈을 감을 수 있겠소……. 부디 명군이 되어 중원을 회복하도록 하시오……."

이 말을 남긴 채 기황후는 힘없이 눈을 감았다. 뜻하지 않게 공녀로 끌려와 참으로 파란만장한 삶을 살았던 기황후는 이렇게 세상을 떠나고 말았다.

작가의 말

기황후는 공녀 선발을 중단시키고 고려의 복색과 풍습을 원나라 전역에 유행시켰으며 고려를 원나라의 행성에 편입시키려 했던 입성론立省論을 막은 것으로 알려진 여인이다. 반면 공민왕이 1356년 자신의 가문을 멸문시킨 것에 대한 복수로 8년 후인 1364년 고려에 몽골군을 파병했다. 이것 때문에 기황후에 관한 소설을 쓰는 것이 적지 않게 부담스러웠다.

하지만, 이런 급반전 속에는 구구절절한 사연이 있지 않을까 하는 역사적 호기심에 다음과 같은 사실을 알게 되었다. 그것은 바로 전쟁이 있었던 1364년에 최유의 모략에 속아 고려를 침략했다는 내용의 사과 서찰을 보냈다는 것이다.

기황후가 가문의 멸문에 대한 복수로 고려에 몽골군을 파병한 것은 우리 민족에 비극이지만 곧바로 공민왕에게 잘못을 인정하는 외교 문서를 보냄으로써 비극을 막으려고 했던 것은 불행 중 다행한 일이 아니었을까.

이 책을 집필하는 내내 타임머신을 타고 고려시대로 돌아간 듯, 공녀로 끌려가 숱한 역경을 헤치고 황후의 자리에 올라 30여 년간이나 대원제국을 실질적으로 통치한 드라마틱한 기황후의 삶에 빠져들었다.

고려 말은 나라의 주권을 잃고 원나라의 정책에 좌지우지되었던 암흑의 세월이었다. 이러한 시기에 기황후가 공녀로 끌려간 지 2년 만인 1335년에 공녀 선발이 중단되었고, 공민왕 대에 원나라에서 여러 차례에 걸쳐 무기와 저폐(원나라의 종이 화폐)를 보냈다는 기록은 그녀가 고려를 위해 애쓴 흔적을 역력히 드러낸다.

『동국여지지東國輿地誌』에 의하면 기황후의 묘가 경기도 연천에 있다고 전해지는데, 원나라를 호령하던 그녀가 이곳에 안치되었다는 점이 무언가 사연이 있지 않을까 하는 추측을 이끌어냈고 바로 이 소설의 모티브가 되었다. 혹시 연천에 사모했던 사람이 있었던 것이 아니었을까? 연천이 최영의 고향인 철원과 연접해 있어 기황후가 사모했던 사람이 불세출의 명장 최영이 아니었을까 하는 추측을 하게 되었던 것이다. 연천에서 기황후와 최영이 마주친 것은 아닐까?

한낱 힘없는 나라의 공녀로 차출되어 만리타국으로 끌려가 노예와 같은 삶을 살아야 했던 여인. 지옥의 불구덩이 같은 몽골의 황궁에서 황후로 되살아나 황제를 능가하는 권력을 거머쥐고 세계 역사상 유례없는 광활한 대륙을 호령했던 여인, 기황후! 그녀의 파란만장한 삶이 저물 때 그녀는 꿈에도 잊지 못할 고려의 하늘을 얼마나 애달파했을까.